「西遊」の近代

作家たちの西洋

尾高修也

作品社

「西遊」の近代　作家たちの西洋　目次

「西遊」ことはじめ
——岩倉使節団と成島柳北……7
国費留学生森鷗外と夏目漱石……23
有島武郎と永井荷風の「放浪」……67
島崎藤村の「洋行」……123
斎藤茂吉の「遠遊」……161
正宗白鳥の「漫遊」……191

林芙美子と横光利一の「巴里日記」…… 210
「西遊」の時代おわる
——中村光夫・吉田健一・森有正…… 264
後記…… 290

装幀＝司　修

「西遊」の近代

作家たちの西洋

「西遊」ことはじめ
——岩倉使節団と成島柳北

日本の近代は、日本人が欧米を旅する「西遊」の歴史でもあった。日本が開国を決め、西洋文明受容の方針を定めて以来、欧米へ向かった日本人は膨大な数にのぼる。だがそれは、後進国にありがちな難民や移民ではなく、業務渡航者や留学生や旅行客の大群であった。彼らは日本の近代化のため、公私を問わずきわめて真面目に先進諸国に学ぼうとした。いまでは考えにくいほどの距離を越えて、大ぜいの日本人が苦心惨憺西洋文明ににじり寄ろうとした。

そんな努力のさきがけをなしたのは、幕末から明治初年へかけての政府派遣の使節団の旅で、なかでも最も本格的なものが、明治四（一八七一）年から六年にかけての岩倉使節団の米欧巡歴の調査旅行である。明治政府の主要メンバーを含む五十人足らずの使節団が、一年十カ月をかけて、諸国の実情と西洋近代のシステムを調べつくすという旅になった。

政府が率先してそんな旅を企て、民間人も続々とそのあとを追って、極東の一小国がきわめてポジティブに西洋文明と向きあうことになる。それは欧米列強支配の十九世紀世界において、おそらくほかに例のないことだったといえる。植民地にされることを防いでこちらから積極的に出かけていき、ある程度みずからを西洋化することで近代化をはかるという道を、以後百四、五十年もたどってきた。その日本の近代がいまや終わって、いつしかわれわれはその先へ抜け出ようとしている。

岩倉使節団は、天皇の名代としての岩倉具視《ともみ》を団長とし、大久保利通、木戸孝允《たかよし》、伊藤博文など維新政府の指導者たちが加わっていた。彼らは新生日本を公式に代表して各国政府と接触し、国際政治の現実を知るとともに、工場などの近代施設を無数に見学しながら、同時に寺社宮殿を見、観光名所では観光客のように旅を楽しんでいる。その長い旅をとおして、あらゆるものを見尽くし、考え尽くした旅だったといえる。旅の記録が久米邦武《くにたけ》編『特命全権大使米欧回覧実記』全五巻として残されたが、記録係をつとめた漢学者久米邦武が、見聞をあたう限りくわしく記述したうえで、未知の文明に対する鋭い考察をつけ加えているのを見ても、彼らの経験が当時として最も深く、豊かな、そして徹底したものになったことがわかり、感銘させられるのである。

開国後間もないにもかかわらず、彼らは現地を見る前にすでにそれなりの基本的理解をもっていたということがある。万延元年（一八六〇）の遣米使節以来、何度か派遣された欧米への使節団の経験があったし、岩倉使節団の副使には幕末に英国留学経験のある伊藤博文がいて、書記官にも外交業務の経験をもつ旧幕臣がかなり含まれていた。久米邦武の記録を助けた書記官畠山義成も元薩摩藩留学生である。基本的には、鎖国の時代をつうじて蘭学の歴史が積み重なっていたわけで、それがなければ、工場見学などで技術的な説明をあれほど正確にくわしく記録することは不可能だったはずだ。

以下、岩倉使節団の旅のあらましを見ておきたい。使節団はまずアメリカに七カ月滞在、歓迎されてあらゆるものを見てまわった。彼らは開通したばかりの大陸横断鉄道でサンフランシスコからワシントンに至り、近代化のための鉄道の重要性を認識し、「欧洲人民ノ開墾地」としての広大な国土を実感して、自主独立の開拓者精神に基く共和国の理念を理解する。ワシントンではグラント大統領に謁見、下院議会で岩倉大使が演説をするが、同時に「連邦共和ノ憲法」をいただく議会制度についてくわしく調べている。彼らは旅のあいだ、天皇を中心とした近代的な「立君国」の政体をどうつくるかを考えつづけることになるのだが、アメリカの「共和制」に接してまずそのことを考え、民主主義システムの問題点をも明敏に見てとるところがあった。

大都市の繁華なさまや人々の風俗習慣についても、『回覧実記』は生き生きと語っていて、予定より長びいた彼らの米国での見聞が、のちのヨーロッパ体験の基礎になったことがわかる。キリスト教の習俗には、はじめ奇異の感をいだいたようだ。が、ニューヨークでＹＭＣＡや聖書出版社を見学した折りに、久米邦武はあらためてキリスト教の力に思いを致して、「国ノ富強ノ、因テ生ズル所モ此ニアリ」と見るようになる。東洋人にとって聖書の説くところは「瘋《ふう》癲《てん》ノ譫語《たわごと》」のようで、至るところに血まみれのキリスト像があるのがまるで墓地や刑場を通るようだが、西洋人はその磔刑像の前で「慟哭《どうこく》シテ拝跪」し、「詭怪ナルモ信スルニ誠」であり、それを嘲って「頑習骨ニ入ル」ということもできる。が、その頑なな宗教心こそが「国ノ富強」のもとをなしている、と考えるようになるのである。

ボストンから渡った英国では、四カ月かけてイングランドとスコットランドを見てまわる。産業革命発祥の地の主な工業都市をすべて訪ね、七カ月滞在した米国を上まわる量の、きわめてくわしい記録を残している。岩倉使節団にとって、英国が最も重要な研究対象だったことがわかる。

彼らは米国以上に英国で驚くことが多く、その富強のさまに圧倒された。『回覧実記』は「英国ノ富ハ、元来礦利ニ基セリ」と結論してこう書く。「国中ニ鉄ト石炭ト産出高ノ莫大ナルコト、世界第一ナリ、国民此両利ニヨリ、汽器、汽船、銕道《てつどう》ヲ発明シ、火熱ニヨリ蒸気を駆リ、以テ営業力ヲ倍蓰《ばいし》シ、紡織ト航海トノ利権ヲ専有シテ、世界ニ雄視横行スル国トハナリタリ、故ニ全国内ニ銕冶《てつや》ノ業ノ盛ナルコト、我一行ノ目ヲ驚カセシ所タリ」（圏点略、以下同じ）

使節団は主に製造業の工場見学をつづけ、鉄鋼業など規模壮大な大工場の盛業のさまに驚嘆しながら、製造工程をいちいち詳細に記録している。久米は通訳とともに漢文の語彙を総動員して英語を訳し、ぎりぎりまで正確な理解につとめたようである。東洋と西洋のほとんど最初の接触の現場の、ことばとことばの角逐のさまが、いまなおなまなましく感じられてくる。造船、製鉄、紡績など当時の英国を代表する大工場にとどまらず、彼らはブラッドフォード近郊のアルパカ紡績工場を訪ねて、労働者の福祉を行き届かせた新しい産業共同体の試みにも注目している。

そんなふうに、いわば産業革命の現実に直面させられた使節団は、日本のこれからについて少なからず思い悩んだと思われる。それは日英の近代化の格差をどう埋めたらいいかということだったにちがいない。が、『回覧実記』はヨーロッパ全体に目を拡げてこう結論づけている。「欧州今日ノ富庶ヲミルハ、一千八百年以後ノコトニテ、著シク此景象ヲ生セシハ、僅ニ四十年ニスキサルナリ」。もし四十年の差ならば、努力次第でそれをつめることができるはずだというのが、帰国後『回覧実記』がまとめられたころの新政府の考えになっていたのであろう。

英国の見学旅行は、常に緊張をともなう労の多いものだったと思われる。たぶんその息抜きを兼ねて、スコットランドではハイランド地方へ二泊三日の小旅行をしている。岩倉大使と久米邦武、畠山義成ら随員三名と英国側三名の小グループで景勝地をまわった。「倫敦ヲ発シテ以来ハ、日ニ車泥馬塵ノ中ヲ奔走シ、煤烟銕臭ノ際ヲ徘徊シ」つづける毎日だったが、いまようやく「多日ノ紅塵ヲ一掃」することができたと、久米はひと息ついた思いを漏らしている。

その三日間の記録は、キリクランキーの谷間やトロサックス湖の自然描写など、漢文調ながらたいへんくわしい。久米は公的な報告書の域を超えて、のめり込むように語っている。そこはほとんど文学になりかけている。まだ近代文学以前の時代ながら、漢文世界の近代が見えてくるような趣きがある。

使節団はすでにロンドンで議会を見学し、「立君政治」の議会制度を理解していたが、田舎を見たあとでこんなふうに考えている。

「英国ノ都鄙ヲ観察スルニ、倫敦《ロンドン》『ウェストミニストル』諸区ニ於テハ、国君ノ威権厳《いけん》ニシテ、立君ノ光ヲミル、倫敦『シチー』、及ヒ各都市ヲ過レハ、会社ノ自由盛ンニテ、共和政治ノ態アリ、野村ヲ回レハ、貴族豪姓ノ権利大ニシテ、貴顕専治ノ態ヲミル、英人曾《かつ》テ此三様ノ治ヲ幷《あは》セテ、英国ノ政治ハ成レリト謂フヲ奇怪トセシニ、其地ヲスキ、其情ヲ観察スレハ、真ニ一種ノ妙機ヲ此ニ存シタルヲ覚フ」

「立君政治」と「共和政治」と「貴顕専治」が絶妙にまざった政治形態だという理解である。明治の「立君政治」をどう営むか模索中の使節団にとって、政治の面でも英国は十分参考にできるということだったのにちがいない。

英国四カ月のあと、使節団はフランスへ渡り、パリに二カ月滞在する。パリとその近郊であらゆるものを見ている。宮殿、寺院、役所、ナポレオンの墓などのほか、孤児院、図書館、農工展示場、造幣局、公営質屋、製鉄所、セーブル焼工場、陸軍学校、下水溝、砲台と屯営、兵営、軍病院、建築学校、鉱山学校、フランス銀行、ゴブラン織工場、チョコレート工場、天文台、裁判所、刑務所、ラシャ織物工場、クリストーフル工場（金銀銅器）、盲学校、聾唖学校、香水工場等々、フランスは見学場所の多彩さが目立つ。

彼らはパリに着いてすぐ、ロンドンとの違いを強く印象づけられたようだ。暗い秋のロンドンの「雲霧ヲ披《ひら》キテ、天宮ニ至リシ心地スルナリ」と久米は書く。普仏戦争の敗戦後、コミューンの乱の跡が残るパリだったが、オスマンの都市計画がつくりあげた「ヨーロッパの首都」の威容は損われていなかった。久米はシャンゼリゼを登り凱旋門に面した宿舎へ入りながら、「景色壮快ニシテ画ノ如シ」と感嘆のことばを漏らす。

彼はそのパリを「名都」「麗都」と呼び、「百貨輻輳《ふくそう》ノ都」「文明都雅ノ尖点《せんてん》」と見ている。「全府ノ民ヲ、一ノ遊苑中ニオク」ような都市だともいい、「倫敦《ロンドン》ニアレハ、人ヲシテ勉強セシム、巴黎《パリ》ニアレハ、人ヲシテ愉悦セシム」とつけ加える。

経済的には、ロンドンを加工貿易の中心地、「世界天産物ノ市場」と見、パリを「欧洲工芸の中心地、「流行ノ根元」「世界工産物ノ市場」と見ている。また、英仏の工場をくらべて、「英ハ人力ヲ以テ器械ノ及ハサルヲ助ケ、仏ハ器械ヲ以テ人力ノ及ハサルヲ助クルト謂ヘシ」と書いている。

ロンドンで久米は、大英博物館及び図書館を見学して、「進歩トハ、旧ヲ舎《ス》テ、新キヲ図ルノ謂ニ非ルナリ」と書いたが、パリの国立図書館見学のあと、同じことをいっそう強調してこんなふうに言っている。「大陸地方ノ人種ハ、資性重厚ナリ、殊ニ西洋各地ノ民ハ、物ヲ棄廃スルニ渋シ、其積成ノ跡ヲミレハ、日新進歩ト称スレトモ、元ハ磨切ノ功ヲ重ネテ、光沢ヲ発セルナリ」「西洋ノ能ク日新シ、能ク進歩スル、其根元ハ愛古ノ情ニヨレリ」「千百年ノ智識、之ヲ積メハ文明ノ光ヲ生ス、之ヲ散スルトキハ、終古葛天氏《かってんし》ノ民ナリ」

のちに歴史学の帝大教授になる人が、英仏の巨大な博物館、図書館に、いかに圧倒される思いだったかがわかる。おそらく使節団としても、「旧ヲ棄テ新ヲ争」うばかりではない着実な西洋文明受容を考えようとするところがあったのである。

使節団はその後、ベルギー、オランダをへてドイツへ入り二十日ほど滞在、普仏戦争のあと全国統一をなしとげたばかりの新興ドイツを見ることになる。

まずエッセンで、兵器産業の代表的企業であるクルップを訪ねる。普仏戦争の勝利に貢献した、英国をもしのぐ「世界無奴ノ大作場」を社主のクルップに案内されて見学、『回覧実記』は英国の工場と比較しながら、製造工程を非常にくわしく記録している。

翌日ベルリンへ入り、皇帝ヴィルヘルム一世に拝謁し、宰相ビスマルクの招宴に列する。その際岩倉団長以下ビスマルクのスピーチに感銘を受けたことはよく知られている。ビスマルクは、小さなプロシャが数次の戦争をへて先進大国とようやく並んだ事情を語り、ヨーロッパの国際関係の実態は弱肉強食であること、国際法のみを頼るわけにはいかないこと、ドイツが戦争をするのも「自主ノ権ヲ全クスル」ためであり、「各国互ニ自主シ、対当ノ交リヲナ」すためであることを強調した。そして日本に忠告して、「欧洲親睦ノ交ハ、未タ信ヲオクニ足ラス、諸公モ必ス内顧自懼《ないこじく》ノ念ヲ放ツコトハナカルナラン」と語り、ドイツこそ日本にとって「最モ親睦ナル国ナルヘシ」と結んだということである。

二十日足らず滞在したベルリンについて、久米は他国の大都市との違いをこう受けとめている。「此府ハ、新興ノ都ナレハ、一般人気《じんき》モ、朴素ニシテ、他大都府ノ軽薄ナルニ比セサリシニ、繁華ノ進ムニ従ヒ、次第ニ澆季《ぎょうき》シテ、輓近《ばんきん》殊ニ頽衰《たいすい》セリ、且近年頻《しきり》ニ兵革ヲ四境ニ用ヒ、人気激昂シ、操業粗暴ナリ」

澆季する（道徳がすたれ末の世になること）ということばを使い、操業（心も行いも）が粗暴だと言っているが、特に英米と異るのは、公園などでビールを飲んでくつろぐ人が多く、劇場内でさえ男も女も平気で酒を飲んでいることで、「飲酒ノ盛ニ流行スルコトハ、欧洲ニテ第一等ノ国ナリ」と書き、年間の飲酒量や喫煙の量を他国と比べている。

また、街に兵隊や学生が目立ち、空気が荒くて淫らだと感じてこう説明する。

「此府ノ人気粗率ナルハ、第一ニ兵隊学生ノ跋扈スルニヨル、兵隊ハ数戦ノ余ニテ、左モアルヘキナレトモ、学生ノ気モ亦激昂ナリ、邏卒《らそつ》モ学生ニ対シテハ、権力ニ乏シ、蓋《けだし》仏国ノ革命ニアタリ、其自由ノ説独逸ニ波及シ、普国ノ立憲政体ニ改革スルトキニアタリ、他ノ各国ノ如ク、甚シキ擾乱《じょうらん》ニハ及ハサレトモ、大学生徒、及ヒ社会ニテ、政府ヲ衝動セルニヨレリ、此等ノ因縁ヨリシテ、学校ノ勢力ハ甚《はなはだ》盛ナリ、遊園ニ劇飲シ、酔ヲ帯ヒテ高吟朗謡、或ハ路傍ニ便《べん》溺《にょう》ス、又兵隊ハ、暇日毎に盛服シテ、遊園ヲ彷徨《ほうこう》スレハ、冶婦《やふ》ノ過ルモノ、ミナ一眄《いちべん》ノ情ヲ送ル、俳優ニ似タルアリ」

久米邦武のこの見方は、十年余りあとの留学生森鷗外のベルリン体験を考えるうえでもなかなか興味深い。鷗外の「舞姫」にはベルリンの街が素描されているが、「何等の光彩ぞ、我目を射むとするは。何等の色沢ぞ、我心を迷はさむとするは」と、「欧羅巴《ヨオロッパ》の新大都」の華麗さが強調されている。つまり、留学前から『回覧実記』を愛読していた鷗外が、「舞姫」では、十余年前の久米の印象をいわば反転させているといってもいいのである。鷗外はベルリンに目立つ軍人と若い女性についても、むしろ美化するようにこう書く。「胸張り肩聳《そび》えたる士官の、（略）様々の色に飾り成したる礼装をなしたる、妍《かほよ》き少女《をとめ》の巴里《パリー》まねびの粧《よそほひ》したる、彼も此《これ》も目を驚かさぬはなきに」

岩倉使節団は欧米の最先進地域をへてベルリンへ入っており、後発国ドイツの首都に何かあきたりないものを感じている。少なくとも執筆者の久米の見方は厳しい。一方、鷗外の「舞姫」は、同じ後発国ながら東洋からドイツに学ぼうとする留学生の話で、主人公にとってベルリンは、おそらくヨーロッパの他の先進都市とぴったり重ねられているのである。

森鷗外はヨーロッパ上陸後、ベルリンへ入る前にパリに立ち寄っている。次章でまた述べるが、その際のパリの華麗な印象が、「舞姫」のベルリン描写に重ねられていると見ることもできる。ヨーロッパを目指した当時の留学生にとって、ある意味でパリもベルリンも同じだったのかもしれず、もしそうであるなら、鷗外のベルリン美化にも理由があったことになる。

使節団はその後、ロシア、北欧諸国、再度ドイツ、イタリア、オーストリア、スイスとまわり、本国留守政府から帰国命令が来て、スペインとポルトガルを省略しマルセイユから帰国の途につく。

以上一年十カ月の長旅の記録は、世界の近代文明を総体的に研究する、ほとんど体を張った仕事になった。若い新政府の仕事らしく潑溂として、しかも異文明理解の深度が一挙に深まっており、そもそもここまで充実した旅日記は、以後現在に至るまで、おそらく書かれることがなかった。特に感心させられるのは、百五十年近く前の日本人の受けとめ方が、きわめて柔軟でバランスがよく、現在のわれわれにとっても受け入れやすく、新鮮でさえあるということである。

彼らは西洋近代文明の成り立ちとその精神を、視野をひろげて精一杯歴史的に理解しようとしている。それは彼らが長い過酷な旅のなかで、世界に向かって極力心をひらいていった結果だったにちがいない。米国上陸後は岩倉大使もチョンマゲを切り落とし洋装に変わったように、これまで自分を閉じこめていたもの、特に儒教的な規範から十分自由になれたことが、久米邦武の記述のくわしさを生んでいるのである。儒教的東洋的人間にとっては興味がもてないことが少なからずあったはずなのに、興味なしとして切り捨てるようなところがまったくない。

当面必要なものだけ手に入れようとする功利的な態度とも無縁である。自分をひらいていくからこそ、単なる調査、研究を超えた綿密さが生まれ、同時に己れをむなしくした客観性とバランスのよさがそなわってくる。国の報告書としての性質もあるが、国がまだ何も決められないでいる状態で、ある意味で自由に記録されているため、偏りを免がれているということがある。

だがそれにしても、久米自身まだ西洋語を正確に知らず、漢文のことばだけでこれだけ書けるとは信じがたいほどなのだが、それはまた否応なく時代がそこまで来ていたということかもしれないのである。


ここで、岩倉使節団と同じころパリに滞在していた成島柳北の例を考えてみたい。

柳北は京都東本願寺の法主の外遊に随行していたが、彼の『航西日乗』を見ると、随行とはいえほとんど仕事に縛られることなく自由に動くことができたようだ。したがって、『航西日乗』は明治初年の一文人の私的な経験の記録と見ることもでき、岩倉使節団の公的な記録から漏れたものをそれが埋めてくれるのではないかと期待したくなる。

柳北はかつて旧幕府の奥儒者として将軍の近くにいたが、侍講の職を罷免された際に洋学を始めて英語を学び、復職後は幕府の騎兵頭としてフランス人軍事教官のもとで騎兵隊を指揮した。同時に、文人としては、城内勤務のかたわら花街柳橋の遊びに耽溺した経験をもとに『柳橋新誌』を書いている。

維新後「無用の人」となった柳北は、法主に従う洋行を喜んでいたといわれる。特に旧幕府の「親仏派」のひとりとして、フランス人とのつきあいもあり、パリ滞在は願ってもないことであった。彼は江戸の遊び人らしく、到着早々パリの遊び場を覗いてまわっている。それは公的な使節団にはできなかったことである。そのほか旧知のフランス人を何人か訪ねたりもしている。

ただ、すでに三十代なかばの柳北は、江戸文人のことばで『航西日乗』を書いており、そこから西洋の旅らしさというものは十分に読みとりにくい。西洋における「無用の人」の姿もはっきり見えてこない。私的表現として見ると、簡潔な漢文調が窮屈すぎるが、柳北はその文章で西洋文明を大きくとらえようとしているわけでもない。

『回覧実記』の久米邦武と同じ漢文世界の人ながら、柳北のほうにはすでに儒者文人のスタイルができていて、海外の新しい体験をそれにふさわしいくわしさでリアルに語る、ということにはならないのである。柳北はおそらく、新しいことばをつくり出す苦労をしていない。その点、西洋語を勉強した人とはなかなか思えないようなところがある。

柳北は岩倉使節団のパリ市内見学に同行したりしているが、彼の日記は毎日のようにパリ在留日本人とのつきあいを記録している。当時すでに日本人村ができかかっていたのである。フランス人との関係も少なくはないが、日記のフランス語の片仮名表記が奇妙なのを見ても、意思の疎通がどの程度できていたかはわからない。総じて柳北は、たとえばパリへ向かう汽車の窓から（プロヴァンスの）「田舎の景を観るに、本邦と太《はなは》だ異ならず。」とあっさり片づけているように、外界の事物に対してこまかい目を働かせてはいない。あるいは、儒者文人のスタイルではそれがむつかしい。端的に目を驚かすもののことはいちいち記録され、「荘厳驚く可し」「一として荘麗ならざる無し」「其の偉大荘麗なる、人をして喫驚せしむ」といった誇大な漢文表現がくり返されている。

それはさしずめ、江戸幕府の城内から柳橋という俗界に降り立った若き侍講の奥儒者が、はじめ何かと戸惑った様子を、あらためてパリで再現しているかのようでもある。彼はパリで公務もなく私的になることによって、むしろ旧来の自分を変えずにすんでいるというふうにも見えるのである。

そんな柳北は、久米邦武が公務のため、ことばは不自由でも調査の対象である外界に直接触れていたと思われるのに対し、パリの現実に触れるための近代的一私人になることがむつかしかったということではなかろうか。単なる遊び人としての接触も、ことばの問題から思うにまかせなかったのではないかと思われる。

柳北は何度か劇場へも行っている。が、オデオン座を見た日は「場の荘麗」に驚きながら、芝居の内容は「能《よ》く言語を解せねば分明《ぶんみょう》に記載し難《がた》し。」ということであった。ゲイテ座のときは、「衆妓の蜻蛉の舞を為す、本邦の蝴蝶の舞と相似て艶麗人を驚かせり。」という感想である。オペラ座も見ているが、「戯中水底の景色を示す。密に銀線を張り中に緑藻・青萍《せいへい》を点したる如きは実に人目を眩《くらま》せり」とだけ書いている。はじめて見たオペラ（井田進也氏の調査によるとディアス作曲「トゥーレ王の杯」）の印象はそれがすべてだったようだ。

この時代、近代的な一個人として西洋の芸術、文化に接することは、まだまだできなかったということであろう。岩倉使節団の個々人にも、まだその種の経験はおそらくなかったのである。

江戸の文人成島柳北の場合、それは彼のあらゆる経験が、結局漢文学の表現の型に収まってしまうということだったのにらがいない。単なる日記の記述が、おのずから漢文式の文学になっていく。何か感慨があればただちに漢詩が生まれる。

しかも、彼の『柳橋新誌』が、明末清初の余懐『板橋雑記』や、寺門静軒『江戸繁昌記』のスタイルを踏襲していて、日中両国の漢文世界で共通の「風流」「風雅」を求めるものになっているのに対し、あらたに日仏両国に共通のものを同じ漢文で見出していくということがそもそもむつかしい。それが江戸以来の儒者の漢文学である以上、彼がひそかに西洋人も「風流情痴」において変わるところがないと思ったとしても、その共通のものを適切にあらわすことばが生まれてこない。漢文世界の「才子佳人」の物語が、フランスでどんなものになるかも想像のしようがない。そして、実際に柳北がパリの娼館に入りこんでも、それが彼の求める「風月花柳の遊び」には決してならなかったにちがいないのである。

久米邦武が漢文調の文章でくわしい自然描写を残したのに、柳北にはそれができなかったというのも、久米が旧文化から自由になれた程度まで柳北はまだ達していなかったということであろう。おそらく久米は、その時代の「文学」にとらわれなかったぶんだけ新しくなれたということなのだ。だからこそ、彼の自然描写はほとんど近代文学に近づいているといえるのである。

柳北の場合、文学の徒として西洋を見る限り、漢文学ではなく、西洋文学を学ぶしかないという問題に突き当たったはずである。柳北は西洋語を学びながら、いまだ近代文学以前の時代の安逸をむさぼっているかに見える。帰国後の彼の仕事は、もとの一江戸文人に戻って、『柳橋新誌』をそのまま書き継ぐことになるのである。

その後ようやく近代文学が始まるときが来て、森鷗外のドイツ留学と帰国後の文学活動があり、また英文学の学徒夏目漱石の苦闘があった。成島柳北洋行の三十年後、漱石は彼が親しんだ漢文学と英文学の違いの大きさに絶望し、その溝を乗り越えようと苦しい努力を重ねることになる。三十年たってなお、西洋文学に対する違和感がそれほど大きかったということである。それを何とか乗り越えて小説家夏目漱石が生まれるが、そのころ明治の新国家は早くも軍事的成功をおさめて大国化しつつあった。

日本の近代化はほとんど拙速に進められ、文学はその速すぎる変化をあと追いしながら、いわば穴の多い道を地ならしするように機能していく。以下の各章で、その精神的地ならしの努力を、作家たちの西洋体験をつうじてできるだけリアルに浮かびあがらせたいと思っている。

国費留学生森鷗外と夏目漱石

医学の畑の森鷗外の留学は岩倉使節団の旅の十二年後、文学畑の夏目漱石の留学は二十八年後にあたる。鷗外は留学先のドイツの地で近代文学に目覚めたといえるが、漱石は帝大文科大学英文科と大学院で英文学を専攻し、教職についたあと三十三歳で英国へ留学している。明治三十三（一九〇〇）年、旧制高校教授としてはじめて派遣された国費留学生のひとりである。

留学時期の遅い漱石のほうから本章を始めたい。文学研究のための留学というのが鷗外とは違っていたが、それが漱石にとって少なからず重荷になったのではないかと思われる。もともと高等学校の教授に対する文部省の辞令は「英語研究ノ為メ」であった。が、漱石は文部省に確かめたうえ英文学研究という目的をはっきりさせて出かけ、やがてそのことを負担に感じるようになる。国の金で研究する英文学というものが、英国まで来てもうひとつ得心できるものにならなかったからである。すでに大学卒業のころ、「英文学に欺かれたるが如き不安の念」

をいだき、その後も勉強すればするほど五里霧中をさまようようで、英文学はほんとうの理解がむつかしいという思いが一向に変わらなかったからである。

もともと漢文学と俳句に養われた文学趣味にとって、英文学には少なからず違和感があった。「漢学にいはゆる文学と英語にいはゆる文学とはたうてい同定義の下《もと》に一括しうべからざる異種類のものたらざるべからず。」と考えざるを得なかった（以上『文学論』序）。鷗外の場合は、漱石と同様漢文に養われていたにもかかわらず、文学が専門でなかったために、その種の悩みにわずらわされずにすみ、そもそも重荷に思ったりする必要がなかった。「軍隊衛生学」の研究のかたわら、ドイツ語をつうじて西洋近代の文学や哲学をまっすぐに受けとめることができた。

英国での漱石の苦しい模索から生まれた大仕事が、帰国後の東京帝大における二年間の講義をまとめた『文学論』である。英国で漱石は、「幽霊の様な」漠然たる英文学研究ではなく、もっと科学的組織的な、単なる英文学を超えた、より普遍的な文学を探る試みを始める。つまり、文学の本質というべきものを探るための研究にとりかかるのである。

晩年の講演「私の個人主義」では、そのときのことを、「自己本位」ということばに頼って「其四字から新たに出立した」とふり返っている。英文学を英国人の考えに従って読むのではなく、西洋人の尻馬に乗って西洋人振るのをやめ、「独立した一個の日本人」として英文学と向きあうため、普遍的な「科学」に頼ろうとした、ということである。

「其時私の不安は全く消えました。私は軽快な心をもつて陰鬱な倫敦《ロンドン》を眺めたのです。」つまり、毎日英文学ばかり読みに読んで「茫然と自失してゐた」自己を去り、いったん文学から離れて心理学や社会学や進化論などを勉強するうち「彼等何者ぞやと気概が出」、英国人との窮屈な関係をも乗り越えられる気がしたというのである。

そこから生まれた大論文、「根本的に文学とは如何なるものぞ」を科学的に解明しようとした『文学論』は、漱石帰国後の東京帝大の学生にとっても、その後の多くの読者にとっても、はなはだ煩雑かつ難解な、ほとんど無味乾燥ともいえる、ついて行きにくいものになった。その不評は永く変わることなく現在に至っている。

だがまた、見ようによっては、『文学論』は漱石の英国留学時代を知るための好個の材料でもある。その観点からくわしく読み直した論が近年出るようになった。亀井俊介『英文学者夏目漱石』は、英文学畑の後輩の立場からそれを徹底的に行ない、英国時代ばかりでなく、帰国後数年間の漱石の姿をもよく見せてくれるものになっている。

亀井氏はまず、お雇い外国人教師時代の帝大英文科の実態を明らかにし、外国人教師たちのなかにまともに英文学を教えられる人がいなかったことをあげている。そのため、大学では語学の勉強ばかりで文学を学ぶこと少なく、ともに文学を語りあう仲間もいなかったこと、漱石は文学の楽しみを正岡子規らの俳句仲間とのあいだに求めざるを得なかったこと、帝大英文科学生としての英文学研究と「彼のみずから求め楽しみともしていた『文学』の営みとの間に、大きな懸隔があった」ことを指摘している。

「その懸隔が後年まで不満として残っていったと思われ」るのだが、漱石はロンドンでも日本人英国人を問わず、ともに文学を語ることのできる友人をもたず、ロンドン大学へも長くは通わなかったため、ひとりで悩みをかかえつづけることになった。そこに現れたのが旧知の化学畑のドイツ留学生池田菊苗で、漱石は池田に強く刺激され、英文学研究の行き詰まりから脱しようと「科学」に飛びつき、「科学主義に走って文学とはほとんど対極に向かってしま」う。

亀井氏は、そんな例は現在の文学研究者にもしばしば見られることだと皮肉っている。何らかの「普遍的」理論を文学の外に求め、それを奉じて突っ走るという例は、いまなお枚挙に遑《いとま》がないからである。漱石はその先駆だったことになるが、漱石自身いうように、一種の「気慨」がそこから生じるということは、たしかにいまでもありがちなのである。

『文学論』の理屈の読みにくさ、煩雑な分類癖、科学論文式の無味乾燥に対して、亀井氏もはじめ閉口しながら、やがて『文学論』の後半が少しずつ「科学」から「文学」に近づきはじめることに気づき、それは東京帝大講師夏目金之助が学生の反応を見ながら講義の中身を変えていったためだと考えるようになる。

そこで、漱石の講義が実際にどういうものだったか、どんなふうに語られたかを知る必要が出てくる。亀井氏は当時の受講生の記録を調べて『文学論』を読み直し、後半英文学作品の引用が増え、文学的な解釈がひろがり、講義自体「文学化」していったらしいこと、そしてそれは同時に創作の「技法の追究」にもなっていったことを確かめている。『文学論』は後半に至ってはじめて、「ロンドン時代に仕込んだ英文学の知識を縦横に用い」「漱石一流の自由自在な議論が展開」するものになったといえるのである。

おそらくそれは、ロンドン時代以来のこわばりが解けるとともに、漱石の関心が少しずつ「知」から「情」へと移っていったために生じた変化でもあった。それまで科学的「知」によってせき止められていた「情」の世界が、やがて一気に解放されるときが来、『吾輩は猫である』のほか、きわめて多彩な『漾虚集』の七篇が生み出される明治三十八年の「驚異の一年」が出現する。長い「知」のまわり道のあげく、「絢爛たる『情』の開花」があったということになる。その後も、「知」と「情」のせめぎあいにより漱石文学は大きくなっていったという見方が示されている。

文学研究のうえで「知」にこだわった漱石の窮屈な英国時代について、その生活が実際にどんなものだったか、どんな人とつきあって暮らしたのかを次に見ていきたい。

漱石は国費留学生として勉強専一の暮らしを考え、人づきあいは最小限にとどめるつもりだったため、彼が書き残したものに人間関係の記録は多くない。それでも、下宿の人たちとの関係など、英国の「中の下」（ロウアー・ミドル）の階級世界については、「永日小品」のような作品のほか、日記や手紙にいくらか書きとめられている。が、「中の上」（アッパー・ミドル）

の世界への直接的な言及はほとんどなく、漱石が英国社会をどう受けとめていたか、もうひとつわからないというもどかしさがあった。

近年、そこを一歩踏みこんで考える論考がいろいろと出ている。たとえば武田勝彦氏の「漱石ロンドン異聞」(「新潮」平成十年七月号)は、漱石日記に出てくる「エッジヒル夫人」とその夫について、出自や履歴をくわしく調べたうえで、「漱石が英国留学中に邂逅したイギリス人のなかでは最高のインテリ夫妻であった」ことを明らかにしている。

「Mrs. Edghill ヨリ tea ノ invitation アリ行カネバナラヌ厭ダナー」と、漱石が雪のなかを出かけたダリッジのエッジヒル家は、彼が滞英中ほとんど知ることのなかった「中の上」の階級の家であり、また彼が「余リ善イ人デハナイ様ダ」と書き、ろくに話をしなかったらしいエッジヒル氏は、陸軍大将相当従軍牧師の神学博士で、ロンドン塔牧師というものをも兼ねていたということである。武田氏は、漱石の「倫敦塔」について、「もしエッジヒル牧師との間に話が弾んでいたら、この作品も違った作柄になっていたろう」といっている。氏はまた、「十九世紀末にはエッジヒルが英国国教会のなかで主要な人物の一人と見なされるようになっていたことは事実である。」とつけ加え、エッジヒル夫人のほうも書物を三冊出版した文才の持ち主だったといっている。

漱石は、知識階級ないし上層の階級とはほとんど接触がなかったと見られてきた。実際、知識人としては在野のアイルランド人学者クレイグを知ったのみ、と見るのが大方だった。ところが、日記を調べてみると、英国到着後半年ころまでは、P・ノットやウォーカーなどとの交際がある。

武田氏によると、パーシィ・プレイデル・ニール・ノットは、船のなかで世話になったノット夫人の息子で、ケンブリッジで修士号を得た牧師であった。日記によれば、漱石は医師ウォーカー邸のお茶の会で同年輩のP・ノットと「四方山」の話をし、「断片」明治三十四年四月十日の項に、話のポイントを書きとめて箇条書きにしたものがある。ウォーカー邸は高級な都心部のセント・ジェームズ広場にあり、英国上層階級の内側を覗くよい機会になったはずなのである。

漱石がその日のことで書き残したのは、同じく客として招かれていたP・ノットとの会話の要点だけであった。こと上層の人々とその暮らしに関しては、彼はその後も何ひとつ具体的に記録していない。ロウアー・ミドルの貧しげな下宿から出て上層の別世界へ入りこむ機会がなかったわけではない。だが、彼はたとえばその大きな階級差について、上層エスタブリッシュメントの富と文化と風俗について、何も語ることがなかった。

エッジヒル家に招かれたときも、「妻君ハ好イ顔ヲシテ居ル善イ英語ヲ使フ」というふうに、ロウアー・ミドルとの違いを受けとめている。が、それ以上のことは彼の興味のなかに入ってこない。「交際」は愚劣な時間つぶしだと思うばかりで、「コンナ窮屈ナ社会ヲ一体ダレガ作ッタノダ何ガ面白イ」(以上「日記」)と、ただ八つ当たりするほかなかった。その特殊な「社会」

に好奇の目を向けることさえしていない。

ひとついえるのは、漱石が大学人とのつきあいをしなかったため、彼に声をかけてきたのが主にキリスト教伝道を目的とする人たちだったということである。漱石はキリスト教に対して反感をあらわにしている。相手が伝道目的なら、二度三度とつきあうわけにはいかないのである。若いP・ノットとの会話がはずんだのは、ノットがキリスト教を特に持ち出さなかったかららしいことが、その要約内容から推測できる。

さて、ここにあげたエッジヒル夫妻やP・ノットやウォーカーにも増して興味深い人物に、ノイローゼの漱石をスコットランド・ピトロホリーへ招いてくれたJ・H・ディクソンがいる。ディクソンはキリスト教伝道関係者ではない。この人についても、漱石は「永日小品」中の「昔」に簡単なスケッチを示し、『文学論』中に人物の記憶を漏らしながら、その名前すら正確に書き残すことをしなかった。だから、その人物のことは、漱石の旅のいきさつとともに、長いあいだ一種の謎として残されてきた。

スコットランド旅行の一九〇二年の日記はないが、帰国の六年後「永日小品」を書くとき、漱石は執筆材料についてのメモを残した。そのなかの“Dixon Pitrro《ママ》”の二語と、岡倉由三郎の藤代禎輔あて手紙に引用されている漱石のピトロホリーからの手紙を手がかりに、角野喜六氏がジョン・ヘンリー・ディクソンの名とその屋敷（ダンダラック・ハウス）の所在を突きとめた。ようやく一九七三年のことであった。

その後、平川祐弘、稲垣瑞穂氏らの調査があり、特に稲垣氏は、ディクソンの家系図などのほか、現在に至るダンダラック・ハウスの歴史を法文書に当たって調べつくしている（『夏目漱石ロンドン紀行』）。ディクソンは漱石滞在の半年前の一九〇二年春、屋敷を手に入れて住みついたが、ダンダラック・ハウスが売りに出た際の新聞広告も見つかっている。わからないことがまだまだあるが、日本へ二度も長期滞在し日本の美術家数人と親交を結んだというディクソンについて、あとは岡倉天心との関係など、国内の調査に俟たなければならないのかもしれない。

J・H・ディクソンのことをはじめとして、漱石が書き残さなかった記録の欠落部分が意外に大きいのではないかということが、私は前から気になっていた。それは主に英国の階級社会の上の層とかかわる部分で、前記の武田勝彦氏の調査はそこを突いている。英国社会の「階級」の意味はいまなお大きい。たとえばロウアー・ミドルとミドル・ミドル（中の中）の違いは、居住区域からして歴然たるものがある。アッパー・ミドルとなると、庶民とはまったく違って、それなりに由緒のある家柄の上流階級という感じになってくる。

かつて、ピトロホリーのダンダラック・ホテルに泊まったとき私は、なるほど漱石はこれを書かずに残したのか、と思った。ほとんど胸を突くように浮かんできたのは、漱石が踏みこもうとせず、書こうともしなかった欠落部分がここにあるという思いだった。あえていえば、それは漱石文学の欠落部分、あるいは彼の文学がそれなしで成り立つことができた特殊な事情を

ダンダラック・ハウス

目にしているといった思いであった。

稲垣瑞穂氏によれば、一八八七年建造といわれるダンダラック・ハウスは、ディクソンが一九〇二年に入手し、一九一二年ごろまで住んだあと、一九三五年にホテルとなり、経営者は替わったが現在もほぼ昔のままの建物がホテルとして使われている。稲垣氏が見つけた一九〇二年の「タイムズ」の不動産広告を借りるならば、客間（レセプション・ルーム）五、家族用寝室七、ドレッシング・ルーム二、召使用寝室五という大邸宅である。庭の端のテラスから黒いタンメル川の谷が見おろせる。漱石の「昔」に美しく描かれた眺めがそこにある。

大きな建物のなかは暗く、カビくさく、古色蒼然、廊下の床は波うっている。ちょっとした城のような古い薄闇の世界がある。そこで百年以上前に、J・H・ディクソンという独身のイングランド人が、愛するスコットランドのキルト姿で暮らし、同じくキルトをはいた従僕が彼につき従っていた。一八三八年生まれのディクソンは、漱石滞在のころ六十四歳だったという計算になる。

「歩くたびにキルトの襞が揺れて、膝と股《もゝ》の間がちら〳〵出る。肉の色に恥を置かぬ昔の袴である。」「主人は毛皮で作つた、小さい木魚程の蟇口を前にぶら下げてゐる。夜煖炉の傍へ椅子を寄せて、音のする赤い石炭を眺めながら、パイプを出す、此の木魚の中から、煙草を出す。さうしてぷかり〳〵と夜長を吹かす。木魚の名をスポーランと云ふ。」（「昔」）

タンメル川の谷

ここで漱石が名なしのままにしたディクソンは、『文学論』にもおなじ「主人」の名で顔を出している。「蘇国に招待を受けて逗留せるは宏壮なる屋敷なり。ある日主人と果園を散歩して、樹間の徑路悉く苔蒸せるを看て、よき具合に時代が着きて結構なりと賞めたるに、主人は近きうちに園丁に申し付けて此苔を悉く掻き払ふ積なりと答へたるを記憶す。」

ディクソンの日本趣味がその程度のものだったということにもなるが、漱石は「従つて彼国の文学にあらはれたる自然は吾人にとりて多少物足らぬ心地なきにあらず。」とつづけている。そのことをいうためのエピソードとして、ダンダラック・ハウスでの経験が使われている。たぶん二、三週間朝晩食事をともにしたはずのディクソンについて、漱石が書き残したのはこれがすべてである。日本とはまるで異質な空間である彼の「宏壮なる屋敷」については、なおいっそう語られることがなかった。十八・九世紀英国ブルジョア社会の生んだ文学について、「宏壮なる屋敷」のほうから説明するような考えは彼にはなかった。

J・H・ディクソンはヨークシャー・ウェークフィールドの古い地主の出で、父親とおなじ事務弁護士（ソリシター）の仕事をし、若いころからスコットランドが好きで、三十代半ば以後定住することになる。六十を過ぎてから長期にわたる世界旅行を二度している。一度目は一八九九年春から一九〇二年春にかけてで、日本を好み、長期間滞在した。帰国後ピトロホリーの新居に日本庭園をつくっている。二度目の世界旅行は、稲垣氏の推定によると、漱石帰国後の一九〇四年から六年ごろのあいだである。そのとき、八人の日本人（庭師四人、宮大工二人、料理人一人、友人一人）を連れ帰り、日本庭園を本格的なものにした。樫岡《ダンダラック》神社などというものまで作らせた。八人の日本人はその後、なぜか二十年近く、ダンダラック・ハウスにとどまっていたという。

漱石はおそらく、再来日したディクソンと会っていないと思われるので、その後の不思議な話も知らなかったかもしれない。が、ともかくディクソンとはそんな男であり、その富裕な英国風独身人生について、漱石は何ひとつ書こうとしなかったという事実がある。八人の日本人の二十年というものが関わったディクソンの不思議な晩年は、結局漱石の文学のなかに取りこまれることがなかった。

現地に立って痛感したのは、「永日小品」の「昔」に描かれた風景こそ確かめられても、漱石がいわば「人事」を避けて書き残さなかったものが思いがけず大きいということであった。明治の小説家が興味をもってしかるべきものが、なぜか手つかずのままにされて今に至ったということであった。漱石の「神経衰弱」によってはね返されたかのようなディクソンは、以後謎の男のままにとどまり、研究者が苦労をしてもその謎を十分解くことはできそうにない。

漱石はロンドンでは想像できなかったスコットランドの秋の美しさを描いた。小宮豊隆は「昔」について、「漱石が四辺の美しさの中に溶け込んでしまつてゐるやうな美しい作品」(『夏目漱石』)だといい、その後の論者たちも皆、ピトロホリーにおける漱石の幸福感を指摘している。平川祐弘氏は、漱石が描いた風景は幸福な「内的風景」であり、むしろ「東洋の漢詩の世界」を連想させるような一種の「桃源郷——文明社会を離れた一つの別乾坤《べつけんこん》として描かれてい」るといっている。(『漱石の師マードック先生』)

後年ピトロホリー滞在時を思い返して漱石が描いたのは、実際、そういうものであった。いわば漢詩の世界の「別乾坤」としてつくり直された風景であった。現地に滞在中漱石は、「彼等英人の自然観は到底我国に於るが如く熱情的にあらず。」と感じ、東西の自然観を次のように対立させていた。

……嘗て彼地にありし頃雪見に人を誘ひて笑を招きし事あり。月は憐れ深きものと説いて驚ろかれたる折もあり。或時は知人に何故庭中に石を据ゑざるやと問ふて「据ゑてくるる人があるとも、直ちに庭外に運び棄てる覚悟なり」との返答を承はつたる事あり。或時は路傍の松樹を指さして同行者に時価若干と尋ねたるに其男五磅位と答へたりし故日本にては王侯の邸宅を飾るに足るを安きものかなと感じたり。あとにて聞けば五磅とは庭樹としての価ならず、材木としての価なりし由。(『文学論』)

素朴日本人ふうのこの種のこだわりを持ちつづけた漱石が、ピトロホリーで何を見、何を見なかったかをあらためて考えてみる必要があろう。ロンドンから田舎へ来て心が晴れたのは事実かもしれない。だが、彼がほんとうに「幸福」を感じる余裕があったかどうかは疑わしい気もするのである。当時、彼の心はまだ半分閉ざされていて、自らの「神経衰弱」克服のために

郵便はがき

料金受取人払郵便

麹町支店承認

6747

差出有効期間
平成29年1月
9日まで

切手を貼らずに
お出しください

102-8790

102

[受取人]
東京都千代田区
飯田橋2−7−4

株式会社 作品社
営業部読者係 行

【書籍ご購入お申し込み欄】

お問い合わせ 作品社営業部
TEL 03(3262)9753/FAX 03(3262)9757

小社へ直接ご注文の場合は、このはがきでお申し込み下さい。宅急便でご自宅までお届けいたします。送料は冊数に関係なく300円(ただしご購入の金額が1500円以上の場合は無料)、手数料は一律230円です。お申し込みから一週間前後で宅配いたします。書籍代金(税込)、送料、手数料は、お届け時にお支払い下さい。

書名	定価　　　円	冊
書名	定価　　　円	冊
書名	定価　　　円	冊
お名前　　　　TEL　(　　)		
ご住所　〒		

フリガナ
お名前

男・女　　　　歳

ご住所
〒

Eメール
アドレス

ご職業

ご購入図書名

●本書をお求めになった書店名

●ご購読の新聞・雑誌名

●本書を何でお知りになりましたか。

イ　店頭で

ロ　友人・知人の推薦

ハ　広告をみて（　　　　　　　　）

ニ　書評・紹介記事をみて（　　　　　）

ホ　その他（　　　　　　　　　　　）

●本書についてのご感想をお聞かせください。

ご購入ありがとうございました。このカードによる皆様のご意見は、今後の出版の貴重な資料として生かしていきたいと存じます。また、ご記入いただいたご住所、Eメールアドレスに、小社の出版物のご案内をさしあげることがあります。上記以外の目的で、お客様の個人情報を使用することはありません。

心が忙殺されていたのではないかとも思われる。あらためて外界を受け止めなおし、未知の老人ディクソンとまともにつきあうために、力をふるい起こす必要があったのではないか。「昔」に描かれたピトロホリーの自然は、文明社会の現代から「二百年の昔にかへつ」たような、古びた色をした、寂《さ》びた自然である。いわばそこへ逃げこんだ心がとらえるのは、小さな蔓薔薇であり、黒い影のように動く栗鼠《りす》である。「主人」と崖の下へ歩いて戻ってくると、「足の下に美しい薔薇の花弁《はなびら》が二三片散つてゐた。」というのが結びの文章である。片々たる「美しい薔薇の花弁」にことさらに目を据えるような、やや不自然なこまかさの目立つ文章だといえる。

塚本利明氏は、漱石のスコットランド行きの経路について、詳細をきわめた推論を展開している(『漱石と英国』)。漱石は、かつて日本人留学生用の入試問題づくりを頼まれたことのあるグラスゴー大学や、「バーンズ・カントリー」の中心地エアを見たいと思ったはずで、エジンバラ経由ではなくグラスゴーやエアをへてピトロホリーへ入ったにちがいないと塚本氏はいう。だが、その緻密な考証を読むとき、これは全部当時の漱石の心から削ぎ落とされていた事柄ではなかったかという思いを禁じ得ない。漱石は英国ではじめて長距離の鉄道旅行をしながら、旅の記録はおろか、メモひとつ残していない。それを思えば、そもそも健康な好奇心と活発な心を前提にして考えるべき問題ではないのかもしれないのだ。

もっと心が健康だったはずの渡英直後、漱石はケンブリッジ大学を見にいき、年額千八百円の留学費ではとうてい無理だと思い、入学をあきらめている。吉田健一『東西文学論』によると、正式の入学ではなくても、ケンブリッジに住んで講義を聴講し学生や教授と自由に交際することはできたはずだということだが、漱石はその「交際」を嫌い、また大学を英国紳士の養成機関のように見て反発するところがあった。「紳士」階級に対する彼の反感は、貧乏国の人間の一種のひがみによるものだったかもしれない。そのために大学人とのつきあいをせず、英国エスタブリッシュメントと関わらなかったとすれば、当然彼の英国理解は片手落ちのものになってしまう。

だが、その代わりに、彼は留学の目的を本を大量に買って帰ることと決め、買った本を読みに読んで「自己本位」の立場で大論文を書き、そこから思いがけず小説家夏目漱石が生まれることになった。それに対し、漱石とはまるで違う西洋体験から小説家森鷗外が生まれた事情を考えあわせると、近代文学出発時の代表的知識人二人の対照の妙には興味の尽きないものがある。

武田勝彦氏の「漱石ロンドン異聞」は、なおもうひとつ、面白い事実を教えてくれる。「永日小品」のなかの「下宿」「過去の匂ひ」に描かれた下宿の家族のことである。武田氏は三年がかりで主婦ミス・マイルドに関係する戸籍を調べたうえで、作中の下宿の家族は漱石がうまくつくり変えたフィクションだといっている。

Miss. Milde はこれまでマイルドと読まれてきたが、武田氏によるとこれはドイツ名のミルデで、彼女は旧姓デーリングのままミルデ家へ入った。実の両親も義父もドイツ系である。漱石は彼女の故国をフランスに変え、彼女が美しいフランス語を話す場面をつくっている。寒くて暗い下宿のなかに「遠い仏蘭西で見るべき暖かな夢」が浮かびあがる瞬間である。漱石はまた、彼女の実兄をおやじミルデの先妻の子にし、親子の仲が非常に悪いということにした。実際は血のつながらぬ二人はいい関係で、一八八七年にはウェスト・エンドの仕立屋の店名に義理の息子の名前が加わり、息子は父のあとを継いで店を繁盛させたということである。

「永日小品」中の英国ものが、じつは精妙にフィクション化されたものであることは、「暖かい夢」「印象」「霧」などの書き方からわかり、「過去の匂ひ」の結びの文章、「自分は此の匂を嗅いだ時、彼等の情意、動作、言語、顔色《がんしょく》を、あざやかに暗い地獄の裏《うち》に認めた。自分は二階へ上がつてK君に逢ふに堪へなかつた。」を読むときも、うまくつくってあるという読後感がはっきり残る。だが、ドイツ人の義父とフランス人の娘というふうに、人種が違い血のつながりもない家族というものを、作者がわざわざつくっているとはわからない。実際にそんな現実があって、それを漱石は「地獄」と呼んでいるらしいと思うばかりであろう。

「下宿」「過去の匂ひ」をつうじて漱石は、英国の家のなかの「地獄」の眺めを語ろうとした。作中の主婦（娘）とその兄は血のつながりがなく、まったく顔立ちが違うという設定だが、兄と幼い女中のアグニスが似ていることになっているのも、同様に「地獄」のための設定なのかもしれない。そのへんはいかにも曖昧仕立てにされている。

現実のミルデ家のなかがどんなだったかは、漱石と同宿していた鉄道技師長尾半平（「過去の匂ひ」のK君）や、長尾と二人でミルデ家を漱石に紹介したらしい大倉組ロンドン支店長門野重九郎の証言が、武田氏の「漱石ロンドン異聞」のあとの詳細をきわめた単行本『漱石　倫敦の宿』にあげてある。

それによると、二人にとってミルデ家は、漱石が描いたような暗い家ではなく、下宿として十分に満足できたということで、門野は漱石が「どちらかといえば不平屋で、何事につけても不満の多い方の人のようだった。」と、のちにふり返っている。その小さな不満がタネになって、八年後に鮮やかな「暗い地獄」の絵が生まれたということかもしれない。

その点に関しては、もうひとつ、末延芳晴『夏目漱石ロンドンに狂せり』に、当時の東京海上保険ロンドン支店長平生《ひらお》釟三郎《はちさぶろう》の『自伝』が紹介されている。平生は漱石が下宿する前、一年八カ月ほどミルデ家に下宿していた。そのあいだ、「金が目的ではなく、親切」にもてなされ、家族の一員としての扱いを受けたという。家内の空気はなごやかで、漱石が描いたのとは正反対だったらしい。

平生によると、主人ヨハン・フリードリッヒ・ミルデはドイツ人だが、もとナポレオン三世の宮廷裁縫師で、その後英国へ渡り、ウェスト・エンドでテーラー・ショップをひらき、貴族など上流客を相手に成功していた。図書館から本を借りて日本について勉強することもあったといい、漱石の描いた人物とは違っている。ユダヤ人ではないかという点は、当時イースト・

エンドやウェスト・エンドにユダヤ系の繊維・アパレル業者が多く、ウェスト・エンドのテーラーはその多くがドイツ系ユダヤ人だったので、その可能性を否定できないというのが末延氏の見方である。

武田氏の調査によると、ミルデ一家の血統は、名前だけ見てもドイツ系、フランス系、ポーランド系、スペイン系、イタリア系と錯綜している。長い流浪の歴史をへて英国へたどり着いた人たちだったのかもしれない。漱石は「下宿」を書くとき、家族の血の錯綜自体をわかりやすくフィクション化したのだともいえる。そんな家族は、当時の素朴な日本人にとって驚くべき眺めだったかもしれないが、漱石はおそらく、日本における彼自身の育ちの「地獄」をもそこに重ねているのである。

「永日小品」中の英国ものには、家庭の「地獄」の外の経験を語った「暖かい夢」「印象」「霧」といった作品がある。いずれも「世界の工場」の時代の英国の首都へ送りこまれた「東洋の豎子《じゅし》」の狼狽と不安が語られている。「霧」は留学生活も半ばを過ぎたころの、進退きわまった、途方に暮れた心が読みとれる話だが、「暖かい夢」と「印象」には、ロンドンへ着いた翌日の、「倫孰《ママ》市中ニ歩行ス方角モ何モ分ラズ（略）困却セリ」（「日記」）という経験が語られているように見える。

昨夕《ゆふべ》は汽車の音に包《くる》まつて寝た。十時過ぎには、馬の蹄《ひづめ》と鈴の響に送られて、暗いなかを夢の様に馳《か》けた。其の時美しい燈《ともしび》の影が、点々として何百となく眸《ひとみ》の上を往来した。其の外には何も見なかつた。見るのは今が始めてゞある。

この「汽車」はロンドンへ向かう汽車のはずで、「暗いなかを夢の様に馳けた。」は、ロンドン到着後ブルームズベリーのガワー・ストリートの宿へ馬車で向かう場面であろう。翌日、昼の光ではじめて見たのは「不思議な町」であった。同じ色の四階建ての家が並び、「隣も向ふも区別のつきかねる位似寄つた構造なので、今自分が出て来たのは果してどの家であるか、二三間行過ぎて、後戻りをすると、もう分らない。」たしかに、ガワー・ストリートはいまでもそんなふうにいえそうな通りである。

その町を「五色の雲の様」な馬車が馳せちがい、群衆がひしめき、「人の海に溺れ」るようである。「右を向いても痞《つか》へてゐる。左を見ても塞《ふさ》がつてゐる。後《うしろ》を振り返つても一杯である。」「さうして眼の疲れる程人間の沢山ゐるなかに、云ふべからざる孤独を感じた。」

ロンドン到着翌日のそんな「困却」の経験のなかに、劇場内の別世界を覗くエピソードを加えているのは、下宿の話をフィクション化したのと同じやり方だと見ることができる。到着翌日の漱石には、ひとりで劇場へ入ったりする余裕はなかったにちがいない。「下宿」に「遠い仏蘭西で見るべき暖かな夢」が浮かぶ瞬間があったように、同じことばを表題にした「暖かい夢」では、劇場の観客たちが「暖かな希臘《ギリシヤ》を夢みてゐ」る。どちらも同じようなフィクション化だといえそうである。

ジャン＝ジャック・オリガスム「『蜘蛛手』の街」は、初期の「倫敦塔」や「カーライル博物館」で漱石が語っているのは、あらゆる交通機関が「蜘蛛手十字に往来する」、交通網や情報網の中心としての、一種抽象的な空間としての「都会」の体験だといっている。すでに「中心」がなくなり、「記念的建造物《モニユメント》」は見えなくなり、輪郭も特色もない「総体」がただ動きつづけているにすぎない。そのような漱石のロンドンが、部分が遠近法的に整然と位置づけられる森鷗外のベルリンと比較されている。

平川祐弘氏は鷗外と『米欧回覧実記』の久米邦武をつなげて、「銅版画や写真に似た正確な風景」を描いた「明治初期漢文脈作家のリアリズム」に注目している。二人に較べると、漱石の描写は印象主義風で、「眼の悪い人が眼鏡を忘れて、前後を驚いて見まわしているような印象」を受けるといっている。それはロンドンのような大都会の描写に限らない。ピトロホリーの自然を描けば、いよいよ「外光派の画家」のようになる。漱石もおなじ漢文脈の作家ながら、時代の違いと彼独特の資質というものを考えざるを得ないのである。

オリガス氏は鷗外が西欧の都市を描くにあたって「漢文の構築力」を必要としたことをいい、平川氏は一個の視座から遠近画法的な「ヴィスタ」を描く漢文的客観描写の力において、森鷗外と久米邦武は共通しているという。いずれにせよ、西洋近代の都市景観に対して、そのモニュメント性と十九世紀的秩序に対して、彼らはあくまで漢文の力によって拮抗しようとしたのだといえる。

それに対して漱石は、たった二十年で、もっと新しくなっている。平川氏のいうとおり、彼の英国描写は「一時代前の漢文派の文体とは違う点にこそ特徴がある」といわざるを得ないが、その漱石が書こうとしなかったこと、あるいは書けなかったことを書いたのは、一時代前の若い鷗外であった。漱石はJ・H・ディクソンの「宏壮なる屋敷」を描かなかったが、鷗外はフォン・ビュロウ伯の城やドレスデンの王宮を描いた。漱石は英国社会上層部との接触を好まず、その交際を「厭ダナー」と感じ、「狭イ drawing room ニズラリ列ンダリナ半ダースの貴女ガ御出《イデ》ダ。」といった調子で書き、それ以上何も記録しなかったが、鷗外はドイツ上流階級との関係を好んで語り、「半ダースの貴女」がいればそれをいちいち描写し、記録した。

鷗外はまた、漱石が描かなかった都市景観の「ヴィスタ」をきっちりと書き残した。その「ヴィスタ」について、中井義幸『鷗外留学始末』が面白い指摘をしている。「豊太郎の語るウンター・デン・リンデンは、『実記』（引用者注・久米邦武編『米欧回覧実記』）のシャンゼリゼの描写と句々相対応した幻影なのだ。」というのである。

中井氏は、ベルリンのウンター・デン・リンデンを、パリのシャンゼリゼとは比較にならぬ「田舎町の銀座通り」であるとして、「そこにはシャンゼリゼのような光彩陸離たるヴィスタは開けていない。」というが、いわれてみればそのとおりにちがいない。若き日の鷗外の目にも、当時のベルリンが「舞姫」に描かれたとおりに映ったはずがないというのは鋭い着眼であろう。中井氏によれば、鷗外は渡欧の際に携行した『米欧回覧実記』中のパリの記述を、現実のベルリンに重ねるようにして「舞姫」を書いた。それはベルリンを語りながら彼のパリ体験を語ることでもあった。

中井氏は久米のシャンゼリゼ描写と「舞姫」のウンター・デン・リンデン描写を並べてみせ、たとえば「漲り落つる噴井《ふきゐ》の水」は、じつはパリのコンコルド広場の噴水なのだといっている。つまり、鷗外はわざわざ「虚像」をつくっていて、「『巴里まねびの粧《よそほひ》』をしているのは、道行く『妍《かほよ》き少女《をとめ》』ならぬ、眩んだ豊太郎の目に映るウンター・デン・リンデンの光景全体」なのだという。

鷗外はマルセイユ上陸後、他の留学生たちはベルリンへ直行しているのに、なぜかひとりパリへ向かい、パリ一泊後ベルリンへ入っている。彼は久米邦武が描いたパリをひと目見たかったのかもしれない。「其壮麗ナルニ至リテハ、実ニ世界中ノ華厳楼閣ノ地ナリ」と久米は書いている。それほどの「麗都」であればぜひとも一見したいし、そのためにあえて単独行動をとるのも、その後の鷗外のやり方から見て大いにあり得ることである。彼は実際にパリを目にして驚いたのにちがいない。「何等の光彩ぞ、我目を射むとするは。何等の色沢ぞ、我心を迷はさむとするは。」というのはそのときの驚きを語ったもので、「舞姫」には作者のそんなパリ体験が書きこまれているとみるのはいかにもうなずけることである。

中井氏の『鷗外留学始末』は、留学中の鷗外に宛てた家族・友人・上司等からの二百七十余通にのぼる書簡群（弟篤次郎の七十数通を含む）と、上司石黒忠悳《ただのり》軍医監が欧州滞在中に陸軍省医務局へ書き送った五十数通の手紙を判読して「独逸日記」とつきあわせ、「石黒日記」とも照らしあわせて、鷗外の留学生活の真実を明かそうとしたもので、「独逸日記」の読み方について、きわめて豊かな示唆を与えてくれる。

「文づかひ」の材料となったザクセン軍軍事演習の経験についても、鷗外参加の際の問題など調べつくされているが、中井氏はドレスデン王宮での経験を疑問視している。鷗外は滞欧中の経験をいちいち東京の家族に報告しており、それに対し弟篤次郎がくわしく返事を書いていて、その返信の内容から見えてくるものがあるが、ドレスデン王宮に関することは篤次郎の返信のなかにない。鷗外はなぜか家族に報告しなかったらしいという。「林太郎は王侯貴顕に接することを、最大の栄誉と考えており、先の九月のザクセン軍演習中にアルベルト王に謁見した時には、早速これを家族に告げ」、篤次郎が大喜びの返事を書いているのに、その後のドレスデン王宮及びファブリス伯爵家への招待といったもっと大きな栄誉について、何も知らせなかったらしいのである。中井氏はその点にはっきり疑念をいだいて言う。「『独逸日記』の記事は『文づかひ』の八年後に書かれたのである。」

だが、そのことでは別の見方もできるはずだ。「独逸日記」に四度も出てくる王宮体験のくわしい記述が、簡単に捏造できるようなものではないことを思えば、家族あて手紙で報告できない何らかの事情が生じていたということではなかろうか。

「文づかひ」は、私の考えでは、ドイツ三部作のなかで小説として最もよく出来ている。私はそれが、実体験を最も自然に生かしてフィクション化したものだからだろうと永く思ってきた。「文づかひ」は日本人とドイツ人の「恋愛」を語ったものではない。だから、「舞姫」や「うたかたの記」のような不自然なストーリーを考え出す必要がなかった。「この国をしばしの宿にしただけの一日本人士官が見たドイツ人貴族の世界が、東京の「星が岡茶寮」の会の場に浮かびあがる。その語りの雅趣と、的確なドイツ理解に基く物語の安定感が際立っている。イヽダ姫の話に鷗外自身の離婚問題を見る読み方があり、イヽダ姫が不本意な結婚を拒んでドレスデン王宮へ逃げこむ話はフィクションであろうが、不自然さは感じられない。川上俊之氏によると、「令嬢イーダが宮女として仕えた話はフォン・ベーラウ家には伝わっていないし、また実際にはあり得ない」ということである。（川上俊之「『文づかひ』紀行――ザクセン軍団秋季演習における鷗外の軌跡」『鷗外』20号、後注参照のこと）

ともあれ、漱石をはじめとして、のちのより新しい作家たちが、なぜか書けなくなってしまったことを、一八八〇年代の鷗外は楽々と書いてみせた。ほとんどロシアのツルゲーネフやトルストイのように書くことができた。

若い娘が六人もいる貴族の城の晩餐の様子が、少しの無理もなく生き生きと描き出されてい

ドレスデン王宮の廃墟（1989）

るばかりではない。ドレスデン王宮の場へ移ると、ドイツ統一後の地方宮廷の盛儀のさまが、隙のない的確さできっちりととらえられている。その危なげのなさとリアルなこまかさは、実体験なしではちょっと考えにくいようなものだ。次に、舞踏の場面のあと、人々が間食卓《ビユツフエ》の部屋へ移るとき、語り手がイヽダ姫に声をかけられる箇所をあげてみる。

時遷《うつ》るにつれて黄蠟《わうらふ》の火は次第に炭の気《け》におかされて暗うなり、燭涙《しよくるゐ》ながくしたゝりて、床の上《へ》には断《ちぎ》れたる紗《うすぎぬ》、落ちたるはな片《びら》あり。前座敷の間食卓《ビユツフエ》にかよふ足やう〳〵繁くなりたるをりしも、わが前をとほり過ぐるやうにして、小首かたぶけたる顔こなたへふり向け、なかば開けるまひ扇に頤《おとがひ》のわたりを持たせて、「われをばはや見

ドレスデン王宮復元中（1998）

忘れやし玉ひつらむ」、といふはイヽダ姫なり。「いかで」といらへつゝ、二足三足附きてゆけば、「かしこなる陶物《すゑもの》の間見たまひしや、東洋産の花瓶《はながめ》に知らぬ草木鳥獣など染めつけたるを、われに釈《と》きあかさむ人おん身の外になし、いざ、」といひて伴ひゆきぬ。

私は鷗外の王宮体験をいくら疑いたくても、これほどこまかい生きた描写が、彼の頭の産物にすぎないなどとはとうてい思えないのである。

「文づかひ」のなかの宮廷に関する説明や描写は、全体に、「独逸日記」のそれよりむしろ簡潔である。「独逸日記」の記述を要約したような書き方になっているところさえある。小説に合わせて日記の記述をつくったのだとしたら、当然それは逆になるはずである。

　王侯貴顕との関係や出世競争に目の色を変えるところのあった俗物鷗外が、その一面を家族あての手紙で遠慮なくあらわしていたであろうことは想像にかたくない。にもかかわらず、彼の報告に王宮体験が含まれていないとすれば、陸軍省軍医部の上司石黒忠悳軍医監との関係を考えるべきではないか。中井氏によれば、当時鷗外は、日本にいる上司をほとんど無視して動きまわり、事後報告ですますようなやり方だったので、上司との関係が微妙になりかけていた。東京の親がしばしば石黒の家へ駆けつけて、息子の勝手な動きをカバーしなければならなかった。そうなってくると、鷗外としては、東京の家へ伝えたことはそのまま石黒の耳に入るものと考えなければならなかったであろう。彼の仕事は衛生学の学問的研究であり、特に脚気の病因の究明が急務であったのに、研究に熱心になれぬまま王侯貴顕とのつきあいにうき身をやつしていることを、家族に伝えにくくなったとしても当然かもしれないのである。

　中井氏は、鷗外がザクセン軍軍医部長ヴィルヘルム・ロートに招かれて参加した軍事演習の十七日間について、「九月のザクセンの野に林太郎を待っていたのは、華麗な夢に似た二週間であった。」と書いている。鷗外はライプチッヒで軍医仲間のドイツ人をつうじてロートに接近し、ロートがまた初老の独身者らしく東洋から来た好青年に並々ならぬ好意を寄せた。ドイツ社会上層部との鷗外の関係は、ほとんどすべて、ロートと知りあってから生まれたものである。ロートとの関係ははじめ、東京の上司の知るところではなく、「華麗な夢に似た二週間」は、若い鷗外があえて東京を無視するようにして手に入れたものだったらしい。

鷗外留学のその時期のことは、ずっと気になっていて、私はぜひとも現地を見たいものと思っていた。まだベルリンの壁があった冷戦時代に、東ドイツへ入る機会があったので、東ベルリンのほかライプチッヒやドレスデンへも行ってみた。「独逸日記」や「文づかひ」に出てくるグリンマという町はライプチッヒから近い。ただ、当時の注釈つき森鷗外全集（筑摩書房版）には、「文づかひ」のイヽダ姫の城（フォン・ビュロウ邸）も演習の土地も、グリンマからは遠いライプチッヒ近郊北東部としてあった。お城の土地デーベンを、「独逸日記」の鷗外の表記が「ドヨオベン」なので、北の温泉町デューベンと間違えたような説明になっていた。

ともかく鉄道でグリンマへ行き、歩いてみるつもりで地図を探した。ところが、当時の共産圏でいちばん手に入れにくかったのが地図で、ライプチッヒ市内の地図と、東ドイツ全国の道路地図はあるが、ライプチッヒに近い田舎のくわしい地図が見つからない。どんな大きな書店へ行ってもない。地図がなくては満足に歩けそうにないが、翌日ともかく駅へ行ってみると、グリンマ方面行きの列車はなぜか運休になっていた。バスを利用されたしと黒板に書いてあった。

ベルリンの壁が崩れたあと、あらためてライプチッヒへ行き、今度は簡単に地図が手に入り、ビュロウ伯のお城の地デーベンはグリンマから歩ける距離であることがわかった。ライプチッ

グリンマ・マルクト広場

ヒの東南三十キロ、単線のローカル列車で四十分近くかかる。ライプチッヒ近郊は野山が広々としている。昔ザクセン軍が二週間以上も演習に使ったのがうなずける広大な土地である。

グリンマはムルデ河畔の市場の町。鷗外はデーベンの城から、ザクセン王の招宴のため、ビュロウ伯の馬車を借りてこの町まで来ている。招宴のあと「金獅客館」へ流れるとき、「数百の児童余に尾し来」たったと「独逸日記」にある、その「金のライオン・ホテル」は、町の中心のマルクト広場にいまもある建物がそれではないかと思われる。玄関口の上部に金色のライオンの頭が突き出ている。**(写真)**

見馴れぬ東洋人のあとを「数百の児童」がつきまとい、同行のドイツ人将校たちが「大声にて驢《ろ》と呼び羊と呼ぶ、罵詈百出」してよ

デーベン城入口

うやく追い払ったというのは、子どもたちが差別語を言い立てたからであろう。いまのグリンマは、「数百の児童」など想像もできない、人影まばらな静まり返った町である。近くの都市からサイクリングで来ているような人が目立つ。

ムルデ河を渡り、昔鉄道が通っていた河ぞいに五キロほど歩いて山へ登ったところがデーベンであった。たしかに城の廃墟があるが、鉄門が閉まっている。村を歩いてまた戻ってきたとき、小さな車で来て鉄門をあけた家族がいた。まだ三十くらいの奥さんが「私がビュロウです」といい、森鷗外のことを知っていた。「文づかひ」も読んでいるといった。廃墟に住んでいるわけではなく、少し年の離れた夫と七つ八つの娘と車で何かを取りにきて、どこかへ行く途中らしかった。

城の記念館

門を入ったところに、醸造所だったという建物が形を残しているが、あとはほとんど何もない。城のあったところに瓦礫が重なっている。奥さんの話によると、城は戦後まで残っていたが、一九六〇年代に内部が崩れ落ち、七〇年代に廃墟になってしまったという。庭の一角をきれいにして、朱い屋根の記念館ふうの小屋を建てている（**写真**中央の人物が「私がビュロウです」といった女性）。

中に古い写真が飾ってある。別に城の写真のアルバムもあって見せてもらう。ムルデ河にのぞんだ断崖の上のかなり大きな城で、奥さんは鷗外たちが泊まったのはこのへんだと城の窓を示してくれた。「イゝダ姫」の部屋を写した写真も残っている。「文づかひ」に描かれた城は、演習の初日に泊まったマッヘルン城と重ねてあるらしいことは多くの論者

城の本丸跡から

に指摘されている。

勝手に見ていってくれというので、家族が立ち去ったあと、城の本丸跡の瓦礫の上に立ち、ムルデ河のほうを眺めた。「碧落洗ふが如く、旭光林を照し、微風はムルデ河上に細紋を描き、対岸の郊原には牧者の群羊を牽《ひき》ゐ行くを見る。」と「独逸日記」にある眺めは、高い位置の鷗外の部屋から見た絶景で、瓦礫の上からでは茂り放題の樹木や灌木にさえぎられて視野が半分になるが、それでも十九世紀末の眺めが大よそ残っているのがわかる。

旧東独時代に、元貴族の一家がどんな立場で、どんな暮らしだったのか想像できない。が、ともかく城の崩壊がはじまっても、何らなすすべはなかったであろう。そんなことには構っていられないいろんな事情があったのにちがいない。まだ若い清楚な奥さんは、城の復元などもちろん考えられないといった。

翌年、私はもう一度ライプチッヒへ行き、今度はザクセン軍の演習の地をざっと回ってみた。ネルハウ、ムッツェン、デーディッツ、ガステヴィッツ、ラーゲヴィッツ、ハウビッツ、ブレーゼンといった村々で、麦畑やトウモロコシ畑がどこまでもうねっている。いまは風力発電の白いトンボがあちこちに目立つ。若い鷗外がヴィルヘルム・ロートと知りあい、ロートに愛されて、日本の上司を無視してまで飛びこんだのがこの広々とした土地であった。ロートの手でザクセンの上流社会へ導かれる「華麗な夢に似た」経験が、じつにここから始まったのである。（注）

鷗外はライプチッヒ、ドレスデン、ミュンヘン、ベルリンと移り住み、少なくともミュンヘンまでの二年半は十分満足すべき留学生活だったといえる。衛生学の研究のかたわら、文学をはじめ広く人文科学方面の勉強を進め、新国家日本を代表する一種の公人としての役割をも担い、その三つをバランスよくこなすことができた。日本の近代化に伴う「無批判的模倣」について、地質学者エドムント・ナウマンと新聞紙上で大論争をする余力さえあった。屈折も挫折も知らず能力を発揮しつづけて倦まなかった。

だが、最後のベルリン時代はそれまでとは幾分違ってくる。当時すでにベルリンには日本人留学生が多く、鷗外は陸軍省派遣の役人軍医としてはじめて窮屈な思いを味わうことになる。それまで彼は、ドイツ人のあいだで自在にふるまいながら、バランスのとれた明快な自己を疑わずにすんだ。留学生の自由を満喫する思いだった。が、ベルリンではその自由が疑われてくる。「こは足を縛して放たれし鳥の暫し羽を動かして自由を得たりと誇りしにはあらずや。」日本からは上司の石黒忠悳《ただのり》軍医監がやってきて一年滞在する。「曩《さき》にこれを繰つりしは、我某省の官長にて、今はこの糸、あなあはれ、天方伯の手中に在り。」（以上「舞姫」）ここでは「官長」が石黒にあたる。天方伯は山縣有朋陸軍大臣である。

森林太郎青年の大胆な行動は、じつはそのベルリンでも変わっておらず、「舞姫」のエリスにあたる女性との関係が始まっていた。彼はドイツでの三年のあいだに、文学、哲学を読み進めながら、ロマン主義的な個人性の認識を深め、「感情の解放」をわがこととして考え、ひとりのドイツ人女性とのあいだに濃密な愛の感情世界を求めたのだと思われる。

「舞姫」では、主人公太田豊太郎の心が「自由」に目覚めるとともに、ゲーテの「若きウェルテルの悩み」に似て、近代青年としてのあらたな「悩み」に直面するさまが語られている。まず「きのふまでの我ならぬ我」がどういうものだったかが示される。法律と政治を学びながら自らを「天晴豪傑と思」うことができ、品行方正を守り、立身出世のため「所動的、器械的の人物」になりながら、「我が有為の人物なることを疑はず、又我心の能く耐へんことをも深く信じ」ることができた。それは言い換えれば、旧来の道徳規範のなかでつくられた政治的青年のきわめて明快な自己意識ということになろう。

それに対し、古い規範からはずれた新しい自己は、思いのほか弱いものであることを知るようになる。「我心は処女に似たり」という「弱くふびんなる心」「臆病な心」が時にむきだしになるような危うさを意識せざるを得ない。困難に際しては優柔不断に陥りがちである。それは旧来の政治青年のなかにあらたに見出された近代的文学青年の心でもあろう。結局豊太郎は、決断らしい決断もできないままエリスを裏切るかたちになり、そのためほとんど「錯乱」し、「我脳中には唯々我は免すべからぬ罪人なりと思ふ心のみ満ち〳〵て」「世を厭ひ、身をはかなみて、腸日ごとに九廻すともいふべき惨痛」を味わわなければならない。

西洋ロマン主義の影響下に、新しい個人の「悩み」と「苦しみ」を語る近代文学が日本でも生まれようとしていた。それは、二葉亭四迷にせよのちの夏目漱石にせよ自然主義文学にせよ、その意味で皆同じだったといえる。そのどれもが近代青年の心の問題に文学的誇張を加えているので、いまの読者が、鷗外や漱石が描く「恋愛」をもどかしく思い、あるいは基本的な不自然さを感じるということが当然あるはずである。太田豊太郎は、いま決して評判のいい主人公とはいえないであろう。

「舞姫」は、話の設定としては作者の経験にはなかったものをつくりながら、そこへ経験の真実をとことん書きこんだものだということがわかる。一種の懺悔録としての重味が十分伝わってくる。だが、その重味がもっと強まるはずの最後の一節で、逆にそれが急に弱まるように感じられる。つまり話が単純化され、軽くなっている。結局、豊太郎がかりそめの「現地妻」を無情にも捨てて帰国する話として読まれることになってしまう。エリスは単なる「路頭の花」

にすぎなかったのかと思わざるを得ない。作者はもともとそう読まれたくはなかったはずだが、末尾の一ページあまりの書き方が、それまでの真実味を少なからず損い、あるいは裏切ることになっているのである。作品発表当時「支離滅裂」といった批判を受けたのも主にそのためで、鷗外はそれに答えて、「太田牛は真の愛を知らず。然れども猶真に愛すべき人に逢はむ日には真に之を愛すべき人物なり。」(「舞姫に就きて気取半之丞に与ふる書」)と、ほとんど言い訳のようなことを言わなければならなかったのである。

新しい個人の「悩み」や「苦しみ」は、「舞姫」の場合、豊太郎とエリスの個人主義的な「憂きがなかにも楽しき月日」が、古い世界によって揺さぶられることで生まれている。親友相沢謙吉がとつぜん大臣とともに現れ、豊太郎を古い世界へ連れ戻そうとするからである。豊太郎は大臣の前で決断を迫られたとき、「身はこの広漠たる欧州大都の人の海に葬られんかと思ふ念、心頭を衝いて起」こり、思わず「承はり侍り」と答えてしまう。

その際の冬のベルリンの寒さが、豊太郎の心の底の寒さとともに、たいそうリアルに描かれている。それまで鷗外が日記にも描かなかった北ヨーロッパの冬の厳しさ、怖ろしさである。「明治廿一年の冬は来にけり。」に始まるこの小説の後半部分の真実味は胸に迫るものがある。孤立無援の一日本人青年の「弱き心」の悲劇が、ベルリンの冬の進行とともに破局に向かうさまが、一語一語刻みつけるように語られている。

近代の西洋人がくり返し問題にした個人の「自我」とは何かということでは、彼らは実体ある自我を信じようとしたが、鷗外はのちに「西洋人の見解が尤もだと承服することは出来ない。」と言い、「広狭種々の social《ソチアル》 な繫累」を考えて、「あらゆる方面から引っ張ってゐる糸の湊合《そうがふ》してゐる」ものが確認できるだけだという意味のことを言った（「妄想」）。それは要するに人間存在を「関係」においてとらえるということで、鷗外は優柔不断な自己の空虚さ、あいまいさに悩みながらも、きわめて現代的といえる認識に達していたことになる。

「おそらくこの述懐は今日の日本人にとつても、自我というものについてもつともわかりやすい證言だといえるだろう。」（山崎正和『鷗外　闘う家長』）「舞姫」の物語は、そんな日本人の自我の悲劇ということになるにちがいないが、それでは実際の事件の際の作者鷗外の決断とはどういうものだったのであろうか。

山崎正和氏は「彼の生涯の文学的な主題」について、「内面の完全な空白そのものを凝視することであつた。」といっている。が、「舞姫」の時期の鷗外については、モデル問題などから、以下少し見方を変えて考えてみたいと思う。

「舞姫」のエリスにあたるドイツ人女性に関しては、これまで「路頭の花」説と「永遠の恋人」説とがあった。近年、女性の名前と身元がわかってきて、彼女は単なる「路頭の花」ではなく、鷗外が本気で愛した相手だったらしいことが見えてきた。その女性が鷗外の帰国と同時に、別の船で日本へやってきたことについても、新しい見方ができるようになっている。

ベルリン在住の六草いちか氏が、その女性エリーゼ・ヴィーゲルトの身元をつきとめている。

彼女の洗礼記録と堅信礼の記録を発見し、エリーゼが現ポーランド領のシュチェチン（「舞姫」に地名が出てくる）で一八六六年に生まれたこと、鷗外と知りあったころは二十一歳のお針子で、日本から帰国後は婦人帽子の製作を仕事としてベルリンで暮らし、三十八歳でユダヤ人商人と結婚、比較的豊かに暮らして一九五三年に亡くなったことを調べあげている。中年のエリーゼの写真も子孫から手に入れて発表している。六草氏は若い鷗外の本気の「恋」を疑っていない（『鷗外の恋――舞姫エリスの真実』『それからのエリス――いま明らかになる鷗外「舞姫」の面影』）。

なお六草氏は、エリーゼ来日の費用について、鷗外には払えなかったはずとの説が多いことに異をとなえている。「永遠の恋人」説の論者はエリーゼを富裕な家の娘と見がちだが、実際は毎年住まいを転々としていた貧しいお針子であり、彼女が自分で一等船室の船賃を払うことなど考えられない。逆に鷗外のほうは、当時の留学費、年千三百円に加えて制服費が月額八十円あり、ほかにも翻訳などのアルバイトでかなり稼げたはずで、エリーゼの船賃四百五十円足らずを払うことはできたのではないかという見方である。

その「エリーゼ来日事件」について、小平克氏と林尚孝氏の共同研究が、過去の「永遠の恋人」説を踏まえて思い切った見方をうち出している（小平克『森鷗外論――「エリーゼ来日事件」の隠された真相』林尚孝『仮面の人・森鷗外――「エリーゼ来日」三日間の謎』）。

両氏は、鷗外はエリーゼと日本で結婚するつもりで、陸軍辞職の覚悟を固めていたと見ている。エリーゼはドイツ北部ブレーメンの港からひとり船に乗り、フランス・マルセイユからの鷗外らの船の四日後に横浜へ着く。鷗外は航海の途中セイロン島のコロンボで、エリーゼに読ませるための小説本を港湾事務所に残そうとし、エリーゼあてのメッセージを書きこみ、結局持ち帰ったものが東大図書館に収められている（中井義幸『鷗外留学始末』）。二人は示しあわせて別々の船に乗ったと見ていいのである。鷗外は一緒に帰国した上司石黒忠悳に、エリーゼが別の船に乗ったことを明かしていた。

鷗外帰国後の動きを、小平・林両氏は「石黒忠悳日記」と「小金井良精日記」をつき合わせ、小金井喜美子「次ぎの兄」の記述をも参照してくわしく追っている。なかでも帰国のほぼ一カ月後、十月六日から十月十日までの五日間に注目、石黒忠悳医務局次長と石阪惟寛軍医学舎長との関係で鷗外自身及び森家がどう動いたかを探り、鷗外が辞職願いを提出しながら三日後にそれを撤回したと見、それ以外には考えられないと言っている。特に十月七日の日曜日の朝、鷗外を除く森家の三人（母峰子、弟篤次郎、妹喜美子）が石黒忠悳宅へ駆けつけているのを、きわめて異常なことだとして、辞職願いを受けとらないよう懇願する目的だったと推定している。

それに先立つ九月二十四日、森家で夜遅くまで親族会議があったと思われ、翌日から鷗外の義弟、東大医学部教授小金井良精が築地の精養軒ホテル滞在中のエリーゼのもとへ日参、彼女をドイツへ帰すための交渉をつづけた。同時に、一族の長老西周《あまね》による鷗外と赤松登志子との結婚工作が進んで大詰めに来ていた。その縁談は鷗外滞独中にすでに始まっていたが、鷗外はそれをあいまいにはぐらかしていたらしい。彼は少年時代以来の恩人の意向を無視するかたちで、エリーゼを日本へ連れ帰ったことになる。

鷗外の行動がときにきわめて大胆なものになるのは、前にも見たとおりである。鷗外は、西周と森家が、彼を陸軍軍医界における立派な閨閥の一員として迎え入れようとするところへ帰り着きながら、それに逆らい、エリーゼとともに果敢に中央突破をはかろうとしたのだと見ることができる。

小平・林両氏は、母峰子を中心とする森家と鷗外との対立をはっきり見てとっている。その対立は、おそらく鷗外の辞表撤回により彼が屈服するという結果におわった。ロマン派的近代人の個人の恋愛が、すでに件の関係を伴っていたという意味で「其源ノ清カラサル」(賀古鶴所宛書簡)ものとして、家と家との旧時代的結婚観を前に、不本意ながらおとしめられ敗北するということになったのだと思われる。

陸軍に辞表を出そうとしたことは、鷗外の人生でその後も何度かあり、エリーゼ来日時に限らない。が、このときの「屈服」は、鷗外にとって少なからぬ打撃となり、それが長くあとを引いたように見える。その後の赤松登志子との結婚から離婚に至る時期をとおして、彼がかなり異常な姿を見せることになるからである。結局エリーゼを追い返すかたちになったため、彼はおそらく強い自責の念にとらわれ、何年もそこから抜け出せなくなったのだと見ることができる。

小平・林両氏は、鷗外の異常の例として、この時期、医事・軍事関係の論文を中心に著作点数が極端に増えること、「東京医事新誌」主筆の立場で陸軍軍医界上層部（特に石黒忠悳）を攻撃し、やがて主筆を罷免されていること、まだ十代の妻をひどく嫉妬させることになる小説「舞姫」を、おそらく離婚を頭において書いていること、しかもその猛烈な執筆活動のあいだ、若妻との接触を極力減らしていたらしいこと、などをあげている。毎日二、三時間しか眠らず、次第にやせ衰え、体が心配になるほどで、母峰子は今度は登志子との離婚を率先して進めたということである。

帰国後の鷗外の鬱屈の激しさはただならぬものを感じさせる。そこを十分見ておく必要があろう。その何年か前、ドレスデンでヴィルヘルム・ロートに可愛がられ、ザクセン軍団の野外演習に参加したころの、快活で晴れやかな青年軍医の姿はいまやどこにもない。挫折を知らぬ若者が異文化のなかで伸び伸びと力を発揮できたあの自由感は、いま医事論文のなかで激しく上司を攻撃しても、もはや戻ってくることはない。かつての明快な自己はいつしか失われてしまっている。

鷗外の場合、一般に理性的、意志的、かつ保守的というイメージが強いにちがいない。が、あきらかにそれを裏切るこの時期の感情の混乱は、西洋ロマン主義の「疾風怒濤」そのものであったかもしれない。旧来の社会規範をやみくもにはみ出してしまう異常なものがあったともいえる。

そこから「ドイツ三部作」をはじめとする最初期の近代文学が生まれ出たのであり、なかでも「うたかたの記」などは西洋ロマン主義の写し絵といってもいいくらいで、それらはのちの夏目漱石の「神経衰弱」に由来する作品群と並んで、いまなお十分新鮮な姿であらたな読みを誘いつづけているのである。

(注) デーベンの城については、川上俊之氏が一九七六年にはじめて所在地を突きとめ、鷗外は「独逸日記」に城主の名をフォン・ビュロウ von Buelow または Bülow と書いているのに対し、正しくはフォン・ベーラウ von Boehlau であったことを明らかにしている。はじめ von Below であったのが、途中から分家の姓であるフォン・ベーラウに変わったのだという。(「『文づかひ』紀行──ザクセン軍団秋季演習における鷗外の軌跡」『鷗外』20号　一九七七年)

その後金子幸代氏が、デーベン城の歴史を調べたうえで、城主の名をベーロウ Bölow としている。(『鷗外と女性──森鷗外論究』一九九二年)

最近の田中幸昭氏の『森鷗外ドイツ三部作紀行──舞姫・うたかたの記・文づかひ』(二〇一四年)では、現在の城跡の所有者について、「ドイツ統一後、1992年、西ドイツから帰ってきたという、城主フォン・ベーラウの子孫で、現在グリムマで眼科医をしているベーラウ氏 von Below かこの屋敷を買い取り、少しずつ整備している、とのことでした。」と述べている。ベーラウ家の家系図の説明のなかでは、ベーラウの表記は Boelau となっている。

川上氏がはじめてデーベン城を突きとめたとき、村で聞くと「人々は〈フォン・ベーラウ〉と発音した。」ということである。ベーラウとビュロウははっきり違うが、鷗外がなぜフォン・ビュロウと聞きとっていたのかはわからない。また、私が城跡で出会った女性の答えが「私がビュロウです」であったことも、前記三氏の調査とは符号しない。

田中氏はデーベン城とベーラウ氏を六回も訪ねているというが、一九九六年ごろ、すでに大きな家やティーハウスが出来ていたと書いている。その年の写真は著書になく、二〇〇〇年撮影のものがのっていて、それによると城の鉄門のすぐ内側に、三角屋根の四、五階建ての大きな家が建っている。「日本におけるゲーテ受容のパイオニアとしての森鷗外」と書いた催しものの幕が見える。鉄門のあたりや廃墟の様子は、本章の私の写真と同じだが、私のは一九九八年の撮影で、そのときは大きな建物などは何もなかった。たった二年で信じがたいような変化があったことになる。いまの所有者だというベーラウ氏と、何もない廃墟に小さな記念館を建てていたビュロウ氏がどういう関係なのかはわからない。

有島武郎と永井荷風の「放浪」

武郎と荷風は明治三十六（一九〇三）年、私費留学のためほぼ同時に米国へ向かう。武郎は同年八月に日本郵船「伊予丸」で、荷風は同年九月に「信濃丸」でシアトルへ渡っている。武郎は明治十一年三月生まれ、荷風は明治十二年十二月生まれなので、渡米時の年齢はそれぞれ満二十五歳と二十三歳である。

年齢が近く、留学先がアメリカで、渡米の時期が同じだっただけでなく、両人の家庭環境や留学の事情がまたよく似ていた。特に、西洋との関係を子どものころから意識させられる環境だったことが、当時としてきわめて珍しかったといえる。武郎は幼少時に米人牧師の家で英会話を学び、横浜英和学校へ入ると三年近く英語で教育を受けた。それが、高級官僚として欧米を知る機会のあった父親の養育方針であった。荷風の父親も同じく高級官僚で、明治初年の米国留学組でもあり、家にはアメリカから持ち帰ったものがいろいろあった。荷風は家でしばしば洋食を食べ、学校へは洋服でかよっている。武郎、荷風どちらも明治の西洋体験者の二代目という立場が共通していた。

そんな二人が同時期に渡米しながら、米国で会うこともなく、その後も同じ文壇で小説家として生きながら直接関わりあうことがなかった。育ちに共通するものがあったにもかかわらず、二人の文学はまるで違うものになった。明治・大正という時代を考えてそれがたいへん面白いところである。

二人はアメリカでそれぞれ「放浪」という考えを刺激されているという点でも共通している。武郎はホイットマンを知るに及んで、「草の葉」のなかの「放浪者《ローファー》」ということばで自分の生き方を考えるところがあった。他方荷風は、厳父の桎梏から逃れるほとんど破滅的な道を半ば夢見ていた。「余は再び家に帰らざるべし。旅館のボーイか然らずば料理屋の給仕人如何なるものにも姿を替へ異郷に放浪の一生を送らんかな。」（『西遊日誌抄』）「放浪の生活の冷い快味を思ふにつけ、一層《いつそ》の事アラビヤの女と駱駝《らくだ》を並べて砂漠を歩み、天幕の下に眠つて見たらば如《ど》何《う》であらう」（「夏の海」）

明治期最大の国難ともいえる日露戦争の時期に、二人の青年の国難に背を向けた国家離脱的放浪願望があり、その経験をへて二人が別々に作家になっていったということがまた興味深い。明治第二世代の西洋体験として、以下主にそのことを考えてみたいと思う。

有島武郎は学習院中等科を卒業後、縁戚の新渡戸稲造を頼って、新渡戸が教えていた札幌農学校へ進んだ。好きな学科は文学と歴史で、すでに歴史小説などを書いていた青年が、健康問題があったにせよ、わざわざ農業を学びに新開地北海道へ渡ったのは、その後はっきりしてくる彼の「放浪者」的な自由を求める心が、そのころ早くも芽生え始めていたということかもしれない。

もともと彼は温順な総領息子で、表立って反抗するということはなかったが、家や育ちから意識的に自由になろうとするところがあった。明治新社会の成功者である父親の力の及ばぬところへ逃げ、有産階級大家族の長男の立場からも離れて、文化的社会的拘束の少ない土地でひとり生きようとしたかに見える。

札幌で武郎は、農学校の級友森本厚吉により、深い友情関係に誘い込まれる。それは同性愛的なものになり、「情死」を企てるところまで行くのだが、その時期、彼は新渡戸稲造や内村鑑三に学ぶところが多く、内村に心酔していた森本の影響でキリスト教に深入りしていった。のちの小説『迷路』には、若い情熱の命ずるまま「女を恋する代りに神を信じ」ようとしたとあるが、キリスト教への入信は、両親に激しく反対されながらも押し切っている。やがて農学校を卒業、ほどなく森本厚吉と米国留学の途にのぼる。二人は内村鑑三の「洋行反対論」をも押し切って出発している。

横浜で乗船した「伊予丸」の旅は、有島日記『観想録』によると、札幌時代をそのまま持ち込んだようなものだったらしい。毎日森本と語らい、「ヨハネ伝」を読み、若い日本人の牧師が三人いたのでケビンで礼拝の集まりをもった。彼はじつは森本との関係で信仰問題に悩んでいて、「余ノ信仰足ラズ。是レ凡テノナヤミノ nucleus ナリ。」と書き、文学の読書をつづけている。島崎藤村の「若菜集」「一葉舟」「哀詞」のほか、バイロンやバーンズの英詩を読み、ゲーテの「若きウェルテルの悩み」とトマス・ヒューズの「トム・ブラウンの学校時代」を英語で読んでいる。

彼のケビンはたぶん特別三等室（インターミディエイト）で、新潟日日新聞主筆という人が一緒だったが、そこへ一等船客たちが話しにくると、彼はひとり甲板へ逃げていく。一等船客というのは、時事新報記者、醸造家、古谷商会横浜支店支配人、三井物産社員といった人たちだが、武郎はこう書いている。「甚ダクダラナシ。人ヲシテ彼等ノ生活ハ何ノ慰藉ヲ得ルヤヲ思ハシム。」ちなみに森本厚吉は三等船客で、武郎は森本たちのいる「下ノ室」へ行くのを好んだ。

二週間ののち米大陸が近づき、海鳥がしきりに飛ぶようになると、日記はまたこんなふうに書かれる。「陸地ノ漸ク近ケルヲ見ル可シ。我等ハ再ビ汚穢ナル空気ノ中ニ入ラザル可ラザルナリ。」

その点、船の上の永井荷風は違っていた。彼は「汚穢ナル空気」を避けることなく同船の客

武郎・荷風上陸のころのシアトル港

とつきあい、そこから『あめりか物語』の巻頭の一篇「船房夜話」が生まれている。「船房夜話」は語り手のケビンを訪ねてくる二人の男の話で、どちらも学歴がなく出世の見込みがないため、一人は単身生糸のビジネスに、一人は起死回生の留学に米国へ渡ろうとする。国内の競争からはじき出された青年たちの、現実的な不安と空《から》元気の淋しい眺めが描かれている。

荷風もまた新時代の教育制度に適応できず、父親の考えで実業につくため留学させられる身だったが、「船房夜話」の二人の青年ほど追いつめられていたわけではない。彼は有島武郎同様明治の成功者の家の裕福な育ちで、恵まれた一等船客であり、渡米後も特に不自由のない暮らしが保証されていた。彼の当面の滞在先も、シアトルの邦人社会の成功者古屋政次郎の関係で、シアトルより静かな小都市タコマに手配しであった。

タコマはシアトルから南へ列車で一時間、ピュージェット・サウンド湾南端の港町である。十九世紀にはむしろシアトルより繁盛していて、移民の日本人が多かったという。密入国の日本人娼婦もシアトルからタコマへ入り込みつつあったが、在住日本人が運動して売春婦取締法をつくらせ、「市を風紀の紊乱から守った」ということがあった（末延芳晴『荷風のあめりか』）。当時中国人の移民は禁止されていたので、禁止法以後西海岸では日本人の移民が問題にされ、荷風滞在のころも「日本人擯斥」の空気があったらしい。

タコマのダウンタウンは港から離れた丘の上の街である。荷風はそこの古屋商店タコマ支店支配人宅に寄寓し、古屋商店に出入りして一年ほど暮らす。見晴らしのよい静かな環境でひとり自由に過ごせた一年であった。学校はハイスクールへかよったかどうかはっきりしていない。彼は「実に無味乾燥な土地で面白い話をする様なものは一人もない。」と巌谷小波の木曜会あて手紙（年月不明）に書いているが、そこで「孤独閑居」しながら、日本で文法を学んできたフランス語の勉強を進め、英語でアメリカやフランスの小説を読みはじめていたと思われる。

ただ、すでに文壇に顔を出していた荷風がまずやろうとしたのは、日本の雑誌社に約束してきた小説を書くことであった。が、故国とは一変した環境で日本語の小説を書くのは容易なことではなく、基本的に言文一致の文章への疑念が生じ、また米国上陸後の「思想混乱」と「芸術上の革命」の予感があり、「筆を執《と》れども一二行すら満足には書き能《あた》はざる」といった状態になっていた。（以上『西遊日誌抄』）

それでも最初の一年間にともかく書けたのは、「船房夜話」「舎路港《シアトル》の一夜」「夜の霧」などである。どれも比較的簡単なスケッチふうのもので、雑誌発表の際は創作欄ではなく雑録欄にのせられている。日本にいたころのエミール・ゾラの影響から脱け出そうとしていたため、「出稼ぎ労働者だとか醜業婦だとか云ふものゝ生涯は何の技巧を施さずとも已に小説をなして居る。」（明治三十七年二月二十七日付生田葵山あて手紙）といいながら、彼は「社会派」ふうに告発調で書く気にもなれず、筆が進まないのである。

ひとつには、荷風の身元引請け人古屋政次郎が、女物仕立屋《ドレス・メーカー》から出発し、日本人娼婦たちとの関係を利用して「シアトル日本人界の大立者に成り上がっ」た人だった（末延芳晴前掲書）ことも告発小説を書きにくくしていた、という事情があったのかもしれない。

それでも、現実告発ふうの作品に、日本人移民夫婦の悲劇を扱った「牧場の道」（原題「強弱」）があるが、これはおそらくタコマ時代の明治三十七年はじめに手がけながらうまくいかず、明治三十八年から三十九年にかけてようやく仕上がったものと見られる。弱肉強食の社会をあらわす原題「強弱」をのちに「野路のかへり」に変え、またそれを「牧場の道」に変えてゾラの匂いを消すとともに、近郊の野山を自転車で駆けまわった作者のタコマ時代をふり返り記念するかたちにしたのであろう。結局これが、単行本『あめりか物語』（明治四十一年版）のなかでタコマを舞台にした唯一の小説になっている。

それに対し、有島武郎の渡米後一年余の経験はどんなものだったか。

彼の留学先ハヴァフォード大学は、新渡戸稲造夫人メアリーの実家エルキントン家が有力な一員であったフィラデルフィアのクエーカー社会が、市の郊外に創立した小さな名門校である。武郎はキャンパス内の学寮で暮らし、懇切な少人数教育を受け、大学院在学一年で修士論文「日本文明の発展——神話時代から徳川幕府の滅亡まで」を書きあげ文学修士となる。当時の学生数は学部各学年三十名強の総数百三十名、武郎を含む大学院生は三名であった。（栗田廣美『亡命・有島武郎のアメリカ——〈どこでもない所〉への旅』）

このハヴァフォード時代について、栗田氏は大工業都市フィラデルフィアに代表されるアメリカ近代社会の現実から、そしてアメリカで大きく報道されていた日露戦争の重圧から、「隔絶」し「保護」された別天地の一年だったことを明らかにしている。武郎は渡米の前に一年間志願入隊しており、当時まだ予備役として軍籍にあった。

ハヴァフォード大学卒業後彼が働いたフレンド精神病院の場合も事情は同じで、どちらも基本的に、当時きわめて親日的であった「フィラデルフィア・クエーカー人脈」によって保護された特別な世界だったこと、武郎がその「隠れ家」にみずから逃げ込もうとしたことを、栗田氏は「亡命」ということばを使って強調している。

彼はハヴァフォードからハーヴァード大学へ移る前の夏の二カ月、フィラデルフィア北郊フランクフォードのフレンド精神病院で看護夫（アテンダント）として働くが、その仕事は父の意向にあえて逆らって決めたものであった。父はセントルイス万国博覧会を見に行かせようと、わざわざ旅費二百ドルを送ってきていた。武郎は、セントルイスの夏は暑くその「雑閙《ざったう》」は耐えがたいという理由で父のすすめを断わり、病院の仕事についてから事後報告している。セントルイス万博は在米の多くの日本人が見学したようで、永井荷風もタコマから見に行っているが、かなり遅れて十月に入ってからである。有島家も永井家も、父親は息子に実業方面の見聞を積ませようとしていたのである。

その時期、有島武郎にはもうひとつの特別な場所、特別な「隠れ家」が出来ていた。フィラデルフィア西南方三十七マイル、アヴォンデイルのクローウェル家の農場である。武郎はハヴァフォード大学の学部生だったアーサー・クローウェルに誘われて、彼の実家の農場へたびたび遊びにいくようになっていた。武郎は、勤勉で知的で芸術的でさえある親切なアメリカの自作農一家を知り、そこに「自作農のユートピア」ともいうべきものを見たのだと栗田氏は考えている。クローウェル農場跡の一九八五年時点の現状については栗田氏の著書にくわしい。

武郎は農場の大家族と親しんだが、なかでもアーサーの妹、当時十三歳のファニーを熱烈に愛したことはよく知られている。彼は日記にこう書く。「余ハ思フ、世ニ Fanny ノ如ク天真ノ子を見ズ。（略）余彼女ヲ愛シタレバ彼女モ亦余ヲ愛シヌ。二人相向ヘバ涙ハ自ラ二人ノ眼に浮ブ。我等ノ心ハ一トナル。彼女ト余トハ不可思議ナル縁ノ糸ニ結ハレタル魂ナル可シ。」

ハーヴァード大学へ移るためアヴォンデイルを去る日のことばはこんなふうだ。「サラバヨ、余ガ隠レ家、余ガ愛ノ汚レナク眠ル処。」

フレンド精神病院の二カ月のあいだも、武郎は病院事務長の娘リリーに惹かれ、彼の「少女愛」は、のちの小説『迷路』で「病的と云ひたいほど童女に対して執着の強い」と説明されるようになる。彼は純粋無垢な「天使ノ如キ」存在を恋い求め、彼女が凡庸浮薄な大人のアメリカ女になってしまうことをひたすら怖れる。「此国ノ婦人ニ接スル厭ハシサ」といったことばが日記に散見されるのである。ファニーについても、「世ニ Fanny ノ如ク天真ノ子ヲ見ズ。」と書くと同時に、「余ガ酷愛セシ彼女ハ既ニ少女ニアラズナリヌ。」と悲しんでもいる。

当時フレンド精神病院の入院患者は女性が多かったが、武郎は彼女らとの接触を避け、もっぱら男性患者を親身に看護した。「余モ亦狂者トナラントスルヲ感ゼシ事アリ。今モ時々余ニ狂者タルノ或者アリト感ズル事アリ。」純潔で無垢な少女と心を合わせるのと同じように、彼は男性患者たちと心を通わせながら、無教養な看護夫仲間の粗暴なふるまいを憎んだ。患者の扱いが心ないばかりでなく、日本人武郎に対しても嘲弄的であつれきが生じ、彼は日記にこう書いている。「彼等モ余ト同シキ給料ト生活ヲナスモノナリ。青年有為ノ身ヲ以テ此ノ如キ閑散ナル仕事ヲ擇ヒ、閑暇ヲ利用シテ何事ヲカナサントノ念慮モナク、単ニ寝食ノ為メニ此院ニアルモノ多キニ見テ、其如何ナル種類ノ人々ナルカヲ知ルニ足ル可シ。」

九月末、彼はフィラデルフィアを去り、ボストンのハーヴァード大学へ向かうが、その汽車は「戦ノ事ナド思ヘバ寝台車取ラン事モ覚エズシテ普通車ニ乗」った。祖国の若者が戦場で苦労していることを思わざるを得なかったのだ。その車中、彼はふと拡げた新聞に、フレンド精神病院の患者スコット博士が首を吊って自殺したことを伝える記事を見つける。自責の念の強すぎる鬱病患者で、神から「永遠ノ刑罰」を課されていると語る博士に、武郎は十分心を通わせて看護をしたはずだった。博士は武郎のやさしさに感謝しながら、それに「酬ヒテ余ノ煩悶ヲ翻ス能ハザルハ余ノ力ノ及ブ所ニアラザレバナリ。」と語っていたのであった。

永井荷風が万博開催中のセントルイスに滞在したあと移ったミシガン州カラマズーは、シカゴとデトロイトのあいだの小都市で、荷風は「一村落」「田舎町」と書いている。明治三十七年十一月末から翌年六月半ばまで、彼はバプティスト派のカラマズー・カレッジで選科生として学んだ。

平岩昭三氏の調査によると、当時在学生二百名足らずのごく小規模な大学であった。有島武郎が学んだ男子のみの名門校とは違い、女子学生が多く、四割くらいを占めていた（『「西遊日誌抄」の世界――永井荷風洋行時代の研究』）。荷風はフランス語初級を学ぶほか、英文学などを気ままに選んで聴講したらしい。学校世界が小ぢんまりしていたのと、ミシガンの田舎町の冬が厳しかったのとで、荷風は気を散らすことなく腰を据え、新しい環境に馴染んでいったようだ。教授との関係が出来、フランス語の勉強もかなり進んで、フローベールなどを読みはじめている。すでに英訳でモーパッサンやドーデに親しんでいたが、このころから本格的にフランス語・フランス文学にうち込むことになったものと思われる。

荷風がカラマズー時代に書きあげたと思われるのは「岡の上」「酔美人」「市俄古《シカゴ》の二日」の三作である。「酔美人」は、「我々男性は一生を女の研究に委《ゆだ》ねる義務がある」と信じる米人画家が、ある仏人新聞記者の経験を「私」に語って聞かせる。「男性の身体《からだ》は女性からして、何《ど》れだけの愉快を感得する事が出来るものかと云ふ研究の為めに、到頭中途で若死《わかじに》をして了つた」というフランス青年の「実験談」である。彼は「黒人の血が交《まじ》つて居る雑種の婦人《をんな》に熱中し」「人間よりは動物の血を沢山に持つて居る黒人の娘にすつかり見込まれて了」う。そして「果《は》敢《か》ない犠牲《いけにへ》の覚悟が、我知らず心の底に起つて来」て、「彼女の身体を包んで居る怪しい見えざる力の下《した》に圧せられて、それから脱する事が出来ないものとなつて了」い、結局死に至ったという話である。

ニューヨークへ移ってからの次作「長髪」も、同様に性愛のマゾヒズムをテーマにしている。こちらは日本の伯爵家の長男がアメリカで「富豪の寡婦」に養われて暮らす話で、彼は「全く男女の地位を反対にして男の身ながら女の腕に抱《いだ》かれ、女の庇護の下《もと》に夢のやうな月日を送りたいと云ふ、俗に男妾《をとこめかけ》とも称すべき境遇」を理想としている。彼は女にいわれるままに髪を肩まで伸ばしているが、それは「夫人が癇癪を起した時、彼はその長い髪を引捲《ひきむし》らせ、そして狂乱の女に一種痛刻な快味を与へる為め」なのであった。

これらの作品は、タコマ時代のものとは一変、男女の性愛を大胆に語って新機軸を感じさせる。西洋世界で暮らす荷風自身のなかから、まずこんなかたちで書くべきことが現れ出た、ということだったのにちがいない。有島武郎の「少女愛」に対して、荷風のほうは「異常性愛」である。

荷風はタコマ時代にニューヨークの書店から取り寄せた本でワーグナーの楽劇の梗概を研究し、ニューヨークへ出てから「タンホイザー」などのオペラを観て、西洋人の青春の「快楽《けらく》の夢」のなかに自らを見出そうとする思いを強めていく。「長髪」の場合も、騎士タンホイザーがヴィーナスの洞窟にとらわれるように、アメリカ人女性の性的磁力にとらわれた日本人の男の話になっているのである。

「酔美人」のひとつ前の作品である「岡の上」も、すでに「タンホイザー」のテーマを踏まえた作りになっているように見える。つまり俗世の愛欲と神の力との相克である。ただし「岡の上」の場合は、最後に聖女によって贖罪がなされるのとは逆に、主人公が信心深い女性を裏切る話になっている。

主人公は若いころ快楽の世界に沈湎したが、その後病いに倒れた彼を看護しながら常に聖書を手放さなかった白衣の看護婦と結婚する。「神聖なる彼女の愛に因《よ》つてのみ世の快楽世の罪悪から身を遠ざけ誠の意味ある生活に入る事が出来る」と思ったからである。が、やがて彼は「氷のやうに冷い」妻と彼女の口ずさむ讃美歌を嫌悪するようになり、ひとり日本を逃げ出して、

「人間社会の善悪の両極端を見る事の出来る」アメリカへやってくる。そのいきさつが語られる小説である。

のちのニューヨーク時代の作品に「旧恨」がある。こちらは冒頭から「タンホイザー」の話になっている。人が語る話という体裁はこの時期の多くの作品と同じだが、「旧恨」の話者は唯一アメリカ人のB博士である。

博士は「タンホイザー」の話から、自分の離婚のいきさつを語りはじめる。学校を出たてのころ、博士はある「女芸人」と一年半も同棲していたことがあった。その「快楽《けらく》の夢」「温柔《をんじう》郷《きやう》の歓楽」から覚めて正気をとり戻し、上流社会の判事の娘と結婚する。が、新婚旅行中のウィーンで「タンホイザー」を観たあと、彼は音楽に突き動かされ、妻に過去の秘密を語ってしまう。新婚旅行はその後、「悲惨なるもの」と化し離婚に至ったというのである。ただ、キリスト教徒の告白というかたちをとりながら、俗世の愛と神の愛との相克といった問題を扱ったものにはなっていない。

『西遊日誌抄』のカラマズー時代の記録は短いが、その大部分はミシガンの田舎の自然に関する記述だといっていい。

前出の『「西遊日誌抄」の世界』で平岩昭三氏がこまかく指摘しているが、タコマからカラマズーをへてワシントンに至る時期の記録に自然描写が非常に多く、二十四歳前後の荷風は特に仕事も人づきあいもないまま、ひとり北米大陸の自然と向きあうしかなかったことがうかがわれる。それによって、彼はおそらく、異国の自然環境に目をひらかれる経験をしている。それはその時期の日本で見られた、国木田独歩や島崎藤村ら自然主義系の作家たちの経験と基本的に同じものだったと見ることができる。

島崎藤村が詩から小説へ転身するため信州の自然と向きあい、苦労の末にようやく「旧主人」「藁草履」などのリアリズム小説を書くことができたのは、荷風がアメリカへ向かう前年の明治三十五年のことで、藤村の小諸時代と荷風のアメリカ時代はほぼ重なっている。外国語と西洋文学とキリスト教に触れた青年が、その内向的な意識の外側に新しい自然を発見し、その自然との関係で近代的な個人性をつかみ直すといった経験は、荷風より少し年上の自然主義の人たちに見られたことだったが、荷風もまたアメリカで似た経験をしているように見える。『あめりか物語』の諸篇にもこまかい自然描写が頻出するが、藤村が小諸で田舎の自然の「スケッチ」に励んだように、荷風もひとりアメリカで西洋風の自然描写の練習をくり返しているのである。

島崎藤村に典型的に見られるように、明治の青年が「近代人」として目覚めるためには、過去の文明のオリのたまった江戸以来の都市文化のくびきから脱け出す必要があった。荷風といえどもそれは同じで、彼は生田葵山にあてた手紙にこう書いている。自分はアメリカの自然と向きあうとき「孤独寂寞悲哀の感を経験し」「幾分か狂熱的になつた様な心持」になるが、そこからふり返ると、「東京に於ける僕の境遇は作家としては余りに賑か過ぎた。」といわざるを得ない（明治三十七年四月二十六日付）。つまり、旧時代の浮薄な遊び人町っ子から、より近代的西洋的な「真面目な」作家になるための模索が異国で始まっているということである。

荷風は自然主義の先輩たちと同じくロシア文学も読んでいて、田舎町カラマズーの「自然と人生」を語るとき、彼はしばしばツルゲーネフなどを思い浮かべている。「此の折打眺めたる郊外の夜の景色は云はんと欲して云ふ事能はざるものなりき。（略）余は斯の如き夜のさまを屢《しばしば》ツルゲネフの小説中にて見たるが如き心地せり。」「殊に余の心をチヤアムするは短き冬の日の正に暮れなんとする頃雪に埋れたる静なる街路に橇《そり》を馳する鈴の響を聞く事なり。この鈴の音を聞く時は身は恰《あたか》も露西亜小説中の人物なるが如き心地するなり。」

荷風はタコマで田山花袋の「露骨なる描写」を読み、渡仏後には「蒲団」を読んでいる。「蒲団」には「非常に敬伏し」、「すつかりロシアの自然派式で、然も日本人の頭から出た純粋な明治の作物だと思ふ。」と、リヨンから西村渚山へ書き送っている（明治四十年十二月十一日付）。「ロシアの自然派式」の新しい真面目さに強い印象を受けたようである。それはしばしば「狂熱的」にもなる一種独特の真面目さである。

有島武郎の場合はどうか。彼はフィラデルフィアを去るとき、「余ハ費府《フィラデルフィア》ニ何等ノ記念ヲモ止メザリキ。最モ早ク忘レラル可キ所ハ費府ナリ。」と日記に書くが、大都市を嫌悪した武郎も、自然と向きあう思いのなかで自己の意識を強めていった。米国社会の現実から隔離された場所へ好んで入りこんでいたといえるだけに、それはたしかに独特なものになった。

彼の留学中の日記のなかで、フレンド精神病院勤務の二カ月間の記録が最もくわしいのだが、そこの自然と病者たちを前に孤独を深める青年の混乱した自己意識が、二カ月分たっぷり表現されている。病院の庭の背後には深い森が拡がっていて、彼は毎日仕事を終えると森の奥へ独りになりにいくのを好んだ。彼の場合、病院事務長の娘リリーに執着する「少女愛」が自然への愛と重なり、自己意識が多分に「狂熱的」になっていくというところがあった。

この時期の彼の悩みはもはやかつての「信仰問題」ではなくなっていたように見える。アメリカへ上陸し森本厚吉と別れてからは、「余ノ信仰足ラズ。是レ凡テノナヤミノ nucleus ナリ。」という問題を森本の面前で意識させられずにすむようになった。彼はより自由になり、少女愛と自然への愛に神への愛を重ねて、いまや好きなように煩悶できているというふうに見えるのである。

のちに『観想録』の記録に基づき、精神病院勤務の経験を語り直したものが、長篇小説『迷路』の序篇「首途《かどで》」である。そこでは主人公Aがすでにキリスト教信仰を捨てたことになっているが、日記ではまだ神を求めていて、「此夜モ神余ニ祈ル事ヲ教ヘ給ヒヌ。」といったことばがくり返されている。荷風が「岡の上」や「春と秋」でキリスト教と日本人の神学科留学生をからかっているのとは当然違っている。

ただ武郎の場合、少女への恋慕は次第に手に負えないものになってくる。神の問題などどこかへ押しやられてしまいそうなほどに。「Lily 姿見エズナリヌ。余ノ心ハ空シ空シ空シ空シ。」「一日彼女ヲ思ヒ暮シテ心病マン計リナリ。（略）嗚呼燃ユ。此胸燃ユ。今ハ此園ニ凡テノ慰藉去リヌ。心ハ宛ラ火ノ如ク熱シテ手ト足トハ恰モナエタル人ノ如シ。」

そんな一節に「Goethe ガ Werther ノ一節ヲ思ヒ出デテ」という説明が加えられるように、彼の信仰は多分に文学的な色彩を帯びたものにもなる。この時期の有島日記は、ゲーテ「若きウェルテルの悩み」のような西洋ロマン派の手紙や手記を思わせるものになっている。彼は病院の森に咲く白百合を摘んで毎日リリーの家の玄関に置きにいったり、森の木の幹にタケオ・アリシマのイニシャルをナイフで刻みこんだりする。

つまり、彼はウェルテル的な憂悶、懊悩、陶酔、激情の内面をかかえながら、外面的にはロマン派の青春劇を演技するような姿を見せている。その点は荷風の場合も同じで、演技はしばしばもっと誇張されていくともいえるのである。

永井荷風は半年余のカラマズー生活のあとニューヨークへ出、働き口を求め、ワシントンの日本公使館の小使いの仕事を得て三カ月半ワシントンで暮らす。その後、父の手配により、横浜正金銀行ニューヨーク出張店の事務見習員として一年半余り働く。そのニューヨーク・ワシントン時代に彼の文学の方向が定まり、作品の数も一挙に増える。『西遊日誌抄』の記述の量もこの時期が最も多い。特にニューヨーク二年目の明治三十九（一九〇六）年の一年分が、内容的にも『西遊日誌抄』の中心部分をなしている。

ニューヨークで、荷風はアメリカの大都市の暮らしに無理なく適応していったように見える。『西遊日誌抄』の中心部分はそれをよく示している。彼は大都市の先端的近代生活を楽しみながら、同時にひとつ前の時代のロマン派ふうの身ぶりを誇張してみせる。ある日の昼休み、彼は波止場で憧れのフランスへ渡れないことにあらためて絶望し、「あゝ何事も思ふまじ何事も見まじとて急ぎ銀行に帰り帳簿の上に顔ひたと押当てぬ。」と書く。

あるいはまた別の日、公園の木の下で半日モーパッサンの詩集を読み、「余は頭髪を乱し物に倦《う》みつかれしやうなる詩人的風采をなし野草の上に臥《ふ》して樹間に仏蘭西の詩集よむ時ほど幸福なる事なし。笑ふものは笑へ余は独り幸福なるを。」と書く。いずれも、のちの加筆によって滑稽感が加えられているとも見える書き方である。

ワシントン時代に荷風は娼婦イデスと馴染み、その関係はその後のニューヨーク時代にまで持ち越されることになる。はじめは、フランス行きを認めない父親の手紙に絶望したあげく、「今は読書も健康も何かはせん。余は淫楽を欲して已《や》まず。淫楽の中に一身の破滅を冀《ねが》ふのみ。」と刹那的だった関係が、ワシントンを去るころになるとこんなふうに変わる。「異郷の街の旅より旅にさまよひ歩みて、将《まさ》に去らんとする時この得がたき恋に逢ふ。余は明日を待たで死するも更に憾《うら》みなし。」

未練の思いとともに「恋」の情熱が誇張されているようだが、イデスのほうも荷風を忘れず、別れて半年余りでニューヨークまでやってくるようになる。一緒に暮らそうと迫るイデスを前に、荷風の思いはさしずめロマン派の詩人の懊悩といったものになる。「今余の胸中には恋と芸術の夢との、激しき戦ひ布告せられんとしつゝあるなり。」「余は宛然仏蘭西小説中の人物となりたるが如く、その嬉しさ忝《かた》じけなさ涙こぼるゝばかりなれど」「余は妖艶なる神女の愛に飽きて歓楽の洞窟を去らんとするかのタンホイゼルが悲しみを思ひ浮べ、悄然として彼の女が寝姿を眺めき。あゝ男ほど罪深きはなし。」タコマで「タンホイザー」の梗概を読んで以来念頭を去ることのなかった「妖艶なる神女の愛」にとらわれる青年のイメージに、いまや彼自身を一体化させるところまで来ているのである。

彼の懊悩は、「恋と芸術の夢」との相克に父と子の問題がからんだもので、「仏蘭西の土も踏み得ずして空しく東洋の野蛮国に送り帰さるゝ此の身は長く生きたりとて何の楽しみかあらん。」「寧ろ父をも家をも何者をも見ざる死の国にこそ行きたけれ。」と、彼は病いの床で思いつめることにもなるのである。

銀行勤めを耐え難く思うようなとき、彼はしばしばチャイナ・タウンで憂さを晴らした。そのことを語ることばも多分に詩のような調子を帯びている。彼は「支那街の魔窟」で「無頼漢と卓子を共にして酒杯を傾け、酔へば屢《しばしば》賤業婦の腕を枕にして眠る。」と語り、そこの最下等の娼婦たちについて、「嗚呼彼等不潔の婦女、余これを呼んで親愛なるわが姉妹となすを憚《はばか》らず。」と言い切っている。退廃、堕落、破滅の夢をうたうような調子である。実際にチャイナ・タウンの「不潔の婦女」と寝ていても寝ていなくても、そんなふうにうたわれるのである。この時期、荷風はボードレールに親しんでいて、ボードレールふうの敗北者の歌が、ほとんど夢のようにうたわれているのだともいえる。

「ちやいなたうんの記」では、ボードレールを引いて、「チヤイナタウンは、『悪の花』の詩材の宝庫である。」とされている。次の「夜あるき」もボードレールに基づき、大都会の夜の灯火まばゆい「魔の世界」とその「罪と暗黒の美」を称えたものである。「余は都会の夜を愛し候《そろ》。燦爛たる燈火の巷を愛し候。」という書き出しで、ユニオン・スクエアで声をかけてきた街娼と一夜を共にする話が語られる。

その女の描き方がまた、明らかにボードレールふうであるのがわかる。彼女の貧しい屋根裏部屋で煙草をのむ女は、「下衣《したぎ》の胸ひろく、乳を見せたる半身を後《うしろ》に反《そら》し、あらはなる腕を上げて両手に後頭部を支へ、顔を仰向けて煙を天井に吹く様《さま》。これ神を恐れず、人を恐れず、諸有《あらゆ》る世の美徳を罵り尽せし、惨酷なる、将《は》た、勇敢なる、反抗と汚辱との石像に非ずして何ぞ。」そして、「刑罰と懲戒の暴風に萎《しを》れず、死と破滅の空に向ひて、悪の蔓を延し、罪の葉を広ぐる毒草」としての「悪の女王」のイメージが重ねられていく。語り手は彼女の身体の「冷き血」に「わが悩める額を押当」て、「『屍《しかばね》の屍に添ひて横《よこたは》る』が如く眠」るのである。

ニューヨーク時代の荷風は、二十世紀のアメリカとその最大の近代都市におのずと魅入られていったように見える。田舎暮らしのあとで、大都市の魔力に誘われていくのである。「夜あるき」ではこうなっている。

「あゝ紐育《ニユーヨーク》は実に驚くべき不夜城に御座候《ござそろ》。日本にては到底想像すべからざる程明く眩《まばゆ》き電燈の魔界に御座候。」「余は日沈みて夜来ると云へば殆ど無意識に家を出で候。」「かの燦爛たる燈火の光明世界を見ざる時は寂寥に堪へず、悲哀に堪へず、恰《あたか》も生存より隔離されたるが如き絶望を感じ申候。」

常にフランスを思い、その「文学的フランス」に対して現実のアメリカを物足りなく思っていた荷風ではあるが、アメリカ人の価値観とそのウェイ・オブ・ライフに強く影響されつつあったのも事実であろう。荷風と武郎の二人について、「日本の文学者で、アメリカを、それで煮しめたほど身につけた者がふたりいる。」と、かつて木村毅氏は明言していた。(『日米文学交流史の研究』)

ニューヨーク到着直後の経験を語った「夏の海」には、アメリカへの讃嘆の気持ちがまっすぐに出ている。ニュージャージー州の海辺へ行くとき船の上から眺めたニューヨークは、「偉大と云つて、これ程偉大な光景は、世界中でも多く見る事は出来まい」と思われる。海のむこうの「自由の女神」像は、「今まで此の様な威儀犯すべからざる銅像を見た事は無」く、「覚えず知らず身を其の足下《あしもと》に抛《なげう》つて拝伏したいやうな気がする」ほどだ。「この銅像は新大陸の代表者、新思想の説明者であると同時に、金城鉄壁の要塞よりも更に強力な米国精神の保護者である。」そして海辺のアシベリイ・パークへ着いてみると、そこは「青春の男女が青春の娯楽青春の安逸青春の癡夢《ちむ》に酔《ゑ》ひ狂すべき温柔郷である。」

「一月一日」という小篇には、「日本酒と米の飯ほど嫌ひなものは無い」ので「一生外国に居たい」という男が出てくる。彼は死んだ母親のことを語りだし、彼女は「三度々々必ず食物の小言を云はずに箸を取つた事がない」旧時代式の父親、毎日のように夜半まで来客と酒を飲む元判事で趣味人の父親にこき使われて「悲惨な」一生を送ったのだという。

それに対し、西洋では「愛《ラブ》だとか家庭《ホーム》だとか」いう思想によって女性たちが自由にふるまい、「少くとも彼等は楽んで居る、遊んで居る、幸福である。されば妻なるもの母なるもの丶幸福な様を見た事のない私の目には」「非常な慰藉《なぐさめ》」になる。「私の過去とは何の関係もない国で出来る西洋酒と母を泣かした物とは全く其の形と実質の違つて居る西洋料理、此れでこそ私は初めて愉快に食事を味ふ事が出来る」というふうに彼は説明するのである。

少し前の「市俄古《シカゴ》の二日」にも似たような話がある。雑誌初出時には、語り手の両親が「一月一日」とまったく同じように描かれていた。彼は友人ジェームスの幸福な婚約者ステラを「幸《さいはひ》なるかな、自由の国に生れた人よ、と羨まざるを得な」い。ジェームスの父親は判事だが、固苦しいはずのその家庭を見て、「あゝ一日も早く吾等の故郷《ふるさと》にも、此の様な愉快な家庭の様を見る様にしたいものである」と彼は思う。なお、両親についての部分は、「一月一日」とそつくり重なるのでのちに削除された。

荷風は新世界アメリカの「自由」の精神とその価値観に親しむとともに、ワシントンとニューヨークで娼婦イデスとの「恋」を深め、そのうえに、「六月の夜の夢」のスタッテン島の素人娘「ロザリン」とのささやかな関係を真面目に楽しむことができた。父親のはからいで思いがけず横浜正金銀行リヨン支店への転勤が実現し、勇んでフランスへ渡る前の短いあいだのことであった。

有島武郎は明治三十七年九月末、ハーヴァード大学大学院に入学、歴史、政治学科の講義を受けることになる。が、ハーヴァードはハヴァフォードとは違い、当時すでに大規模校で、教授との関係もなかなか出来ず、武郎にとって馴染みにくいところがあったようだ。

少なくともそこは、これまでのような好ましく隔離された場所ではなかった。前出の『亡命・有島武郎のアメリカ』で栗田廣美氏は、武郎はボストンのハーヴァードへ来てはじめて、「保護膜」の外の風にさらされることになったといっている。それは工業都市ボストンの労働者街からの風、当時のアメリカ社会主義および労働運動の風を含むものであった。

武郎は、すでにアメリカ社会党の党員になっていた金子喜一と知りあい、親しくつきあうようになるが、アメリカ社会主義勃興期の盛んな勢いを有島のもとへ持ちこんだのは金子であった。金子はその後、女性社会主義者として指導的役割をはたすことになるジョセフィン・コンガーと結婚している。

武郎の下宿跡　カークランド・プレイス 12 番地

武郎の日記『観想録』は、金子と親しくつきあうようになったハーヴァード時代のはじめ、三カ月にわたってほとんど何も書かれていない。その空白のあと日記が再開されるのは、翌明治三十八年元旦からである。日本の両親あてにくわしく書き送っていた手紙も、急に書けなくなったように出さなくなってしまう。

その時期、金子とのつきあいで社会主義とキリスト教をめぐって議論がくり返され、すでに棄教していた金子によって武郎は動揺させられていたものと思われる。ちょうど札幌時代の森本厚吉との関係と同じようなものが、ハーヴァード大学時代に再現されることになったのにちがいない。武郎は神を求めながら、現実変革のためのラディカルな力を求めていたといえるであろうが、結局アメリカ社会の

ピーボディーと暮らしたアパート（オックスフォードストリート124番地）

キリスト教にそれを求めることはできないことを認めざるを得なかった。またもや友人に動かされながら、彼はやがてもうひとつの形而上学ともいうべきものを受け入れることになる。

日記再開後の一月十日、武郎は金子の紹介により弁護士ピーボディーの家へ転居、「生活改造」のため家事労働をしながら何とか自活するつもりであった。栗田廣美氏は武郎の引越し前の贅沢な高級下宿と、ピーボディーと暮らしたアパートとの違いを、建物内部を見て確かめている。建物はどちらもボストン市外ケンブリッジに現存している。

明治三十八（一九〇五）年の日記は、元日から一月中旬までしか書かれていない。が、その半月ほどの部分はかなりくわしいので、その前後の空白期間についても想像を働かせることができる。それによると、武郎はまだ聖書を読みつづけていて、学校へも通っているが、金子喜一が訪ねてくることが多く、午後の授業は大方休んでいたらしい。金子に連れられてボストンの社会主義者の集会に参加し、「実ニ種々雑多ナル人」たちを親しく眺めたりしている。金子との議論で、彼のキリスト教攻撃に武郎は同意していないが、彼が寄稿していた日本の「平民新聞」を読み、金子に会うたび深く動かされている。「彼ノ去リシ後書ヲ読マント試ミタレドモ、例ノ憂情止メ難クシテ眼ノミ書ニ向ヒヌ。神ハ願ハザルニ余ヲ起サントシ給フヤ。」

森本厚吉とは手紙のやりとりを重ね、日露戦争についての立場の違いをはっきりさせることになる。ナショナリズムから日本支援を求める講演をアメリカ各地でしていた森本と、非戦論の武郎との意見対立である。日本の雑誌に「日本帝国の膨脹」という論文を寄せていた恩師新渡戸稲造についても、「札幌ニアリシ彼ノ面影ハ余ノ眼ニハ漸ク薄ラキ行クヲ覚フ。」と書く。当時台湾総督府の仕事をしていた新渡戸は、日本帝国の「膨脹」を進める立場に立っていたのである。

新渡戸夫妻の友人という人を訪ねた日の記録はこうなっている。「ヨキ人々ナリ。余ヨキ人々ニハ少シクアキタリ。」たぶんフィラデルフィアのクエーカーのひとりとボストンで会い、ハヴァフォード時代とはすでに距離が出来ているのを感じたということだったかもしれない。

一月八日の日記にはこんな一節がある。「此夜心中ニ徂徠セル彼ノ激烈ナル観念ヤビシク心ヲ捕ヘ容易に眠リニ就ク事不能。余ハ頃日此一念ノ来ル事鋭キガ為メニ読書ヲ妨ゲラルヽ事多シ。」

その「激烈ナル観念」の意味がつづけて説明してある。こんな説明である。愛といい義といっても、それをどう実現するかが問題で、そのためにはまずキリスト教の教えと根本的に矛盾する国家を廃し、全地球の住民を一体としなければならない。（略）愛国心と博愛心とを一致させるのは、水と油を一致させるようなものだ。お前はお前の「伝説」から脱却しなければならない。……そういう声が聞こえてくるが、それは真理の「証印」をもった畏るべき声である。

あたかも第一次ロシア革命が進行中で、反戦・反国家の思想とともに、革命の夢がふくらんでくる。武郎はロシアの女性革命家ブレシコフスキイを称えた「露国革命党の老女」という文章を「平民新聞」へ送っている。（ただし投稿と同時に「平民新聞」は廃刊になり、その後島田三郎の「毎日新聞」に発表された。）これは実名による投稿で、彼はとつぜん大胆な行動に出たことになるが、その行動は、のちにヨーロッパへ渡ってから、ロンドンに亡命中のアナーキスト、クロポトキンに会いにいくというところへつながっていく。彼は幸徳秋水あての書簡を預って帰国するのである。

弁護士ピーボディーのもとで家事労働をした半年足らずの期間は、のちの『迷路』や「リビングストン伝第四版序言」により印象づけられる棄教者有島武郎が、少しずつつくられていく時期である。武郎は日に日にキリスト教から離れつつあったのだと思われる。

それは同時に、キリスト教ばかりでなく、やがてもっと広く形而上学的なもの全般に及んで、社会主義者としても徹底するところまでは行かない。非戦論も革命讃美もそれに基づく行動も、当面目立ったかたちをとらなくなる。結局彼は、思想的にはあえて徹底しない場所で、新しい経験を得て考えるようになるのである。金子と別れたあと、あらたに文学の場所というべきものが見出されていくのだといってもいい。

ニューヨーク・ブルックリン生まれの弁護士ピーボディーは、著書もあるインテリながら、奔放な自由人というところのある人だったようだ。妻と別居中に「素性ノ知レヌ女性」を連れ帰って同衾したりするので、はじめ武郎は純粋なキリスト教徒として動揺させられるが、やがてホイットマン讃美の心でつながり、かなり親しい関係になっていったらしい。両親あて手紙にあるように、ピーボディーとの生活は、「勉学之外ニ見聞之知識を増したるハ小子ニ取りてハ望外之幸福」（原文のまま）であったのかもしれない。（明治三十八年七月二日付）

そんな共同生活のあと、武郎はニューハンプシャー州の農場でひと月余り働く。そしてその後ワシントンへ出、議会図書館で文学関係の本を読みつづける毎日が始まる。文学者としての本格的な一歩が踏み出されるのである。

有島武郎の明治三十七年夏から翌三十八年夏までの一年間、フレンド精神病院に始まりニューハンプシャー州グリーンランドでの農場労働に至る期間の経験は、十年以上のちの長篇小説『迷路』の材料になり、Aと呼ばれる青年の自己探求の道、その込み入った迷路が、多分にフィクショナルに作りだされている。

すでに述べたように、『迷路』の主人公は冒頭から棄教者として設定されている。彼は精神病院で働きながら、まる裸の一個人として生きる覚悟を固めている。「又新しい荒野が僕の前には展けようとしてゐる。そこを旅して行く唯一人の旅客。（略）然し僕は二度と再び頼るまじきものに頼みをかけてはならぬ。而して是から実行的に築き上げて行く自己といふものに死の如く強い執着を繋《つな》いで行く外はない。」

ボストン・ケンブリッジでの主人公Aと弁護士Pの暮らしは、別居中のP夫人とAが関係をもつ話に発展させられる。ただそれは、人種のちがう男女間の「愛情のない肉交」とされ、やがて愛憎にまみれた「忌はしい関係」になってしまう。同時に、Aのほうには大学の教授の娘チュリアへの恋情が燃えあがる。が、結局Aはヂュリアのコケトリーに振りまわされたあげく、「あなたは東洋の方ですよ。」という拒絶のことばを聞く破目になる。Aの女性関係は、どちらも人種問題をからめた書き方になっているのである。

そのフィクショナルな展開部分は、P夫人が孕んだはずの胎児に対するAの異常な執着が強調されたり、あらためてヂュリアの妹フロラを求める心が妄想めいてきたり、ロマン派のシュトルム・ウント・ドランク（疾風怒濤）さながらに、奇妙な混乱がわざわざ作りだされているとも見える。十年後の作り直しであるが、フィクションとしてうまく書けているといえるのは、社会主義者のKの病死が語られる末尾の部分だけかもしれない。精神病院での体験に即してていねいに語られる前半の「首途《かどで》」がよく書けているのに対し、後半の「迷路」は話の展開に無理が目立つのである。

Kの死の場面にはボストンの陋巷《ろうこう》の感じが生かされているが、ほかにも社会主義者の集会の生きた描写があり、またボストン下町の製鋼所に近い労働者街の描写がある。それから、「ボストンから汽車で五十分」のニューハンプシャー州の農場で働く場面が印象的である。ハーヴァード大学の街ケンブリッジを「路傍の人を見捨てるやうに（略）見捨てゝこゝまで逃げて来た」という書き方になっている。が、Aは農場へ来てからも、P夫人のことなどでボストンへ引き戻されることが少なくない。容易に逃げきれない青年心理の混乱が語られている。

そのなかで、農場の労働を語った部分の自然描写がいいのであげておきたい。よく身についた西洋ふうの自然描写によって十年前の経験が甦らせてある。

闇夜だつた。一面に晴れ亙つた空は梨地のやうに星をちりばめた浄らかな温かい膚《はだ》を拡げて、生々の気に充ち溢れた大地を母のやうに抱いてゐた。彼れは潤ひを帯びて膨《ふく》らんだ土の上を足で探りながら広い馬車道を池のある方に降りて行つた。母屋を出はづれると木柵があつて、その先きは両側とも牧草畑になつてゐた。野趣に富んだ首蓿《クロバー》の花の甘い香がよどんだまゝほのかに漂つてゐた。彼は眼がだん〳〵暗さに慣れて遠近の見さかひがつくやうになると、急ぎ足でだら〳〵下りの阪道を三町あまりも歩きつゞけた。水の匂ひがして、大きな池の一部が入江のやうに現はれ出た。彼れは一気にその汀《なぎさ》の所まで行つた。母屋や合宿所は高みに隠れてもう見えなかつた。半分頽《くづ》れかゝつた農具置場の細長い屋根だけが円つこい丘からすべり落ちさうに斜めになつて、黒く空を切り取つてゐるだけだつた。

収穫の季節となり、ポーランド移民の男たちと一緒に働く場面では、それまでの鬱屈から解き放たれたように、男同士の肉感的な労働の喜びが語られる。ポーランド人労働者らは、まだ英語も話せない「自然から切り取ったばかりの男たち」で、一方Aのほうは、「国籍のない浮浪人と同様」であり、「どの階級にも属しない真裸かな人間」であることをあらためて意識させられる。その両者の交歓のなかから、「新しい文明の出発点を彼等（ポーランド人たち）に見出した」という思いがやや唐突に生まれ出る。A自身、「詩人のやうな感傷的な容貌を持つてゐた」過去を乗り越えて、新しい「生活」のために戦う気になっているのである。

この農場があったニューハンプシャー州グリーンランドの土地と農場主のダニエル家については、高橋隆氏（『有島武郎研究叢書第十集「有島武郎と場所」』所収「有島武郎とグリーンランド――ダニエル家をめぐって」）と尾西康充氏（『「或る女」とアメリカ体験――有島武郎の理想と叛逆』）の調査がある。日露戦争の講和会議が開かれたポーツマスに近いグリーンランドは古い植民地で、現在はボストンのベッド・タウンとなり、ダニエル農場跡はゴルフ場になっているという。ところで、有島武郎の性格について、躁鬱病質と見て、彼の在米期間全体が鬱の状態だったとされることがある（春原千秋・梶谷哲男『精神医学からみた現代作家』）。『迷路』のなかにもそれを裏づけるような記述がある。

「然しどうかすると恐ろしい悒鬱が突然地震のやうに襲ひかゝつて来た。彼れの顔は見る〳〵蒼ざめて仕事も忘れ果てたやうにぢつと考へ込んだ。」これはきわめてリアルな一節で、「恐ろしい悒鬱」「突然地震のやうに」など、たしかに病的かもしれないと思わされる。『観想録』のほうも、ワシントンへ移った明治三十九年、直接「鬱」を語る記述が目立ってくる。

「幽鬱期来リヌ。夜眠ル事能ハズ。」（一月一日）「余ノ頭脳モ心臓モ半バ腐敗セリ。恐クハ世ニ出デタリトテ何ノ役ニモ立タザル可シ。Ｘｔｙ《クリスチャニテイ》ノ楽天ナル生活観ハ既ニ余ヲ此地ニツナグニ足ラズ。愈《イヨイヨ》喰フテ生キル丈ケノ人間ト相場ガキマレバ短銃ノ一発アルノミ。」（一月十一日）

特に一月十一日の一節は、鬱病の人の自殺念慮をよくうかがわせる。彼はボルティモアやワシントンで再び森本厚吉と暮らし、なお聖書を手放さずにいながら、アメリカ社会のキリスト教をすでに突き放して見ているのがわかる。米国キリスト教徒の自己満足的「楽天ナル生活観」は、武郎のような日本人青年を彼らの世界から弾き出してしまう。いつまでもここにいても仕方がない。彼はそんなふうに、鬱に沈む心でキリスト教社会の欺瞞性を見きわめていたともいえるのである。

明治四十（一九〇七）年七月十八日、永井荷風はニューヨークからフランス船に乗船、大西

横浜正金銀行リヨン支店跡（一階）

洋を渡って七月二十七日夜ル・アーヴルに着いた。その後パリに一泊、翌日の夜行列車で七月三十日朝リヨンに至り、オペラ座に近いラルブル・セック通りの横浜正金銀行リヨン支店へ出社、八月二日からローヌ河東岸ヴァンドーム街の下宿で暮らすことになる。

　その移動の記録は、はじめ『あめりか物語』の末尾に「附録」として収められた「船と車」にくわしいが、『西遊日誌抄』のほうには最小限の記述あるのみ、下宿に落着いてからの記録はおそらくカットされ、その年いっぱいのぶんが空白になっている。

　少なくともル・アーヴルからパリを経てリヨンに着くまで、荷風がくわしいメモをとっていただろうことは疑いない。そのくわしさが日記の枠をはるかに越えてしまい、のちに「船と車」

という題をもつ一篇の作品になったと見ることができる。荷風は待ち望んだフランス上陸を、それほど夢中になって文章化しようとしていたのである。

それは素直な観光客の熱中ぶりを示すようでもあり、「船と車」はごく素直に、何から何まで記録されているといった趣きがある。が、また一方で、彼はその熱中を微妙に妨げるようなものを感じてもいる。汽車の窓から見た北フランスの自然が「余りに美しく整頓して居て、野生のものとは思はれぬ処があゝり、「云はゞ美術の為めに此の自然が誂《あつらへ》向《む》きに出来上つて居るとしか思はれない」ため、微妙な違和ともどかしさの感じ、手がかりのなさ、あるいは虚脱感のようなものをいだいてしまうことが語られている。「『自然』其のものが美麗の極、已にクラシツクの類型になりすまして居るやうで、却《かへつ》て個人随意の空想を誘《いざな》ふ余地がないとまで思はれた。」

二日にわたってパリを見、リヨンへ着いてからも、彼の虚脱感はむしろ増していったように見える。「毎日何も為《し》ないが非常に疲れた。身体《からだ》も心も非常に疲れた。フランスに来てから早や二週間あまりになる。最《も》う旅路の疲れと云ふ訳でも有るまい……。」(「ローン河のはとり」)フランス人についても、アメリカ人とは違う気質にすぐには馴染めず、「米国化した上句に仏国へ来ると、仏人の気質にはどうしても合はないので、まだどうも居心がよくないです。」と、リヨン到着十日後の巌谷小波あて葉書に書いている。(明治四十年八月十日付)

そのうえ、特に荷風を滅入らせたのは、正金銀行リヨン支店内の人間関係だったらしい。翌年三月、勝手に銀行辞職を決めたあとの父親あて手紙で、彼はニューヨーク支店とはまったく違う「不快なる情実」がリヨン支店内にあり、その情実習慣を無視して超然としていては職場にいられない、と釈明している。ニューヨークではともかくも「超然」が許されていたが、規模が小さいリヨン支店ではその荷風流が通じなかったわけである。「僕は西洋に居たいばかりに、ふなれなソロバンをはぢき、俗人と交際して居る」が「此れが何よりもつらい。」と、彼は西村恵次郎（渚山）あて手紙で嘆いている。（十二月十一日付）

荷風のリヨン時代については、加太宏邦『荷風のリヨン――「ふらんす物語」を歩く』が、荷風の足跡を徹底的に調べて、これまでわかっていなかった諸事実を明らかにしている。なかでも興味深いのは、くわしい履歴とともに紹介されている横浜正金銀行リヨン支店長小野政吉の人物像である。小野は明治初年に七歳で単身フランスへ留学、十五歳以後はリヨン高等商業学校と東京専門学校で学び、横浜正金銀行へ入り三十三歳でリヨン支店長として赴任した人だったという。数カ国語に通じ、オペラは荷風以上にくわしく、ピアノを弾き歌もうたうというフランス文化が血肉化した教養人だったらしい。

『ふらんす物語』中の一篇「晩餐」に、リヨンの銀行支店長（頭取）夫妻が出てくる。語り手のほか銀行員三名と横浜の生糸商二名が支店長の自宅へ招かれ、晩餐をもてなされる前半は、在仏日本人同士の話題が終始狭苦しい卑近な事柄にとらわれつづけるさまが描かれる。支店長の書き方にしても、そんな世界の俗物という無関心な見方から一歩も出ていないように見える。

教養人らしさなどかけらもない人物のように描かれている。

当時二十代の荷風と四十代の小野政吉との関係について、加太宏邦氏は、ヨーロッパにおける経験と教養の差があったため、「荷風が小野支店長をそうとう苦手としていただろうことは想像に難くない。」と書いている。

リヨン支店赴任後『西遊日誌抄』が空白にされている時期に、荷風はしばしばソーヌ河をさかのぼって郊外を歩き、支店長が別荘を借りていたというクーゾン村へも行っている。その経験から力作「蛇つかひ」が生まれるが、加太氏はこの時期荷風は支店長らにかなり世話になっていたのに、その事実と人間関係をあえて日記から消し去り、のちの銀行辞職の物語を際立たせたのだろうと見ている。荷風が今も昔も人があまり行かないリヨン郊外のひなびた村を歩いて作品を残しているのは、たしかに支店長らとの関係があったればこそなのかもしれない。

リヨン在住八カ月の経験から生まれた作品のうち、はじめのころの「ローン河のほとり」や「秋のちまた」は、フランスの風土と自然のアメリカとの違いを、きわめてこまやかに印象深く語っている。夏の長い暮れ方の「何とも云へぬ美しい薔薇色の夕照《ゆふばへ》」について、夏から秋へかけての物悲しい変化が「生きて居る肉の上にしみぐ〵と譬《たと》へば手で触《さは》つて見る事が出来るやう」なほど「感覚的《サンスエル》」であることについて、アメリカ時代に養われた自然描写の技術を尽くしてその微妙さを描き出している。特に「秋のちまた」は文学作品の引用も多く、時々刻々の眺めの変化を語る執拗なこまかさ、くわしさから、「文学的フランス」に対するあらたな情熱が

ソーヌ河上流「髯の小島」

うかがわれるようである。

「蛇つかひ」は、ソーヌ河上流「髯の小島」のほうへの暮れ方の散歩、次にそこよりずっと先のクーゾン村でジプシー一座の見世物興行に出会うこと、最後に市街北部の絹織物業者の丘クロワ・ルッスで、ジプシーの「蛇つかひ」の女を再び見かけること、が三章仕立てでしっかり組み立ててある。三つの土地の描き方がくわしく的確で、この時期荷風がリヨンの暮らしに十分馴染みつつあったことがわかる。

「霧の夜」（原題「除夜」）は、荷風の「陋巷趣味」がフランス社会の貧しい現実を浮かびあがらせている。リヨンの冬の夜、「自分」は霧の街を歩きながら、忙しく働く人々を見て、「尽きぬ生存の憂苦を思」わずにいられない。だれもが飢えを怖れてパンのために生

クロワ・ルッスの丘からリヨン市街を見る

きている。だから、寄席の女の下手な歌も聞くに堪えない思いがし、ガルソンがてんてこ舞いしているカフェも、気の毒なガルソンの「生活」を思えばテーブルにつく気にもなれない。「自分」は歩きつづけるうち、ひとり狭い裏道へ入りこむ。ボードレールを思い、いつしかその貧しげな陋巷の「暗澹たる調和に魅せられ」るような気持ちになっている。そこへ古くさい木靴《サボ》をはいた姉妹が現れ、声をかけてくる。妹のほうはまだ十四、五歳である。「其の場の出来心で能《よ》く醜業を営む」という貧しいフランス女性の現実を突きつけられるのだが、その現実が冷えびえと伝わるリアルな作品になっている。

荷風は十一月十一日にプロヴァンスへ旅をしている（西村恵次郎あて書簡十二月十一日付）。おそらくその際のアヴィニョンでの経験が

「祭の夜がたり」に語られている。友人から旅の話を聞くという体裁のものだが、友人はアヴィニョン旧市街の小路の家で女に誘われ、泊まることになる。その話が、家のなかへ誘い入れられるところから室内の様子まで、ほとんど細密描写のようにくわしい。特に娼婦の部屋に脱ぎ散らしてある下着類や靴の列挙ぶり、船のような木造りのベッドに入る女の独特な姿態の描き方など、そのリアルなこまかさに惹きこまれる。結局彼はその女の家に何日か居つづけすることになるが、贅沢三昧のあげくに金を失い、ようやく女のもとから抜け出せた彼の述懐は、フランス女、特に南国の女は恐ろしいというものであった。

作者自身の経験を十分うかがわせるこの話のほかにも、「橡の落葉」中の小篇「ひるすぎ」や「美味」に、同じ女ポーレットとのつきあいが語られているようである。「ポーレットは眠れり。吾があらはなる腕《かひな》を枕にして眠れり。香《かんば》しき黒髪は夜の雲と乱れて吾肩《わがかた》の上に流れたり。豊《ゆたか》なる胸は熟《みの》りて落ちんとする果物の如く吾が頰に垂れたり。」（「ひるすぎ」）

荷風は、銀行勤めのひまにプロヴァンス行きを敢行した同じ十一月、アメリカ時代の仕事をまとめて出版すべく、師の巖谷小波あてに原稿を送っている。友人には「殆ど当時生命を傾けた位な」仕事だと自負の思いを伝えている（西村恵次郎あて書簡明治四十一年二月二十日付）。アメリカ時代の仕事ばかりでなく、フランスへ渡ってからの三篇「船と車」「ローン河のほとり」「秋のちまた」が、「附録フランスより」として加えられている。明治四十年十一月にはそこまでの二十数篇の仕事が完成していたわけである。

それをまとめたところで、荷風は基本的に、これで日本へ帰れると思ったのではなかろうか。四年にわたる外国生活の仕事がいまやそれなりの重みをもち、作家として力が充実しつつあるのをはっきり感じていたのではないか。

同時に、銀行勤めの「つらさ」は増している。勤務態度の悪さが狭い行内にあつれきを生じ、支店長とのあいだがおかしくなっていったものと思われる。しかもリヨンの十一月は、冬に向かう長雨と濃霧の季節だ。当時はスモッグがひどかったらしく、暗澹たる空気に閉ざされて、もはや音楽以外の楽しみはないも同然である。「小説以外に全力を傾注してゐるのは音楽だ。」(西村恵次郎あて書簡明治四十一年二月二十日付)と伝えているように、芸術への熱意こそあったが、大都市ではないリヨンに閉じこめられる冬の鬱陶しさはいかんともしがたい。神経衰弱気味にもなってくる。

『西遊日誌抄』の原本である「西遊日誌稿」には、「銀行辞職を決心して、手紙を父及び松三子方に送る。」（明治四十一年二月一日）「銀行の支配人を訪ふて辞職の事を語る。」（二月三日)「あゝ一日も早く、銀行の関係を一掃したし。」(二月十五日)とあり、二月十九日以後はおそらく出社しなくなり、三月五日に「此の日、公然と辞表を銀行に出して、断然関係を立《マ》ち《マ》たり。」と書くに至っている。

結局父に無断で辞表を出してしまい、同日付で事後説明のくわしい手紙を書くことになる。その後三月十七日に「父の返事に接す。」三月二十日に「再び父の手紙を得たり。いよ〳〵帰国すべく運命は定められぬ。」とあるが、秋庭太郎『考証永井荷風』によると、あとの手紙は息子の二月一日付手紙に対するもので、辞職願いは取消してこれまでどおり勤めるようくり返している。そして、万一どうしても辞めたいという場合も、「辞職許可サルヽマデハ執務スルハ勿論ナリ。然ル上相当ノ順序ヲ経テ辞職ノ許可ヲ得直ニ帰国可被成《ナサルベク》候。」と念を押している。

父の手紙はなおこうつづく。「突然ニ辞職ヲ独断ニテ申出被成候ハ差向《サシムキ》ノ生活費及帰国旅費ハ如何スル見込ナルカ。即チ父ニ支出ヲ頼ム積リナラン。是依頼心ニテ独立心ナキモノナリ。父ハ独断ノ処置ニ対シ其子ニ金ヲ支給スルノ義務ナク又支給スルコトヲ好マズ候。（略）御再考ノ結果委細御申越可被成候。此度ノ申越ニテハ送金不仕候。万一帰国ト決スルトキハ倫敦ヨリ郵船会社船特別三等 Intermediate ニテ帰国可被成候。運賃ハ帰着ノ上当地ニテ仕払可致候。愈《イヨイヨ》帰国ト決シタルトキハ其手続更ニ可申入候。私費仏国滞在ハ不同意ニ付其費用ハ支給不致候。」

明治の父親らしい厳しさが出ている手紙ではあるが、同時に銀行勤務を何とか続けさせようとやきもきする様子が伝わり、老婆心めいたくどくどしさもあり、しかも最後には辞職をなかば認めて、帰国の船の手配まで考え、船賃を支払うことも伝えてしまっている。その船の等級が Intermediate で、渡米時の一等からひとつランクがさげてあるのが面白い。

有島武郎はワシントンで小説「合棒」を書きあげる。それが帰国後清書されて「かん〳〵虫」

となり、その後未発表のままにおかれたものが改作され、三年後の明治四十三年『白樺』に発表された。

横浜港のドックで船の錆落としをする下層労働者の話だが、当時作者が愛読していたゴーリキーを思わせる小説で、文盲の人物の語る野卑なことばに埋めつくされ、独特の卑語多出して明治初期の言文一致体に似た読みにくさがある。それが三年後、場所も人物名も変えて黒海沿岸の西洋人世界の話に書き直され、その結果初稿よりずっとわかりやすくなった。いわば最初期のプロレタリア文学といったものになっている。

永井荷風が小説を書くことに専念し、在米時代すでに十分結果を残していたのに対し、まだ本気で小説家になろうともしていなかった有島武郎は、ボルティモアとワシントンで文学の勉強につとめながら、ようやく「合棒」一篇が書けたところであった。その後「イブセン雑感」を書き、その二作をできれば帰国前に出版して、「小子が社会に対する位置を確定致し度」いと考えていることを彼は両親あて手紙にしるしている。（明治三十九年四月五日付）

この時点で武郎は、なお二年間ドイツへ留学したいという意向をもっていた。が、結局それはあきらめ、画家修業のためイタリア留学中の弟生馬（壬生馬《みぶま》）とヨーロッパを漫遊することにし、その費用を父親から送金してもらっている。明治三十九年九月一日、彼はニューヨークから北ドイツ・ロイド社の船に乗船、十三日間の航海でナポリに着き、弟生馬の出迎えを受けている。

ニューヨークで船に乗る前から、武郎は「ファニーへ捧ぐ」と題する英文日記を書きはじめていた。毎日「親愛なるファニー」「愛しいファニー」と呼びかける手紙のような日記で、アメリカへの別れの気持ちを語っている。小玉晃一訳によるとこんな語り方である。

親愛なるファニー。アメリカでの最後の日が遂にやって来た。甘く悲しい思い出の数々で胸がつぶれそうだ。まっ先に言わなくてはならないことは、この国のお蔭で、僕は自分で考え自由に思索することを知ったということだ。この国にあって、子供のように自由に生き、自己と思想の形成のために実に多くのことをなし得た。これ以上に感謝すべきことはない。自分の顔が他人の顔と異なるように、僕は他人と異なる何物かになったのだ。人生は独特のものでなければならない。固有の美しさも弱さも持っているものだ。先人の踏みならした道を一歩一歩後追いする人生を送るくらいなら、死んだ方がましだ。それでは生ではなく死だ。そうじゃないか。ファニー。(九月一日)

彼はそのあと「僕はアメリカが、コロンブスが発見したこの国土が好きだ。」と書き、アメリカの未来を信じ、アメリカが「世界の同胞の進歩の先頭に立つこと」を心から願うとつけ加えている。

アメリカで武郎は、幼いファニーとのあいだに心と心が裸で重なりあうような経験をもった。

そのことは十年後の「フランシスの顔」で印象的に語られることになる。「フランシスの顔」のファニーは、思春期にさしかかったばかりの少女で、等身大に描かれ、彼女の生身がそっくり浮かびあがるようだが、その十年前の日記が語りかける相手としてのファニーは、等身大ではなく、もっと拡大されて、アメリカという国と重ねられ、アメリカとの心のつながりの象徴のように語られている。

それでも、彼が愛を語るとき常にそうであったように、ここでもかなり激情的な表現が出てくる。幼い相手を忘れたような生々しく激した感情が噴出する。たとえばこんな一節。「ああ神様、恋の火がわが身を焼き尽してしまわぬよう、わが心を強く保ち給え。苦しいほどに愛している。彼女のことを考えると泣き喚きたいくらいだ。誰がこの傷を癒してくれよう。恋の病で、そう、恋い焦がれて死ぬまで、年々この傷は深くなる。」（九月四日）

なお、この船中日記には、船の乗客の等級別についての面白い観察が書きこまれている。西洋十九世紀の階級社会がそのまま船のなかに移されているのを見て武郎は面白がっているが、一等船客の彼が最も親しめたのは、無秩序で陽気な三等船客たちであった。故郷へ帰るイタリア人労働者が船底に七百人も乗っていたというが、その船の社会の観察は、のちに『或る女』にそのまま生かされることになった。

明治三十九年九月十三日、武郎はナポリに着き、弟生馬とともにヨーロッパ大陸北上の旅をはじめる。ローマに一カ月、万国博開催中のミラノに九日滞在するなどイタリア各地をまわり、スイスへ入る。有島兄弟の旅は、美術館博物館見学を第一の目的としていたようだ。生馬のみならず武郎の美術好きもかなりのもので、ハーヴァード時代に最も熱心に聴いたのは美術史の講義だったが、中世が専門の教授に刺激され、中世趣味に目をひらかれるということがあった。武郎の美術好きは荷風の音楽好きに十分匹敵している。

有島兄弟はローザンヌからベルン、ルッツェルンをへてチューリッヒに至り、生馬の絵の仲間たちに迎えられる。そして、ライン河畔の古都シャフハウゼンに泊まり、一週間足らず滞在、町の若い芸術家グループ「富士山サークル」との交際を楽しんだ。宿泊先のホテルの娘マティルデ・ヘック（愛称ティルディ）がそのなかにいて、武郎はほぼ同い年のティルディと親しくなる。ティルディは、彼がこれまで愛した少女とは違うはじめての成人女性であった。

日記によると、連日絵や音楽を楽しむ青年たちと愉快に近辺を遊びまわったようで、ティルディとの関係ではシャフハウゼンを去る日、チューリッヒへ出て月明の湖畔で語りあったことが記されている。有島兄弟はその夜の汽車でミュンヘンへ向かうが、武郎は日記にこう書く。「此夜武郎ノ頭乱ルヽ甚シ。車中ニ呻吟殆ント一睡ヲナサズ。マイリタル気味ナリ。」同様に、ミュンヘンからティルディへ送った葉書にはこう書いている。「昨夜は一睡もしないで、今朝七時に当地へ着きました。僕自身は力も抜けた死骸のようです。何に対しても興味がありません。一週間にわたる楽園の生活は終りました。」（小玉晃一訳）ティルディとの文通はこの葉書から始まり、帰国後もつづいて結局十六年に及ぶことになる。

有島兄弟はそのあとドイツ各地をまわり、アムステルダム、ブリュッセルをへてパリに至り、武郎は生馬と別れてロンドンへ渡る。そしてロンドン滞在一カ月余ののち、明治四十年二月二十三日帰国の船に乗る。どこでも熱心に絵画を見て歩いた六カ月足らずの欧州漫遊の旅であった。

その旅日記で目立つのは、相変わらずの武郎の大都市嫌悪である。ベルリンについて「此面白カラヌ印象ヲ受ケタル Berlin」と書き、ライプチッヒについては「此最モイム可キ町」と書く。ベル・エポックのパリについても、ティルディあて手紙に「大都会の生活は全く馬鹿げています。僕は心からそれを憎みます。」と書くのだが、日記のほうにはこんな文章がある。「我ガ小ナル cosmos ハ大ナル都会ニ入ル毎ニ其秩序ト粛整トヲ失ヒ去ルナリ。（略）目前ニシテ都会ニ接スレバ宛ラ一個苦悶セル giant ヲ見ルノ想アリ。何ノ苦悶ゾ。何ガ故ノ苦悶ゾ。其苦悶ヲ医シ得ルハ何ナル可キゾ。絶テ知ルニ由ナシ。」

かつて彼はニューヨークについても似たようなことを日記に書いていた。「大ナル都会ノ喘ギ苦ム様ハ人ノ心ヲシテ穏カナラザラシム。」「都会ハ大ナル神ノ鎔爐ナリ。」また「ファニーへ捧ぐ」の一節にもこうある。「怪物のような都市、それがニューヨークだ。騒音に耳を傾けると、その中にさまよえる魂の叫び声が聞こえて来る。」

彼は米国時代をふり返って、自分の問題をこんなふうに語っていた。自分は思想形成の面では独立できたが、いまだ行動が伴っていない。「思想の面と同様に行動においても独立できる日」

を待ち望んでいる（『ファニーへ捧ぐ』）。「行動」とは、つまり社会との関係で積極的に自分を生かすことであり、この時期の両親あて手紙にあるように、「断然実際的戦闘ノ生涯ニ入」ることである。彼はここでいったん勉強を切りあげ、「今迄得タル知識ト力量トヲ以テ（略）実行ノ生涯ニ入」るつもりであることを両親に告げている（明治三十九年五月二十日付）。その最後の「勉強」は、ヨーロッパ各地の見聞と、ロンドンにおける一カ月余りの図書館通いで締めくくられることになった。

シャフハウゼンのティルディとの文通は、そのあいだも途切れずにつづき、ロンドンに落ち着いてから、武郎は長文の手紙を四、五通書いている。そのなかで、彼は「親愛なるティルディよ、人の人生には自らの心臓の一部を自ら切り裂いて、それが留りたいところに残して置くような瞬間があるのです。そしてその傷口はいつも痛い、と叫ぶのです。」というふうに書くようになる。未練の思いをはっきり伝えることになるのである。だが、やがて彼はティルディからの手紙で彼女がすでに婚約していたことを知り、冷静になってこう書く。「貴嬢は決して、決して僕を傷つけたりはしていません。貴嬢の友情もこの世における、また今後においても、最も貴重な財産の一つだと考えます。とくにお願いしたいのですが、僕たちの深い友情をいつまでも続けさせて下さい。」

二人の「友情」の関係で驚くのは、その文通の頻度である。武郎は以後盛んな手紙のやりとりに深入りしていき、いいなずけがいる相手に対して激しい恋情を打ち明けるようにもなる。

日本へ帰って一年後、彼は唐突にこんなふうに踏み込んでしまう。「ティルディ、告白します。もう長いこと僕は自分をも貴嬢をも欺いていました。貴嬢を僕の友人だとか、親友とか、あるいは可愛い妹だなどと言っているとき、無意識のうちに嘘をついていたのです。僕はただ貴嬢が好きなのではありません。ただ気に入っているのでもないのです。貴嬢を愛していたし、今も愛しているのです。（略）僕は告白しないではいられないのです。貴嬢は僕の生命の一部分なのです。」（以上小玉晃一訳）

そんな手紙で彼の感情表現はしばしば混乱し、彼自身あとでクレイジーだったとふり返るようなことになる。それは彼が西洋の大都市で「我ガ小ナル cosmos」が「其秩序ト粛整トヲ失」ったように、女性関係でも同様の混乱に陥りやすかったということで、そのことを正直にフィクション化して『迷路』のような小説が出来ているのだともいえるのである。

永井荷風は明治四十一（一九〇八）年三月二十八日、リヨンを去ってパリへ移る。はじめ四月十八日の船で帰国の予定だったが、「国元から急に電報が来たので事情は分らぬが兎に角又しばらく出帆を見合せる事にした。」（西村恵次郎あて書簡明治四十一年四月十七日付）結局彼が船に乗るのは五月三十日で、それまで二カ月間のパリ滞在が可能になった。船が遅くなったのは、おそらく息子に「パリ滞在の自由時間を与へ」ようとした父親の配慮によるもので、滞在費の送金もあったのではないかといわれている。（秋庭太郎『永井荷風伝』『荷風外伝』）

荷風がパリに着いてからの記録は、「西遊日誌稿」のほうにごく簡単なメモが残っているだけである。それによると、三月二十九日以後彼は主にセーヌ右岸を歩きまわっているが、昼は美術館、夜はオペラ、コンセール・ルージュ（「小紅亭」）、オデオン座と、ごくまともな見物を重ねている。そのメモも四月六日までだが、もともと四月十八日乗船の予定だったため、見るべきもの聴くべきものをひととおり経験しておきたいということだったのにちがいない。その後乗船が遅れて、五月二十八日にロンドンへ渡るまでのひと月余りのパリ体験が加わるのだが、なぜかその記録は一切残されていない。

『ふらんす物語』中いちばんの力作「雲」（原題「放蕩」）には、独身者のパリ生活とパリの眺めがくわしく書き込まれている。荷風滞在時は春の盛り、パリは花と若葉が最も美しい季節で、特にマロニエの若葉の美しさ、その緑の微妙な濃淡が嘆賞されている。シャンゼリゼのレストランや劇場の燈火が「絹よりも薄く軟《やはら》かな青葉を、茂りの奥底から照出《てりいだ》すので、満目、何処《いづこ》を見返つても、透通《すきとほ》る濃い緑の色の層をなして輝き渡るさま、造化の美を奪ふ人工の巧み。あゝ、此れが巴里だ」と感心せずにはいられない。主人公貞吉は、外交官ながらパリの巷を放浪し、「国を憂ひず、身を思はず、親を捨てゝ、家もなく、妻もなく、一朝、歓楽極《きはま》つて後《のち》哀傷切《せつ》なる身の上は、何と云ふ風情深い末路であらう。」というふうに自身の行く末を思う男である。

だが、一方でこの小説は、すでに三年パリで暮らしている三十代半ばの中年男の物語として、パリを讃美するばかりではない一面も十分に書き込まれている。まず書き出しから、夕食の場所を探す独身男の目に映った暗鬱な冬のパリの街路が描き出される。リヨンの経験が使われているのか、「湿つた静かな枯木の色が堪へがたい程悲哀に不快に感じられた。」といった書き方である。ブーローニュの森へ行ってみても、道が「汚なく泥濘になつて居る」だだっ広い場末の眺めがあるばかりだ。都心へ戻ってモンマルトルの盛り場へ出ると、「ムウランルウヂユの風車小屋《かざぐるまごや》は壊れた物置場見たやうに思はれ、見世物『地獄極楽』の入口の彫刻なぞは、二目と見られぬ程きたならしい。」

パリの娼婦との関係も、かつてアメリカの娼婦「アアマ」によって「初《はじめ》て西洋婦人の激しい恋を経験した」ころのようにはもはや夢中になれない。しばらく女を囲ってみても、すぐいやになってしまう。

パリからの西村恵次郎あて手紙（四月十七日付）にも、作者自身の似たような思いが語られている。「巴里滞在は文学家として僕の生涯で、一番幸福、光栄ある時代」のはずなのに、じつは「折々云ふに云はれぬ寂莫を感じてやるせがない、花の巴里の花の様な女も美しいとは思ひながらもう馬鹿を演ずる気力の乏しくなつた事には驚く。世に Broken heart なぞ云ふがあれは虚言でないと初めて知つた。（略）人並みに遊んで見る気にはどうしてもなれない。」

その意味の〝Broken heart〟をテーマにした作品に「再会」がある。ニューヨークで苦学した「絶望時代」のあと、パリへ渡って再会した二人の青年の話である。一方の青年蕉雨が「成功の恨み」（原題）について語るのだが、洋画家蕉雨にとってパリは最高の場所であるのみならず、彼はすでに故国で作品が評価されて「成功の人」になっている。にもかかわらず蕉雨は、「多年の夢からぽつと目覚めた後《あと》の心持」は「悲惨」なものだと語る。「絶望の悲みと云ふ事があるならば、成功にも又特種の悲みがある」と彼はいうのである。つまり、目的達成後の虚脱感、あるいは〝Broken heart〟の状態が、パリのまん中で彼を悩ましているのである。

同様に「雲」にも、女性関係における「成功の悲み」を語った一節がある。アメリカで荷風が愛したイデスを思わせる娼婦アアマの真情に触れた貞吉は、「恋の成功とは此《かく》の如きものか、吾々の若き血が、嘗て羨み、望み、悶えたる、空想の実現とは此の如きものか。」「空想、成功の実現は、失敗の恨みより、更に更に大なる悲哀と落膽とを感ぜずばあらず……。」とひそかに書きしるすようになるのである。

荷風は二カ月のあいだ、享楽的なベル・エポックのパリを「自分の本能性と先天的に一致する処があるやう」（「雲」）だと喜びながら、同時に一種の空しさを感じつづけていたように見える。が、それでもいよいよパリを去るときが来ると、激しい未練の思いが募ってくる。そこから、「巴里のわかれ」に見られるようなパリとフランスの極端な讃美、あるいは理想化が生まれる。「巴里のわかれ」は帰国の船の上で書かれたらしく、遠ざかっていくフランスに追いすがるような思いがまっすぐに出ている。

同様に、その次の作品「黄昏の地中海」でも、荷風は船の上からスペインの岸を望みながら、「今一度ヨーロッパの土を踏」みたいという思いに駆られている。そこから、型どおりのエキゾティシズムというべき理想化されたスペインが思い描かれることになる。

その理想化については当然批判があるが、ヨーロッパを去るに当たっての理想化は、帰国後間もなく書かれた「深川の唄」や「冷笑」の江戸文明讃美、江戸の理想化へそのままつながっていくのである。「冷笑」では、江戸時代は「史家の嘆賞する路易《ルイ》十四世の御代の偉大に比するも遜色なき感がある。」とされている。荷風はやがて富国強兵的「明治」に背を向け、「あゝ江戸時代なるかな。」と詠嘆しつつ、江戸やフランスを理想化しうる地点に自己を定めるような生き方になっていく。それは時間的空間的な一種の亡命者としての生き方だといってもいいにちがいない。

荷風のパリ体験は観光客の経験を出ていないといった見方が古くからある。が、リヨンでもパリでも、彼は自分の足でとことん歩いているのである。その点について、前出の加太宏邦氏は、荷風の文章とリヨンの風景をこまかく重ねて読み直したうえで、『ふらんす物語』はフランスかぶれの感傷的な印象記などではなく、「じつはたいへん正確で、しかも具体的な描写力と情報で成り立った叙述の積み重ねによる『物語』なのであ」り、いまなお彼の文章によって間違いなく目的地にたどり着ける周到な案内記のようでさえある、と言っている。(『荷風のリヨン――「ふらんす物語」を歩く』) つまり、基本的に荷風の文学を支える描写の力とその喚起力がいかに強いかということで、荷風はアメリカ、フランス時代にその力を十分身につけていたということになろう。

パリものの小篇「おもかげ」などは、たしかにカルティエ・ラタンについてのとおりいっぺんのガイド本のような文章を含んでいる。そこから「観光客のパリ」といった印象が生じるかもしれない。だが、これはパリに着いたばかりの一日本人の経験を軽いタッチで描いていて、それこそ「観光客のパリ」が主題だともいえる作品である。「雲」や「再会」の場合は、もっと作者の身に即した重い語り方になり、そのぶん強い描写力の生むリアリティーがなまなましく感じられてくる。

たとえば、荷風の五年後にパリへ渡った島崎藤村や河上肇の例を見ると、彼らはパリをまったく理想化していないことがわかる。藤村はまず、「古めかしい、うちしめつて活気の乏しい、爛熟し沈滞した空気」（『戦争と巴里』）を感じるとともに、倹約なフランス人の消費生活にも「漾《よう》々と大河の流れるやうな共同享楽」（『エトランゼエ』）という当時の先進国としての一面を見てとっている。河上肇は「夜は既に一時を過ぐるに、車馬の音なほ大洪水の如く吾等が部屋の窓に響きて、夜半とも思はれぬ。斯かる騒々しき都に、ベルグソンやポアンカレーが住んで居るとは、実に不思議でならぬ。」（『祖国を顧みて』）と驚くとともに、下宿探しをした書生街カルティエ・ラタンの信じがたいような貧しさを証言している。

じつは荷風の耽美的な文章にも、そのような現実はところどころ顔を出しているのがわかる。そのうえ、娼婦たちの描写などきわめてなまなましい。ただ、帰国後明治の日本を文明批評的に語った荷風ではあるが、藤村や河上肇のように、西洋体験から浩瀚な比較文明論が出てくるというところはなかったとはいえるであろう。

荷風の西洋体験を考えて特徴的だと思えるのは、文学だけでなく、オペラや音楽の勉強から得たものが大きかったということである。特にオペラを本気で学ぼうとしたことがこの時代としてまったく珍しく、それがまた彼の西洋理解を基本的に支え、しっかりしたものにしていたといえるように思う。

オペラには西洋十九世紀の文明が詰まっていて、オペラによって西洋人の生活文化と生活感情の基本あるいは骨組といったものがわかってくる。その点、文学よりも端的に西洋に即して理解しやすい。荷風の場合もその理解があって、彼の描写のリアリティーがそれなりに危なげのないものになっていると見ることができる。

荷風のアメリカ体験とフランス体験のどちらを重視するかについては諸説がある。荷風の作品にはフランスびいきのことばが多く、意識的な理想化もあって、彼が身につけた個人主義など西洋市民社会の価値観は、しばしばフランス仕込みのものとされてきた。だが、実際のところ、それらは彼の自己形成がなされたアメリカの四年間をつうじて、ほぼ身についていたと見るべきではないか。事実、彼のフランス時代は短く、経験も決して多いとはいえず、新しいものを一から受け入れることはもはやむつかしい〝Broken heart〟の状態にあった。彼の「遊学」は、フランスへ渡る前にすでに立派に完了していたといってもいいのではなかろうか。

ただ、耽美主義の作家永井荷風がほんとうに生まれるためには、最後の十カ月のフランス体験が必要であった。前出の末延芳晴氏は、フランスで荷風は「本質的な意味で新しい発見はほとんどしていない」が、彼のフランスは作家になるため「絶対に潜り抜けなければならなかった最後の関門、あるいは仕上げ、すなわち臥竜点睛としての意味を持っていた」といっている(『荷風のあめりか』)。その「仕上げ」は、なお帰国後もフランス文学を読みつづけることによってなされることになる。

島崎藤村の「洋行」

姪のこま子との関係から、つまり自分が仕出かしたことから、ひと思いに逃れるための島崎藤村の「洋行」は、否も応もなく彼の孤独をきわめるものになっていった。それはいかにも藤村流儀のまともなきわめ方だった。すでに四十を過ぎた有名作家のそんな旅は、実際だれにも真似ようのないものだったともいえ、いまのわれわれの興味もその点にかかわってくる。

藤村はまず、神戸から船に乗るのに、日本船ではなくわざわざフランス船を選んでいる。日本人の目を逃れ、日本人乗客が一人もいないフランス語中心の世界に単身乗りこんだのだが、『エトランゼエ』によれば、船のなかのことを教えてくれる人もいないので、「初めて外国船の船床に上つて見た時、枕も毛布も見当らない厚い敷布の上に坐つて物の三十分も腕組みして考へて」しまったほどであった。

その「メサジユリイ・マリチイム社」のエルネスト・シモン号は、日本郵船の船は寄港しないサイゴン、コロンボ、ジブティなどに寄り、大正二（一九一三）年五月二十日マルセイユに着く。「東洋方面からの殖民地帰りの仏蘭西人が船客の多数を占めて居」るなかで、ただひとりコロンボから乗りこんだ日本人がいた。「倫敦野澤組」の松山という「絹商」で、頼りにできる旅馴れた人だったが、地中海手前のポート・サイドで下船、また一人になった藤村はマルセイユ上陸のときもまごつかなければならなかった。

彼は中国から一時帰国する若いフランス人、「お世辞も何もない」「まだ書生肌の田舎医者」という人について上陸することになる。その人が決めたホテルに一緒に泊まり、その人が注文した料理と同じものを食べる。繁華街を案内してもらい、デパートへ入り、カフェにも坐ってチップの払い方を教えてもらう。英語がうまくない、あまり面白味もないフランス青年のあとをどこまでもついてまわる、心細い不安な上陸になったのである。

当時のことばでいうとすでに初老、満四十一歳の島崎藤村が、まったく一人きりで西洋世界へまぎれ込もうとしたところが独特で、森鷗外や夏目漱石らの国費留学組をはじめ多くの洋行者がグループで行動していたのとは違っている。居心地のよくないフランス船に一人で乗ったことについては、パリで暮らす日本人から冒険だとか大胆だとかいわれたらしい。

藤村はマルセイユの「殺風景な感じのする旅館」で一泊するが、「厚綿の四角な掛布団は重苦しく、慣れない寝台は寝苦しく、ろく〳〵旅の夢もむすぶことは出来な」かった。翌朝部屋の窓の外に見たのは「錆び黒ずんだ欧羅巴風の石の町」であり、「貧しく薄汚い裏町の建物」

であった。部屋にはまだ水道がなく、陶器製の洗面器と瓶《かめ》のような水差しが置いてある時代で、それで顔を洗ったりするのは翌日のリヨンの宿も同じだった。藤村は日本のように井戸端で顔を洗うこともかなわず、ともかくそれを使ったが、「その水差から水を注《つ》がうとする度に、陶器と陶器の触れる音がかちや〳〵鳴つた。」朝のがらんとした部屋のそんな音も、土の地面の見えない石造りの街らしく珍しかったにちがいない。

リヨンでは、藤村はまず「山地に近い静かさ」を感じている。そして、「マルセイユの港町のごちや〳〵とした空気の中から逃れて来て、漸くのことでほつと息の吐《つ》ける」気持ちになる。リヨンでもひとりで街を歩くのは「手に汗を握」るようだったが、そのうち「楽しい旅の心」も生まれて、ホテルの食堂でワインの小瓶をとり昼食を楽しむことができた。「オール・ヅーヴル」をうまいとも思った。西洋のホテルは部屋が殺風景なのが気になるが、その代わりに立派なロビーがあって客がそこをうまく使っていることをも知った。

はじめてのフランスの街マルセイユで藤村がいちばん驚いたのは、人通りがいかにも多いことであった。「こんな雑沓した場所でゆつくり歩いて見る気にも成れな」いと思うほどだったが、その街の様子は現在のマルセイユとはだいぶ違っていたはずである。かつてアフリカやアジアに向かってひらけていたフランス最大の港町の殷盛《いんせい》は、飛行機の時代になるにつれほぼ失われてしまっている。

船旅の最盛期のマルセイユでは、藤村がレストランへ入ると、同じ船で着いた人たちがそこにいる。どこへ行っても船の相客を見かける。ポート・サイドで別れた松山という人がマルセイユへ来ていて、偶然レストランで再会したりもする。船の時代のマルセイユの賑わいのさまと世界の客が触れあう空気が、藤村の地味な文章からも浮かびあがってくる。藤村はマルセイユで再会した倫敦野澤組の「松山君」について汽車に乗り、途中リヨンに一泊、パリまで行動をともにすることになる。

藤村の旅のいまあげたような「細部」は、藤村帰国の六年後に出た『エトランゼエ』にあらためて書きこまれたもので、パリで暮らしながら書いて送ったフランス通信をまとめた『平和の巴里』にはほとんど含まれていない。藤村のフランス時代を精細にたどった河盛好蔵『藤村のパリ』も、パリ到着以前のことは省いてあるので、少しくわしく細部を拾ってみた。

藤村は、さすが自然主義の作家だけあって、はじめて西洋に触れた際の違和の感じを正確にことばにしようとしている。まず何より身体的な不適応があり、その具合の悪さが正直に語られる。たとえばこんな文章がある。六月に小山内薫が十日足らずパリに滞在し、ベルリンやモスクワへ引返していくのを見送ったあと、下宿の部屋を見まわして、ひとり残った自分の体を淋しく意識させられる場面である。

人を送つた後の淋しい心持で、私は自分の部屋の倚子に腰掛けて見た。私の腰掛ける倚子は唯の物数奇や、一時の休息や、または日中だけの仕事にある倚子ではなくて、最早折り曲げることも坐ることも無い自分の膝のための倚子であつた。部屋には、寝台の下のところに薄い毛氈が敷いてあるだけで、その他は板敷の床になつて居た。その床もまた、畳の代りにある板敷であつた。長いこと静坐する癖のついた私のやうなものに取つては、否でも応でも旧い習慣を捨てねば成らなかつた。……

そんな部屋で椅子に坐って暮らしベッドで眠るつらさについては、『平和の巴里』にも同じような説明がある。

……朝から晩まで倚子に腰掛けなければ成らないのにも困りました。私のやうに静坐する癖のついたものには一難儀でした。日がな一日真実《ほんたう》に休息が得られなくて、立ちつゞけに立つて居るやうな気が致しまして、どうかすると子供のやうに泣きたく成ることも御座いました。私はオイしい香の物で茶漬を食つて見たいなぞといふ贅沢は思ひませんが、でもあの日本の畳の上で思ふさま斯の身体を横にして見たいとはよく思ひました。……

下宿の室内で身体的不適応に悩みながら、藤村は多くのパリ市民のように外へ出て、公園などの「屋外の生活」をゆっくり楽しむという気にもなれない。『エトランゼエ』によれば、きれいに整ったパリの公園や庭園はまるで屋内同然にも見えるのだが、藤村は公園で憩う人々を見ながら、自分も自然に同じようにするということができない。「早く下宿へ帰らう。自分の部屋へ行つて一服やらう。どうしても私はその気になつた。」人々に好奇の目を向けられるということもあり、彼は外にいてもじっとしていられないが、下宿へ帰ってもやはり休息が得られず、一向に落ち着くことができない。

そんな一日が終わり、彼は「もつと斯の欧羅巴の生活に入り得る時もあらうと思つて」床につく。すると「何処から来るとも知れないやうな南京虫」がベッドに這いのぼってくる。ベッドというものにいつまでも馴染めなかった藤村は、ろくに眠れず、秋が深まるころになっても、一晩中まんじりともしないようなことがあった。その不眠の結果、「旅らしく淋しい心持」が常につきまとうということにもなったのである。

島崎藤村の文章は、身体的違和感ばかりでなく、文化的な隔絶感といったものの表現も的確でこまかい。

下宿の窓から見える天文台の塔や古い産科病院の建物が、日本で見馴れたものとは「隔絶《かけはな》れて居」て、「その間には何の関係があり何の連絡があると思はされるほど」である。下宿の建物の裏側は暗い中庭に面していたが、「五層も六層もある高い建築物が（略）ぎつしり詰まった家屋の裏側をそこに見せて居」るというのもはじめて知ることだった。「こんな長屋を積み上げたやうな町中には奈何いふ人達が住むとも知れなかつた。」

小山内薫がベルリンから来たとき、藤村の下宿には空室がなく、主婦のシモネエのはからいで小山内は同じ建物の二つ上の階の女性のところで部屋を借りた。藤村はまだ若いその女性が「下女も使はずに独りで（略）一軒借りて暮して居るのが不思議で、巴里はいろ〳〵な人の居るところだ」と思ったが、シモネエの家の食堂で彼女と一緒に食事をしたとき、彼女の右手が義手だとわかり、「いくらかその謎が解けた」ような気がした。日本のこま子のことを思ったかどうかわからないが、事情のある独身女性のパリ式の暮らしを知らされたのである。

まだ電気がなく、真暗で、部屋も狭いシモネエの宿で、島崎藤村と小山内薫が話しこむようなとき、いまだにランプ暮らしとは「パリも旧弊」だと藤村は言いわけのようにいわなければならない。しかも部屋には「火鉢もなく、鉄瓶もない」ので、飲むものといっては水しかない。蠟燭をともしてコップの水を呑み呑み話している二人を日本で想像できるだろうか、と小山内がいうようなわびしさである。

その小山内がオペラやバレエや演劇の切符を買ってくるので、藤村はディアギレフのロシア・バレエなど四つほどを一緒に見にいく。彼にとって「芝居見物は読みたいと思ふ書籍《ほん》でも買つて読むやうなもの」でかなり惹きこまれ、ニジンスキイとカルサヴィナが踊ったラヴェルの「ダフニスとクロエ」のときは、「本当の芝居好とでもいふ人達の中に混つて、それほど窮屈な思ひもせずに見物することが出来た。」そして「その晩私も蘇生《いきかへ》つたやうに成つた。」

絵画に関しても、藤村はパンテオンやリュクサンブールの美術館でピュヴィス・ド・シャヴァンヌの絵に惹かれ、またはじめて見る印象派の絵には「旧知にでもめぐりあつた親しみを覚え」て、「芸術こそは言葉だ。」と思わされるような経験をする。

だが、美術館から一歩外へ出ると、絵と向かいあっていたときの「心易さ」を保つことができない。彼は親しい共感の場所から出て、公園のベンチに坐る人々にじろじろ見られる単なる「異人」に戻ってしまう。「思はず私はそれらの人達の前を早足に通り過ぎ」なければならなくなるのである。

小山内薫をパリ北駅で見送った藤村は、ようやくパリの二カ月目くらいから、「東京朝日新聞」に約束したフランス通信を書きはじめる。そしてその仕事によって自身が「慰められもし励まされもし」て、やがて五カ月目くらいには「いくらか落着いた心持」になれた。「過ぐる五箇月ばかりの旅の間、日がな一日私は立ちつゞけに立つて暮して居るやうな気ばかりして」いたのに、「漸くすこし倚子に慣れて、どうやら腰掛けて暮せるまでに成つた。慣れて見れば高い町々の建築物なぞも左程気にならなく成つた。石造の街路から起る怖ろしいやうな町の響までが左程耳にもつかなくなつた。」

「所詮私達は慣れずには居られない」ということなのだが、はじめの違和感が少しずつ薄れるにつれ、パリの見え方も変わってくる。パリが、あるいはフランスの近代文明が、思いがけずその正体をあらわすようである。

……曾てこの国の作家が芸術の都、文明の泉源、風俗の中心、流行の中心として誇つたといふ都は一日は一日より私の眼に展《ひら》けて行つた。私は次第に形をあらはして来る山々でも望むやうにして、日に〳〵自分の狭い眼界に入つて来るものゝ輪郭を旅の窓から望み見る思ひをした。国の方では想像もつかなかつたやうな規律ある社会生活、真に余裕の多い仏蘭西人の態度、一切の事物を覆ふ数理的な組織、金銭のみに限られない仏蘭西的貯蓄心、一面にはまた驚くばかりの貧富の懸隔――

その年の秋のころから、藤村は山本鼎をはじめとするパリ在住の日本人画家たちとつきあうようになる。『エトランゼエ』には以後若い画家たちの姿がしばしば描かれることになるが、年長の藤村の孤独は日本人同士のつきあいのなかでも深まっていったようだ。「私が真にエトランゼエとしての自分を斯の異郷に見つけたのも、矢張その頃からであつた。」

山本鼎と街を歩くようなとき、藤村は自身を含む日本人芸術家たちの「不思議な」「位置」を意識するとともに、あらためて貧しい青年たちと同じ自分を見出し、多くのものを削ぎ落とした自由な個人というものの寒々しいような「不思議な」感じを身に覚えるということがあった。次のようなさりげない微妙な文章から、旅の真実がふと浮かぶようなところが、『エトランゼエ』という作品の面白さになっていて見逃せない。

天文台の前あたりからゴブランの織物工場の方までも続いて居るポオル・ロワイアルの通りには相応に人の往来があつた。その中に混つて歩いて居る私達の位置も可成り不思議なものではあつた。旅となれば私達は何事も許されて居た。夫にしても私達は自分等の生活を簡素にしたのか、斯の大都会の中に落魄《おちぶ》れて居るのか、その差別すらもつけかねるやうに思はれた。斯うした不思議な心持で、私は山本君と一緒にポオル・ロワイアルの通りから青物市場の小屋について横町を曲つた。其狭い歩道に添うてヴアル・ド・グラスの陸軍病院の建築物の見えるところへ出た。

藤村の孤独についてのこれらの微妙な表現は、帰国六年後の『エトランゼエ』ではじめて可能になったものだといえる。『エトランゼエ』は、パリ滞在時をふり返って、それがどんな経験だったかを、新聞へ送った現地報告とは違うくわしさで、突っこんで語り直したものになっているのである。

藤村は日本人画家たちの集まりによばれることもあった。彼らが集まると、「みんな顔色が悪いなあ」とだれかが言い出す。パリに長くいればいるほど顔色が悪くなるのだというが、それはたしかに「旅らしい顔」であった。画道の精進と貧乏の結果にちがいないが、そんな顔の日本人のひとりがエドガー・ドガに会いたいと願い、人をとおして伝えてもらうと、老いたドガの答えは「自分は人類学の研究をしては居ない」というものであった。そんなふうにあしらわれる日本人画家たちの「位置」に、藤村は自分を置いて考えてもいたのである。

同時に、藤村が絵を描く青年たちと違っていたのは、一応パリに馴れはしても、簡単に腰の据えようがないといった不安な感じがいつまでも消えないことであった。パリで絵を描く幸福というものもなく、作家として下宿住まいに腰が定まらず、到着後八カ月たっても「一日も私は動いて居ない日はな」いと感じられた。それは船の動揺が四六時中やむことのない船旅がパリでもつづいているというふうで、特にノスタルジーに駆られるようなときには居ても立ってもいられなくなる。

……ふるさとの花の模様にも慰められず、好きな茶にもなつかしい絵葉書にも慰められないやうな時には、仕方なしに私は洋服の儘、肱掛倚子の上に昇つて、そこに胡坐をかいて見た。時には洋服を脱ぎ捨て、靴も脱ぎ捨て、部屋着にするつもりで国から持つて来た和服の着心地を楽みながら、独りでぢつと寝台の上に坐つて見た。それでも慰まないことがあつた。私は部屋の床の上に跪き冷い板敷に自分の額を押当てるやうにして、涙を流したいばかりに思ふこともあつた。

実際、藤村は自身に苦役を課すようなつもりで暮らしながら、その苦役の期限を切るということもできなかった。簡単に日本へ帰るわけにはいかなかった。その事情をだれにもいえないまま、自分を花のパリにとらわれた虜囚のように思う日がつづくことになった。

姪のこま子の父である次兄広助にだけは、船が神戸を出港し上海をへてようやく香港に近づくころ、手紙を書いてこま子妊娠の事実を明かし、あとの世話を頼んでいる。藤村と亡妻の子供たちも次兄の家へ預けられていたが、事業に失敗した兄の生活を藤村が援助するという関係があり、藤村はパリの暮らしのなかでも原稿を書きつづけなければならなかったのである。

藤村の「洋行」自体、たしかに思い切ったものだったし、船の選び方も、異国へたった一人で入りこもうとしたことも、人がいうように「冒険」だったといえる。基本的に、彼が少年時代から永く英語に馴染んだ経験が、何とかその大胆さを支えていたのだろうと思われる。

藤村はパリでも最初は日本人とのつきあいを避け、フランス語の個人教授を受けて、なるべくフランス人のあいだで暮らそうとした。パリを歩くときは常にガイド・ブックの「ベデカー」を手放さなかった。下宿で出されるものは何でも食べた。そして「全く新規な生活の試みの中に自分を置」こうともした。「自分の国を旅すると同じやうにして、知らない土地を旅したい。すくなくもその心で居たい」と思った。が、それでも、「斯の知らない土地には不思議に休息といふものが無かつた。」と、ほとんど虜囚の嘆きのようなものが『エトランゼエ』のなかでくり返されるのである。

パリから東京朝日新聞へ送られた「仏蘭西だより」を集めた『平和の巴里』のほうへ切り替えてみたい。

こちらは現地からの報告なので、知識人向けニュースとして、オペラ、演劇、音楽会の報告がくわしい。藤村はパリに居座り、フランスを理解しようとしてまず芸術に接することから始めている。

彼はパリで一向に日本が知られていないのを心細く思ったが、フランス人でも日本に興味をもってくれるのは日本の芸術を知る人たちであった。同様に、北欧やロシアがほんとうに知られるようになるのも、それらの国の芸術が紹介されてからのことで、彼はパリでそれを知り、芸術をつうじて相手を知ることが早道だと思うところがあったのである。

『平和の巴里』はもうひとつ、回想記ふうに書き直された『エトランゼエ』とは違い、有名作家の洋行の、いわば公式の報告ともいうべき性質をもっている。題が「仏蘭西だより」でも、気楽に雑報的に語られるのではなく、まめに歩いた見聞の記録でもない。あまり動かずにじっくり考えた比較文明論的考察が主になってくる。その文章は、新聞向きとも思えないほどしっかりと緻密に書きこまれている。

藤村はまず、フランスと日本の気候風土の違いを痛感しているが、彼の比較文明論は基本的にそれを踏まえたものになっている。「何といふ風上の相違でせう。」という驚き。そこから発して、「わが東京をこの巴里に比べて見ますと、私はその間の相違のあまりに掛け離れて居るのに驚かずには居られません。」と書き、二つの都市の掛け離れ方を語っていく。風土の違い、都市の違いの大きさは、いまの日本人がもはや経験できないような新鮮な驚きをもって受けとめられたのである。

「掛け離れて居る」という感じはもちろん誇張ではなかった。それこそ当時の藤村の最も正直な偽りのない印象であり、それが彼の基本的な理解になった。

風土の違いでいうと、東京は一年をつうじて気候の変化が大きく、自然が厳しくて、古来火《ひ》水《みず》に責められどおしというところがあるのに対し、パリの気候は変化に乏しく、自然の威力を感じさせられることが少ない。「雨量は少なく、空気は乾燥して、物の黴るといふことも無く、虫がつくといふこともな」い。そんなパリは、町全体がひとつの大きな乾燥室であり、またあらゆる物を貯えておける巨大な蔵のようである。

そんな風土と風物の違いに十分馴れないうちは、パリが美しいかどうかということも簡単にはいえない。日本の風土に根ざした美意識にとっては、パリの都市美はあまりにも「掛け離れて居る」からである。

……然し故郷の方で想像されるほどに巴里の夏が美しいか、それは私には一寸申上げにくい。こゝには木や石で敷つめた立派な道路があります。好く手入をした並木があります。花園のやうな公園があります。水道の水で道路が灑《そそ》がれるほど行届いた設備があります。万般の物の上に大きな科学の背景があることは何よりも先づ旅人の気付くことです。けれども町を呼んで来る金魚売もなく、軒に掛ける釣忍《つりしのぶ》もなく、美しい螢も見られず、蟬一つ鳴いたのを聞いたことも無いやうな斯の都会の夏は何となく私には大味《おほあぢ》なものゝやうに思はれて成りません。

都市美よりも何よりも、藤村がまず強く印象づけられたのは、パリの町に「大きな科学の背景がある」ということであった。橋梁を含めたあらゆる建造物の揺るぎない巨大さ。面積からいえば当時の東京の「半ばにも及ぶまい」というパリが、工学の技術を尽くして「立体的に積み重ねられた」近代都市であり、決して「一日で顕出した」ものではないことは一目瞭然、しかも「ある一つの意志に依つて成つたかと思はれるほど町全体として大きな建築物のやうな趣を見せて居」る。「斯ういふ点から申せば巴里は確に一つの傑作」だというほかないにちがいない。

そんな名都パリだが、そこにはまた貧富の差をはじめとして、新旧のアンバランスなど、思いのほか激しい対照をなすものがいろいろと見てとれる。藤村はそれを矛盾あるいは不調和ということばで説明している。

……こゝには極く旧いものと極く新しいものとが同棲して居ります。非常に開けたことゝ非常に野蛮な感じのすることゝが同棲して居ります。旧教と科学とが同棲して居ります。詩と散文とが同棲して居ります。斯ういふありあまるほどの矛盾を容れながら、全体として見ればいかにも沈着《おちつ》いた好い感じを与へるところが多くの旅人の心を引くのでせうと思ひます。(略)

澤木君は面白いことを言ひました。巴里に比べると、『伯林はあらゆる意味に於て近代的《モダーン》である』と言ひました。この言葉は――直ぐそのまゝとは言ひ兼ねますが――わが東京にも移して言へるやうな気が致します。すくなくも其の推移の歴史に於て。

ベルリンがモダンで、大正時代の東京もまたモダンだというのは、都市の歴史に一種の断絶を見てとってのことであろう。古いものを捨てて新しくなっているということで、東京の場合、そのあげく「詩」を失って「散文」的になるばかりだと藤村は見ている。

そのことについては、パリの庶民の暮らしのほうからも説明される。藤村はパンションの主婦などの暮らし方に「貯へて行く生活の姿」を見、「いかにも物を大切にし、珍重し、愛玩し、またそれを何等かの方法で活用しやうとして居る」ことを知って、そんな暮らし方を可能にする石造りの「貯蔵庫」のような家のことを考える。「すべての物がよく貯えられ」「骨董的なしに鑑賞され」る条件が町全体に備わっているというのである。

そのパリに世界中のすぐれた文物が流れこんでいる。フランス人は外国から「集め得るかぎりのものを集め、採り得るかぎりのものを採つて」いまのフランス文明をつくりあげた。それは「単なる模倣では無くして、意匠の加はつた創作であ」り、そこにフランス独自の「スタイル」が生まれる。

……古いロココ式の建築もルネツサンス風の公園も相集り相合奏して一つの大きな都会美を形造つて居るやうな巴里へ来て見て、『スタイル』といふものが初めて意味のあるものゝやうな心地も致します。斯ういふ文明を造り上げた人達の一人々々に就いて見れば随分無器用なと思つて驚くことが有る程です。それで居ながら、全体として為たことを考へて見ますと、ある一個の天才が動いて行つたやうな趣を示して居ます。

同様のことは日本についてもいえるはずだ、と藤村はやがて考えるようになる。フランス文明における「模倣」と「独創」の関係を知るにつけても、必ずしも「模倣」を否定せずに、古来先進文明の「模倣」によって日本に生まれたすぐれたものを見直す思いを強めていったようである。

西洋の文明が入つて来るやうに成つてから、吾儕《われら》日本人は無暗と模倣を事とするかのごとく言はれ、吾儕自らまで時には無定見な国民のやうに思惟します。けれども吾儕の模倣性はやがて吾儕の柔軟性を証するのでは有りますまいか。模倣そのものは、そこに一種の独創を産まうとするものでは有りますまいか。……

（略）

最早以前のことです。ある名高い露西亜の小説家の言葉を引いて、次のやうな話を雑誌『新潮』に寄せたことがありました。

『吾儕《われら》日本人は天性温かい同情に富んだ人種であるから、好いものでありさへすれば、いづれの国を問はず其美質を認むるに躊躇しない。ある人は斯の現象を見て吾国民の軽薄と無定見とを嘲つたが、自分には左様は思はれない。是は反つて吾国民の温かい同情に富む証拠である。唯吾儕は自己を正しく判断する力と批評する力とに欠けて居る。何故吾儕は西洋の思想なり生活なり産物なりに対して是程沢山物を言つて居ながら、自己に対して判断したり批評したりする力に欠けて居るのであらうか。是が吾儕の欠点である。』

すでにフランスへ渡る前に藤村はそう考えていた。この自己批評あるいは自己評価の能力は、「関東から関西へ往来するほどの位置にある欧羅巴の国々」の場合、常に隣国と接触しながら磨かれていくはずである。その点、「極東の果に孤立する」島国日本は条件的に不利であることは間違いない。「私は当地へ参つて見て、一層このことに思ひ当ります。」と藤村は書き、そこに問題があることをあらためて指摘するのである。

ともあれ、気候風土の違いは人の日常の感覚にも及ぶ。南方系の自然に馴れた藤村の北方の都の暮らしは、思いがけない倦怠感を伴うものになった。力弱く灰色がかって見える木々の緑や、どんよりとした空や、「ヴエルレエヌの詩の中にあるやうに黄ばんだ月」に対しても、時に耐えがたいようなもどかしい気持ちが起こる。

東京の場合、「絶えず火水《ひみづ》に責められ通し」の暮らしは、自然との激しい戦いになるが、それが東京人の「生命を潑溂たらしめる」ことにもなるのかもしれない。藤村は少年期以来の東京人として、やはり「単調に耐へられないやうなところ」があって、「何時の間に夏が過ぎ去り何時の間に秋が来たのか其差別のつけかねるやうな当地の気候が何となく物足りなく思はれる。フランスの風物は「美しいとは思ひますが、時とすると喰足りないやうな気も」する、というのである。

はっきりした区切りのない、アクセントの弱い日常が、時にもどかしい気がしてならない。ほとんど時が動いていないかとさえ思われる。「極静かに移り変つて行くやうな当地では月日のたつといふことを東京ほどに感じません。東京の三月は巴里の三年にも向ふやうな気が致します。」

それはひとつには、石の建物のなかにいて、直接自然に触れることが少ない暮らしの閉塞感ともいうべきものだったにちがいないのである。

島崎藤村がパリで暮らして一年余という一九一四（大正三）年七月、思いがけずオーストリアとセルビアが戦端をひらき、それが第一次世界大戦へと発展する。それ以後の「仏蘭西だより」は、のちにまとめられて『戦争と巴里』（一九一五）という題の本になっている。

それによると、オーストリア・セルビア開戦の一週間後に早くも仏独国境の交通が杜絶、シベリア経由の郵便物が届かなくなり、パリには戒厳令が布かれる。フランス人の四十七歳までの男は動員され、国境方面へ運ばれていくことになる。普仏戦争のときの「籠城」の記憶をあらたにしたパリ市民は、争って食料品を買い溜めする。

二週間ののち、パリの日本人で南フランスへ逃げる人たちがまずリヨンへと出発する。英国へ逃げる人もいて、藤村も誘われたが、「むしろ仏蘭西の田舎の方に身を置きたいと思」って同行せず、結局パンションの女主人シモネエの出身地である南西部のリモージュへ、彼女の世話で疎開することになる。両手にさげる荷物だけ持ち、「書籍なぞは一切巴里の宿に置いて」汽車で七時間かけてオート・ヴィエンヌ県の山地の町へ移動した。戦争が始まってひと月というころである。そのすぐあとパリから来た人からは、三十時間もかかったと聞かされる。

リモージュへの移動は四人の画家が一緒だったが、到着後間もなく三人が帰国を決めてリモージュを去り、藤村は正宗得三郎と二人でシモネエの姉の嫁ぎ先マテラン家で暮らしはじめる。ほどなくパリにも独軍の飛行機が飛来して爆弾が落とされ、フランス政府はボルドーへ移り、国内の移動もむつかしくなっていく。

その間《かん》藤村は「仏蘭西だより」をわずかしか書いていない。が、リモージュのマテラン家に落ち着いてから、彼は開戦後のパリの混乱のさまをふり返り詳細に記録していく。パリの日本人たちの動静もいちいち実名で報告される。のちに『エトランゼエ』でも同じことが語り直されるのだが、『戦争と巴里』のほうはていねいに一日一日をふり返る語りで、細部がよりくわしく、現場の報告といったなまなましさをもっている。

開戦後パリ在住の日本人は「臨時の日本人会」をつくり、いくつかの組にわかれて幹事が定期的に集まることにし、藤村もモンパルナス一帯の二十人ほどの世話役として週に二度日本大使館の「委員会」に出ていた。在留外国人は警察へ届けを出す必要があったが、それだけのことでも混乱がひどく、三日も警察へかよって並ばなければならなかった。そのうち、パリは老人と女性と子供だけの街になっていく。主人を兵役にとられた商店は次々に閉まり、飢えた犬が目立つようにもなり、「都会風の粧ひをした婦人の側に饑ゑた犬を見つけるといふことは、戦争といふものが描いて見せる一つの深刻な絵のやう」である。

そんなパリで藤村はリモージュへの疎開を決心したのだが、パリを離れる前に、一年前パリに着いたころ知りあった何人かのフランス人を訪ねている。国立図書館のユージン・モレル、東洋学インド学のシルヴァン・レヴィ、元駐横浜領事の日本美術蒐集家オダンといった人たちで、藤村は特にモレル家の人たちと親しくなっていた。それらのフランス人については河盛好蔵『藤村のパリ』にくわしい。

藤村は八月末から十一月半ばまで、ふた月半ほどをリモージュで暮らす。そのあいだ「東京朝日新聞」に書き送った「仏蘭西だより」は、パリを離れるまでの記録が主で、リモージュの田舎暮らしについては簡単な報告があるのみである。開戦後のパリの混乱をくわしく語り直してふた月半たったところで、思ったより早くリモージュを去ることになったからである。

パリの南西四百キロ、オート・ヴィエンヌ県のリモージュは、陶器のリモージュ焼きで知られ、急坂の城山地区が中心だが、その南麓をヴィエンヌ河が流れている。藤村が暮らしたのはその河向こうの町はずれで、「風俗の鄙びて居ることも想像以上」の田舎であった。むしろ田舎として「平凡な土地」といってもよかった。

それでも、「巴里はもう見て居られな」いという気持ちで疎開してきた藤村は、「胸一ぱいに好い空気を呼吸することの出来る静かな田舎に身を置き得た」ことに深い安堵の気持ちをいだく。『エトランゼエ』のほうから引いてみる。

……それにも関らず私はこのリモオジユに着いて停車場前の旅館の窓の外にサン・テチエンヌ寺の塔を望みながら鶏の声を聞いた朝から、もう蘇生《いきかへ》つたやうな思ひをした。私は開戦以来の動乱の渦の中から逃れて来たといふばかりではない、過ぐる十五箇月ばかりの間休息らしい休息も自分に与へなかつたあの石造の街路を軋る電車と自動車と荷馬車との恐ろしげな響の中から、人を弱くするやうなあの密集した群衆の空気の中から、マウパツサンの言葉を借りて言へばあの凡俗な心づかひと饒舌との巴里から逃れて来た。この私に楽しい息を吐かせて呉れるやうな場処でさへあれば、仮令そこが僅な石垣の側でも、あるひは僅な野菜畠の間でも、私には沢山であつたと思ふ。況《ま》して私が見つけた石垣の側には白い薔薇や赤い夾竹桃の花なぞがさかんに香気を放つて居たのだから。私の歩き廻る野菜畠の間には梨や桃が既に熟して居たし、林檎の実もまさに熟しかけて居たのだから。

ところで、藤村のリモージュの宿は、永く不明のままだったが、一九八〇年に佐々木雅発氏が探し当て、昔の家がそのまま残っていることがわかった。ヴィエンヌ河を越え、トゥールーズ街道へ出て右へ折れたバビロン通りである。家の持ち主は替わっていたが、『エトランゼエ』などにしばしば出てくるマテラン家の当時十六歳のエドワールが八十一歳で市内に健在だった。そのマテラン氏は、「自分はシマザキを見て、生まれてはじめて内に閉じこもる人間というものを見た」と語ったという。（佐々木雅発『パリ紀行』）

河盛好蔵『藤村のパリ』にもリモージュとマテラン家のことがくわしく出ている。河盛氏は一九八三年と八六年に訪ねてエドワール・マテラン氏に会い、土地の新聞のインタビューを受け、シモネエの身元調査をし、その生涯を明らかにしている。シモネエ Simonet の名はマリー、一八五七年生まれで一九四六年に八十九歳で死んだ。二十五歳のときパリへ出てパンションを始めたが、生涯独身であった。マテラン家のエドワールは、藤村はシモネエの甥と書いているが、正確にはシモネエの姉の孫にあたるということだ。

正宗得三郎と暮らしたリモージュのふた月半については、『エトランゼエ』と帰国後の小説『新生』にくわしい。『新生』は『エトランゼエ』の記述をそのまま使っているところも多いが、主人公岸本の「姪に負はせた深傷《ふかで》や自分の生涯に留めた汚点」に苦しむ心がはじめて明かされる。こま子と関係ができる前の「極度の疲労」「生きながらの地獄」「際涯《はてし》の無い寂莫の世界」「自分の身のどんづまり」から抜け出て「より多く生」きようとした結果が、いまわが身の「罪過」として残ってしまった。が、フランスの田舎暮らしのなかで、それを思う心も少しずつ変わってきている。「一時のやうな激しい精神《こゝろ》の動揺」はすでになくなっている。

オート・ギエンヌの秋は何となく柔かな新しい心を岸本に起させた。彼は長い年月の間ほと〲失ひかけて居た生活の興味をすら回復した。仮令《たとへ》罪過は依然として彼の内部《なか》に生きて居るやうなものであつても、彼はいくらか柔かな心でもつて、それに対ふことが出来るやうに成つた。

マテラン家で暮らすうちに、藤村は道端で遊ぶ子どもたちに懐《なつ》かれるようにもなり、日々パリの混乱の記録を書きつづけ日本へ郵送しながら、散歩に出るたび子どもたちと遊んで心を慰

リモージュの藤村の宿

めたようだ。『エトランゼエ』や『新生』にはその様子がやわらかく描かれているが、三人の少女が「仏蘭西の田舎の俗謡」、パトアという方言の歌をうたってくれたとき、日本に残してきた子どもたちを思って涙が迫るようだったと彼は書いている。

やがて、戦況が変化してパリへ帰れるときが来る。藤村は、帰るというシモネエに従うのだが、その前にひとりでボルドーへ旅し、あとからパリのパンションでシモネエたちに合流した。ボルドーへは日本の大使館が引越していて、そこへ顔を出す必要もあったのである。戦時のことで、二百キロあまりのボルドーまで十一時間もかかった。それはフランスでの彼のはじめてのひとり旅になった。

その旅のあいだに、田舎暮らしのあとパリでもう一度生き直そうとする思いがはっきり生まれていたようだ。フランス語もかなり使えるようになっていたらしい。新生活への自信めいたものが感じられる一節を『新生』から引いておきたい。

再び巴里を見るのは何時のことかと思つて出て来たあの都の方へもう一度帰つて行く楽しみを思ひ、新しい言葉の世界が漸《やうや》く自分の前に展けて来た楽しみを思ひ、ボルドオから岸本は夜汽車で発つた。今度帰つて見たら奈何《どう》いふ冷い風があの都を吹き廻して居るだらう。幾《いく》人《たり》の同胞に逢へることだらう、と彼は思ひやつた。窓の外は暗し、車中で眠らうとしても碌々《ろくろく》眠られなかつた。同室の乗客が皆ひどく疲れた頃に汽車の中で夜が明けかゝつた。

朝に成つて反つて気の緩《ゆる》んだ岸本はいくらかでも寝て行かうとした。一眠りして眼を覚すと、その度に彼は巴里が近くなつて来たことを感じた。心持の好い朝で、何を眺めても眼が覚めるやうであつた。次第に巴里の近郊から城塞の方へ近づいて行つた。車窓に映る建築物《たてもの》の趣なぞも何となく変つて来た。リモオジユあたりで見て来た地方的なものが堅牢な都会風の意匠となり、二層三層の高さが五層にも六層にもなり、城郭のやうに聳《そび》えた建築物と建築物の間には積重ねた煉瓦《れんぐわ》の断面のあらはれたのが高く望まれるやうに成つた。

『戦争と巴里』と『エトランゼエ』には、パリの手前で夜行列車の夜が明ける日の出の眺めがくわしく描かれている。自然主義の描写の若い情熱が蘇ったような一節である。両書の文章は

藤村の宿・裏手の庭

ほとんど変わらないので『エトランゼエ』から引く。

夜は次第に私からも離れて行つた。そこいらが白々と明けて行くにつれて、何となく自分の心持もはつきりとして来た。日の出だ、と汽車の窓から望んで見ると、地平線の彼方には朝靄が深く立籠て居て、その間から太陽が紅く見え始めた。寝不足で身体はぞく〳〵して居た時だから、まだそれほど輝かない朝日を真面《まとも》に見て行くといふことも嬉しく、眼を放さずに居ることも出来た。次第に円い全体の輪郭が顕れて来た。あだかも遠く銅盤を懸けたかのやうに成つた。車室の隅に疲れて黒い毛皮の外套にくるまつて居た婦人まで立つて美しい日の出を望んだ。調子を破つた音楽のやうな飛躍が感じらるゝと共に、太陽は一気に地平線を離れて行つた。私はもつとよく見やうと思つた。私の眼は痛くなるほど太陽を追つた。何といふ眩暈《まぶ》しい光彩と、さかんな精力と、野蛮な舞踏とが私の凝視を拒んだらう。終にはどうしても眼を放さずに居られなくなつた。車中の人々はいづれも争つて窓を開け、射し入る日光に接したり、清い空気を吸はうとしたりした。

リモージュは、佐々木雅発、河盛好蔵氏らの調査の十年以上あとになって私も行ってみたが、ホテルでもらった観光案内図にかつての藤村の宿が示され、「メゾン・ド・シマザキ」と書いてあったのには驚いた。とはいえ、家が記念館になっているわけではなく、行ってみると、訪問お断りの札が出ていた。建物の壁には立派なプラークがついていて、藤村がこの地の魅力に触れて甦ったという意味の説明があった。一九九〇年に藤村の母校明治学院大学の関係者がとりつけたらしい。

家の裏側へまわると、鉄網越しに緑豊かな広めの庭が見える。野菜畑と果樹の庭で、洋梨が薄赤く熟し、桃の大木には小さな実がたくさんなっていた。八十年前に藤村が書いたとおりの庭のようであった。

リモージュの田舎からボルドー経由でパリへ戻った藤村は、「大きな潮の引いて行つたやうな」ひと気のない寂莫たる冬のパリで、彼にとっての「第二の旅の季節」を迎えることになる。彼は「あの耕作と牧畜との地たるオート・ギエンヌで刺激された心をもつて」あらためてパリの暮らしを経験し直そうとするのである。

フランスの地方を知ってみると、パリの見え方も変わってくる。たとえば、はじめ十分馴染めなかったノートル・ダム寺院の美しさがわかるようになる。ラテン文明の精華という一面だけでなく、もっと古いゴール文明の野趣をもそこに見出すことができるようになる。『エトランゼエ』によれば、彼はリモージュの経験から、これまでフランスをラテン民族の「開化」の方面からばかり見すぎていて、「ゴオル人の血を示した野性の方面から見ることを割合に粗略に考へて居た」ことに気づかされるのである。

藤村はパリを見直し、フランス語の勉強も進めて、新規まき直しのつもりだったが、それでも年を越したあと暗鬱な冬の気候に悩まされ、「暗く閉ぢ籠められた心持」に落ちこまなければならなかった。耐えがたい「旅の侘しさ」に襲われ、「濃い無聊に包まれてしま」う。それが半月もつづくと動きがとれなくなる。悩みの多かった青年期の濃い「憂鬱」が戻ってくるようである。彼はそんな状態で暖かい東京を偲んで、東京の街に満ちていたさまざまな「声」を思い描いたりする。石の街のパリにあるのは「器械や馬の働く響」ばかりのようである。

巴里の町には響がある。東京の町には声がある。巴里の町にも声は無いではないが、あの東京の方で聞く勇ましい鰯売の声や、花売、辻占売の声や、四季折々の物売の声にかぎらず、車夫は声を掛け、按摩は呼んで通り、押して行く荷車の前後にまで声があつて、下町の空気の濃いところになると流行《はやり》唄、仮白《せりふ》づかひ、広告の口上、飴屋の歌、其他数へきれないやうなあの朝晩の賑かさに比べると、こゝにはあれほどの声はない。全く東京の町は声で満たされて居るやうな気がする。そのかはり巴里は響だ。人の代りに器械や馬の働く響が石づくめの町の空に揺れて来る。

この響はおそろしく私の耳について来た。のみならず私はこの響を聞いて居ると、つくぐ〳〵国の方の遠さを思つた。……

冬のあいだ、「外界に縁故もなければ関係もない」藤村の孤独は深まるのだが、その「慰め難い無聊と、信じ難いほどの無刺激」のなかから、ひとりの外国人「エトランゼエ」が、「私」の前に妄想めいて立ち現れる。それはひとり居の藤村の影法師であり話し相手でもあるもうひとりの「異人」である。藤村は折りにふれ影法師に向かって語りかけるような日々を送る。

戦争前にパリで会った日本の知識人らはすべて去っていたが、藤村は彼らを思い、河上肇、河田嗣郎に当てた手紙のかたちで「佛蘭西だより」を書いたりした。『戦争と巴里』に収められた「河上、河田二君の帰朝を送る」である。

戦時のパリに残った一人に画家の藤田嗣治がいて、藤村は藤田とつきあうようになる。彼は藤田がコカイン中毒の老モデル、イヴォンヌを助けているのを見、その姿をくわしく書きとめている。藤田のフランス人女性に対するまめやかさがよくわかる書き方だが、藤田は翌一九一六年ロンドンへ避難、一年後パリへ戻り「モンパルナスの女王」とうたわれたモデル、フェルナンド・バレイと結婚する。藤田は彼女の助けもあって戦後のパリ画壇に頭角をあらわすことになるのである。

『戦争と巴里』『エトランゼェ』『新生』は、内容的に重なるところが多いが、小説『新生』では、故国から届く節子（こま子）の手紙に悩まされることのほか、パリで亡き父を思うことが多くなったことが語られている。

これほど岸本は父のことに就いて幼い時分の記憶しか有たなかつた。四十四歳の今になつて、もう一度その人の方へ旅の心が帰つて行くといふことすら不思議のやうに思はれた。半生を通して繞《めぐ》りに繞つた憂鬱――言ふことも為すことも考へることも皆そこから起つて来て居るかのやうな、あの名のつけやうの無い、原因の無い憂鬱が早くも青年時代の始まる頃から自分の身にやつて来たことを話して、それを聞いて貰へると思ふ人も、父であつた。何故といふに、岸本の半生の悩ましかつたやうに、父もまた悩ましい生涯を送つた人であつたから。仮りに父が斯の世に生きながらへて居て、自分の子の遠い旅に上つて来た動機を知つたなら何と言ふだらう……けれども、岸本が最後に行つて地べたに額を埋《うづ》めてなりとも心の苦痛を訴へたいと思ふ人は父であつた。

亡父の場合も、親族の女性とのあいだに似た問題があったということだが、藤村はパリでそんな父子の血のつながりをことさらに意識せざるを得なかった。そこから、帰国後もうひとつの旅行記『海へ』が書かれ、また昭和になってからの大作『夜明け前』が胚胎することになる。『海へ』は、ヨーロッパ往復の船の旅をくわしく語ったもので、その第二章「地中海の旅」は、亡父にあてた手紙の体裁になっている。亡き父を心に呼び戻し、めんめんと訴えるように語りかけている。

パリで亡父を思うことは、半世紀前の「黒船」の時代とその後の日本を思うことにつながる。藤村は、「慨世憂国の士をもつて発狂の人となす。豈《あ》に悲しからずや」と書き残して死んだ父の、平田派国学の徒としての激しい思いとその愛国運動を受けとめ直し、「洋学」や「邪宗異端」を排斥した亡父を「生けるごとくに自分の胸に描」くとともに、父が怖れた「黒い幻の船」に乗ってフランスへやってきた半世紀後の自分を、そこに重ねてみずにはいられないのである。

藤村の「洋行」は、はじめ「異郷の土」になるくらいのつもりだったようだが、フランスで日を重ねるうちに、そんな決心も容易に行われがたいことがわかってくる。フランスで自分があくまで「異人」であること、費用がかさむヨーロッパは長く留るべき場所ではないこと、しかも現在、「折角《せつかく》懇意になつた仏蘭西人で国難のために夢中になつて居ないものは無」く、「学問も、芸術も、殆ど一切休止の姿」で、「周囲には、戦争あるのみ」といった状態だということがあった。

藤村は帰国を決意し、戦争が終わるまでパンションを閉めたいというシモネエと別れて、当時日本人の常宿だったソルボンヌの「セレクト・ホテル」へ移る。『新生』によれば、「三年前、半死の岸本の耳に一条《ひとすぢ》の活路をさゝやいて呉れた海は、もう一度故国の方へと彼を呼ぶやうに成つた」のである。彼はひそかに「還るのを赦《ゆる》されるのだ」と思い、「自分で自分の手錠を解き腰縄を解く思ひをして、侘しい自責の生活から離れようと」する。

それは、彼の「洋行」に至る過去のいきさつを、日本でおおやけにするときが来たということでもあった。こま子とのあいだに出来た子は、留守中すでに他家にもらわれていたが、帰国するならこま子との関係を伏せておくわけにはいかない、という思いがはっきりあったのにちがいない。おそらく彼は、帰国後『新生』を書いてすべてを明かそうと覚悟を決めていたのである。

一九一六年四月二十九日、いよいよ巴里を去る日、彼はもう一度下宿の建物を見にいく。「三年の間机を置いて獄中で勉強した人のやうに新しい言葉を学んだ其自分の部屋の窓」を見あげ、三年間の「苦《にが》い昼寝の場所」でもあったポール・ロワイヤル大通り八十六番地の建物に別れをつげるのである。

藤村はル・アーヴルからロンドンへ渡り、十日足らず過ごして、正宗得三郎と二人、日本郵船の「熱田丸」に乗船、南アフリカ喜望峰をまわりインド洋を横切る五十五日の船旅の末、七月四日神戸に帰り着く。まだドイツの潜航艇や水雷の危険が残る戦時の航海であった。

その長旅で藤村は、世界を支配する英国の植民地主義にあらためて強い印象を受ける。同時に、彼は植民地へ渡る英国人船客の成金的な「横着な振舞」とその傍若無人を憎んだ。ロンドンで覗いた「雑誌屋」には「低級な趣味の雑誌や小説」があふれていたが、南アフリカのケープ・タウンやダーバンにも同じものがたくさん並んでいた。すべて植民地の「金儲けに忙しい連中」向けの「面白ければ可い」というだけの娯楽ものである。「どうも英吉利《イギリス》といふものは変だ」「英吉利の本国まで殖民地のために圧されて来たやうな気がする。」というのが彼の率直な思いだったようだ。

ケープ・タウン、ダーバン、シンガポール、香港、上海と、すべて英国支配の港に寄港する船旅で藤村は、西洋諸国が「強い組織的なもの」をもって非西洋世界へ押し出してくると、「組織的でないやうな弱いものは否でも応でも敗けてしまふ」という世界の現実を痛感させられる。「そいつが僕等の国の方まで延びて来た」のだが、この「激烈な人種の競争」のなかで長崎や神戸が植民地都市にならずにすんだのは、日本が「古代と近代としか無い」ような国々とは違つて、中世あるいは封建時代を経てきているからだと彼は考えるようになる。そして、「僕等の国が今日あるのは封建時代の賜物ぢやないかと思ふ」ようにもなるのである。

『エトランゼエ』のおわりに、藤村は三年間の「苦役」としての旅を次のようにふり返っている。

……その（若くない）私が、何と言つても根本に於いて東洋人である私が西欧羅巴の社会の空気の中に身を置いて見た時は、周囲の生活と自分との均斎を見つけるといふことにすら骨が折れた。多くの旅行者が夢みる身心の幸福な諧調――それは北欧羅巴から巴里に来る人達すら容易に見つけがたいのを常とする。まして私のやうに東洋の果から出掛けて行つた旅行者のことだ。長いこと私は旅そのものを仕事として暮した。ある時は、こんな骨折が実際何の役に立つだらうとさへ思つたことがあつた。

藤村はフランスで、「自分の国に居ると同じ心持で」暮らそうと努めた。その心から、人に「大胆」だといわれる動き方にもなり、また庶民の暮らしをていねいに見つづけることにもなった。彼の体の生理的違和の感じが旅の記録の端々に出ているが、全般に藤村の見方はこまかいだけでなく正直で、人が書かないようなことも書いていて、そこがいまなおよく生きている。そのため、「旅そのものを仕事として暮した。」というような言い方もきわめてリアルに響く。

フランスで「自分の国に居ると同じ心持で」暮らすということ自体が「仕事」になる。毎日、朝起きてから夜寝るまでのすべてがいちいち「仕事」になるのが旅というものである。藤村が経験したのは、まさにフランス語の「労働」「労苦」の意味における旅だったといえるのである。

彼がその経験をとおして考えつづけたのは、風土の違いに基く文明の比較であり、また後発の日本の近代化がかかえる問題についてであった。明治維新後五十年という日本はまだ混乱のさなかにあった。「漾《よう》々と大河の流れるやうな共同享楽の欧羅巴的生活を眼のあたりに見、顧みて社会的生活の不調和と貧弱とに苦しむ故国の現状に想ひ到る時は、枕を高くして眠ることの出来ないやうな気」がしたというが、それは十数年前のロンドンでの夏目漱石の思いと同じだったといえよう。先方にはともかく、すでにどっしりと出来あがったものがあり、こちらはまだいつ出来あがるとも知れない未成の混乱のなかにあって十分に拮抗しがたい。……

『海へ』によると、藤村は帰国の船の上から港々を見、シンガポール、香港、上海と、日本の存在感が次第に大きくなるのを実感している。第一次大戦後、日本は急速に発展しつつあり、彼は「日本民族が世界的の機運に乗じつゝあるかず〳〵の事実を目撃」することになる。神戸上陸後、大阪へ立ち寄ると、商業都市大阪の「殷盛」と「商家の娘達なぞの華美《はで》で奔放《ほしいまゝ》な風俗」に強い印象を受ける。戦時のパリの女性の姿は多くが黒づくめだったのである。

だが、彼は同時に、現在の日本の勢いというのも、ヨーロッパの戦争が日本をよい位置に立たせ、その実力を発揮させる機会を与えたからで、それは主に経済的な成功にとどまり、「真に時代の精神を発揚せしむるほどのもの」にはなっていないと感じざるを得なかった。

彼は近代日本のほんとうの「ルネッサンス」を求める強い思いをいだいていたが、一方、彼が帰国途中に見てきた非西洋の世界の実状は、実際寒心に堪えないものであった。植民地といえば「一切が金づく」で、「金でも儲からなくて誰が斯様《こん》なところへ来るものか、と言はぬばかりの人達の世界」であり、原地人はあさましく、そしていたいたしく、「そこに漂ふ空気の死んだやうなのにも嫌気がさす」というふうだ。それに対し、日本へ帰る楽しみというのは、「実に生々とした自由な空気を吸ひ得るの楽みである。」

それでも、藤村が長く馴染んだ隅田川のほとりへ帰り着き、目にしたものは、日本の工業化の結果死につつある河と、その両岸の町の「雑然紛然たること恰も殖民地の町を見る」がごとき眺めであった。

それは旧来の日本の都市の建物が「余りに温和《おとな》しく、余りに弱々しく、余りに繊細で、新しく西洋から入つて来た組織的なものの為に」蹂躙《じゅうりん》されている姿だともいえた。だが、日本の場合は、西洋の組織的なものをやみくもにとり入れ、「破壊に次ぐに破壊を以てした」のは日本人自身であり、その結果の不調和と混乱があらためて藤村の目に突きつけられることになったのである。

『海へ』の末尾に、藤村はセーヌでもテムズでもない隅田川に向かって親しく語りかけるかたちの文章をつけ加え、次のように語っている。

……お前の岸にある不思議な不統一。私はそれをお前に問ひたい。お前が眼のあたり見た驚くべき大改革とは人の心に『推移』をば齎したらう、しかしながら人の奥に『改革』を齎したらうかと。それを思ふと私は言ひ難い幻滅の悲哀《かなしみ》に打たれる。お前はセエヌでもなく、テエムスでもなく、矢張一番親しみの深い隅田川だ。往昔《むかし》、多感多情な詩人が口嘴の紅い都鳥を見て情人の生死を尋ねた歌をお前に残した。それほど古い歴史のあるお前だが、私は若いお前を夢みつゝそれを頼りにして遠い旅から帰つて来た。何となくお前の水はまだ薄暗い。太陽の光線はまだお前の岸に照り渡つて居ないやうな気がする。お前の日の出が見たい。

斎藤茂吉の「遠遊」

第一次世界大戦後の大正十（一九二二）年末から三年ほど、斎藤茂吉は精神医学の研究にオーストリアとドイツへ私費留学している。東京府立巣鴨病院勤務のあと、長崎の医学専門学校教授をつとめてすでに三十九歳になっていた。明治の成功者斎藤紀一の青山脳病院を養子として継ぐ立場にあり、博士論文を書くための留学であった。

独墺二国のほかヨーロッパ各地の見聞をしるした長短六十五篇の随筆が全集に『滞欧随筆』としてまとめられており、また滞欧時に日記代わりによみつづけたという歌が、のちに推敲され『遠遊』『遍歴』という二冊の歌集になっている。中年の学徒の留学生活は厳しく、時間の余裕が十分なかったにもかかわらず、茂吉はずいぶん多くの土地を見て歩いている。歌人としての一面からおのずから旅が生まれる。連日研究室に閉じこもるきわめて真面目な留学生活ながら、茂吉の三年間はさしずめ「遠遊」であり、好奇心に満ちた異国の旅でありつづけたといえるように思う。

茂吉は大正十一年一月二十日から、かつて恩師呉秀三が学んだウィーン大学神経学研究所の研究員として、脳の切片を顕微鏡で調べる「脳髄病理」の仕事を始める。それは巣鴨病院時代からの「進行麻痺の脳細胞の変化の研究の延長」（北杜夫『壮年茂吉――「つゆじも」～「ともしび」時代』）であった。茂吉はウィーンに一年半、ミュンヘンに一年暮らし、ウィーンではのちに学位を得た論文のほか小さい仕事を三つ、ミュンヘンではなお論文一つを残しているが、息子の北氏はその学問的成果について、同学者の立場から内村祐之氏の高い評価を引用、説明している。

ウィーンとミュンヘンにおける茂吉の研究生活については、柴生田稔氏の『続斎藤茂吉伝』がたいへんくわしい。ヨーロッパの三年間を、彼の医学研究に重点をおいて説明し、指導教授との関係など詳細に語っている。もう一つ、茂吉の滞欧生活をくわしく調べたものに、青山星三氏の『茂吉短歌考』四部作がある。青山氏は外科医だが、茂吉の医学研究には直接触れずに、題名どおり『遠遊』『遍歴』などの歌に絞ってその背景を調べつくしている。

茂吉は帰国後、大正十四年以後五年ほどのあいだに、西洋体験をさまざまに語る随筆をまとめて書いた。その散文の仕事はきわめて魅力的で、茂吉の体験は歌よりも随筆によって広く知られることになった。

それらは主に『改造』と『中央公論』に、それぞれ「童馬山房漫筆」「西洋羇旅小品」の題で継続的に発表され、文壇内でも注目をあつめた。芥川龍之介は「改造の童馬山房漫筆まことに面白く拝見いたし居り候。なる可く長くおつづけなされ度候。」（大正十四年五月二十一日付）「童馬山房漫筆好評如湧御同慶の至に不堪」（七月四日付）などと茂吉あて手紙に書いた。

柴生田稔氏は『斎藤茂吉選集』第九巻の「解説」で、氏自身の茂吉親炙のきっかけは滞欧随筆にあったとし、「私の友人の一人の如きは『茂吉のような文章が書けたら死んでもいい』とまで言った。」と書いている。大正末年、一方でマルクシズムなどの新潮流に翻弄される青年たちの心を、他方から強くとらえるものがあったのであろう。

茂吉は帰国後、異国の経験をひとつひとつ文章にしながら、いわば彼独特の旅をあらたにつくり直していった。帰国後の彼の日本語が、その旅をみごとにふくらませた。そこに西洋の旅における日本人のアイデンティティーともいうべきものがあらわれる。大きく見るなら、マルクシズムのような当時のグローバルな思想に対して、まぎれもない日本人の「個」の表現が拮抗して浮かびあがる。そんな眺めは、発表時点より現在のほうがもっと見えやすくなっているといえるかもしれない。

斎藤茂吉は「留学」ということを強く意識して、「寂しい留学生」というようなことばをしばしば使った。実際、研究室で顕微鏡を覗きつづける「根気仕事」は容易にはかどらず、ドイツ語による意思疎通も十分ではなく、時に喀血をみるなど健康状態もよくなかった。

それでも彼は、日曜日以外は終日研究室にこもって、「精根を尽して為事《しごと》した」が、それは苦しい毎日で、ウィーン一年半ののち移った「ミュンヘンの教室でも僕はなかなか苦しんだ」(「蕨」)のであった。『遠遊』のほうにも、「時のまもかりそめならぬわが業《げふ》をいそぎいそぎて年暮れむとす」「この部屋に留学生と吾なりてまたたくひまも惜しみたりにき」といった歌がある。

ヨーロッパへ来てもろくに見物もできず、毎日あくせくしなければならない留学生活の内実を彼はあけすけに書き、苦しいとも艱難辛苦ともいい、そこから生じるいら立ちや「憤怒」についてもしばしば語った。「憂鬱」ということばを多用し、「憂鬱してゐる」と動詞形で書くこともあった。(「をどり」)「異邦に留学することは何で楽であらうか。」(「探卵患」)「異境にゐるとみんなが気が立つてゐて、それが思はぬところに鋒先《ほこさき》のあらはれるのを常としてゐる。」(「水源地行」)とも書いている。

茂吉はウィーンへ着いてすぐ、まだ大通りの名も知らずに雪の降る街をひとりで歩き、「何とも云ふに云はれぬ寂しい感じ」を受ける。「それに、今後この地で何かを果さねばならぬといふやうな感じを纏つて、全体として僕を圧迫して来る。」彼はその圧迫を逃れるように美術館へ入り、ピーター・ブリューゲルの小さな絵に目をとめる。紀元前十世紀ごろのイスラエル王の「自害の図」である。茂吉は「ピエテル・ブリユーゲル」に、谷間で数万騎の軍勢が戦う「異様の光景」を虫眼鏡で見るようにくわしく描写している。その驚くべきくわしさは、おそらく、留学先のウィーンとの関係がまだ不確かなままの不安な孤独から生まれたくわしさだといってもいい。

美術館へ入った日の数日前、茂吉は友人を訪ねてはじめてドナウ河を見ている。冬のさなかのウィーンは「午《ご》を過ぎて未《いま》だ幾時も過ぎないと思ふのに、もうくらがりに入りつつあるやう」である。ドナウ河は「絹の布を擦《こす》るごとき音を立てて」流れている。それは「寂しさに似た、きびしさに似た一種不可思議の音である。」じつはドナウは水が凍りながら流れているので、茂吉はのちにそれを知って感銘を受ける。「あの寂しい寒い音は、氷るながれの音であつた。」「はじめて見たドナウは、かくの如く、寒く、そしてきびしいものであつた。」（以上「ドナウ」）

画家の平福百穂宛て手紙にはこうある。「こゝのドナウの大河には雪ともつかず氷ともつかざるものが一面に流れ居り荘厳に候、これは半分氷りながら流れるものらしく候。」（二月二日付）「玉菜ぐるま」に描かれるのもきびしいウィーンの冬である。街には骨格のたくましい大きな馬がいる。日本の労働馬とは比較にならぬ大きさで、石炭やビール樽や仔牛などを満載した車を引いて通る。敗戦後のウィーン市民は困窮している。「血の気のうすい上《かみ》さんが佇《たたず》んで」石炭をいっぱい積んだ車を「しばらく目送してゐる」こともあった。朝夕にその大きな馬が通るのを見ると、「寂しい留学生の心はいつも和《なご》んで来た。」

ある朝、馬が青い玉菜（キャベツ）を山のように積んだ箱ぐるまを引いて通るのを見かける。彼は「たかだかと虚空に聳《そび》えてゐるやうな」玉菜の山を見て「ひどく感服」する。そして、そんな玉菜ぐるまをまた見たいと思う。ある暮れ方、教室から解放されると、彼は大学からリングを歩いてドナウ運河を渡り、プラーターからドナウ本流の長い橋を渡って田舎のほうまで行く。「僕は疲れてカフエに入り気のしづまることを欲してゐた。その時、実に偶然を絶して、大きな玉菜ぐるまが、地ひびき立てて窓の前を通つた。僕は戸を排し、感心してそれを見た。その時神の加護といふことを思うた。」

一日教室にいて何か憤懣があったのか、長距離をやみくもに歩いて疲れ、気持ちをしずめようとする「寂しい留学生」の前に神のように現れる玉菜ぐるま。ウィーン時代のはじめのころの、茂吉の鬱屈を鮮やかに描き出した一篇である。

ウィーンに「黄金の五月」が来るまで、茂吉は研究室でひたすら「根気仕事」に耐え、指導教授との関係で前途に不安をおぼえながらも真面目につとめたようだ。「維納《ウィーン》は来ても見物どころでなく朝早く家をいでゝ、教室にゆき、日くれて、活動でも一寸のぞき夕食くひ家にかへりてすぐ寝る、これが毎日の日課に候。実に単調この上無之候。」（杉浦翠子宛て、一月二十三日付）

そんな研究生活の単調をやぶるものとしては、三月五日付前田茂三郎宛て手紙にウィーン日本人会のことが出てくる。「ゆふべホテルザツハにて日本人会あり、（略）余興に和歌、俳句、ヘナブリ等あり、小生も負けぬ気になり『はるばるとウイン三界にたどり来て交合らしき交合をせず』とやつて二等賞もらひ、安全ひげそりもらひ申候。」ホテル・ザッハーは、遠縁の前田の住むベルリンのホテル・カイザーホーフに匹敵するウィーン一のホテルとの説明もある。そんな場所で月に一度の日本人会がやれるほど、クローネ安で贅沢ができた時代であった。なお、同じことを晩年になって書いた随筆「歌会」では、賞品は「維也納製の万年筆」ということになっている。

手紙には「女」に関する話がぽつぽつ出てくる。「小生もウインで女知らずに居るといふので、嘲笑するもの有之候、御序の節あの住所も御知らせ下されたく願上げ候。」（前田茂三郎宛て、二月二十三日付）「何しろ、只今の処、勉強が主で遊ぶ方はちつとも気乗しません。やはり一ヶ年位経つて言葉が出来て来たりしないと駄目のやうです特にその方面には極めて魯鈍の小生は人様のやうにてきぱきと女の相手などは出来ませぬ」（平福百穂宛て、三月十八日付）「留学生（特に官費）はウインでもなかなか発展してゐます。小生の来るまでは、それを自慢にしてゐたらしいのです。処が小生は彼等と一しよに遊ばず、一しよに淫売を買はず、頑としてきかなかつたので一寸評判が悪かつたが、このごろでは、だんだんあまり見ともない成金振をやるものなどは減つて来ました。あゝいふことは、こつそりやればこそ味ひがあると思ひます。」（前田茂三郎宛て、五月三日付）

その手紙の四日後、茂吉は「維也納生れの娘と、その妹とに案内してもらつて」ラクセンブルクの離宮へ遊びに行っている。手紙にあるとおりひとりで「こつそり」楽しんだわけである。

そのときのことが随筆「をどり」に書かれている。その文末に、「僕の憂鬱の心はそのころから幾らかづつ色合が変つて行つた。」とつけ加えてある。

「維也納生れの」姉妹については、のちの前田茂三郎宛て手紙にこんな説明がある。「伯林から来た友達と友達の女とその友達が小生に世話した（一度試みて）女と、小生の女は友達の女の姉に当り、仕立屋の娘で廿七八になり候。顔が佳くないので困るが金のせいきうなどは余りしないやうなところがよいと友達が申し候。」（六月七日付）その姉の名はミチイ・ルチエンヌ、従軍看護婦をしたことがあり、父の家やカフェで働き、ラクセンブルク以後茂吉と親しくなり、会話の先生役をしたりしたらしい。（青山星三『こがらしの美　茂吉短歌考（一）』）

ラクセンブルクはウィーンから南へ当時の汽車で一時間ほど。三人は広大な旧離宮の庭園を歩き、マリア・テレジアが建てた湖上のフランツェンスブルク城を見物する。そのあと草地《ヴィーゼ》で休んだとき、姉妹の妹のほうがふと草の上で「いい恰好をして」踊ってみせる。「僕は欧羅巴にゐるうち、かういふ光景をただ一度此処で見たに過ぎない。」と茂吉は喜んだ。妹のほうはじつはプロの踊り子だということがわかる。「姉は少しも踊を知らずに父のもとで働いて居り、妹は所詮舞台の上の踊子だと謂《い》つても、うら若い身空で独立して生きてゐる。」のであった。（以上「をどり」）

姉娘ミチイと茂吉は、ラクセンブルク以後一緒に近辺へ出かけることが増える。これまであまり動けなかった茂吉が、ミチイの手びきで多くの場所を知ることになる。はじめのうち二人は週末ごとに出かけている。六月四日には、「伯林から来た友達」と茂吉とルチエンヌ姉妹の四人でウィーン南郊の温泉町フェスラウへ泊まりに行っている。

それらの経験によって、茂吉のウィーン時代の後半は幾分明るいものになってくる。随筆でも、ミチイとの関係をそれとなく暗示して、その明るさをあらわしたものが増える。「をどり」の末尾には、「かういふことは、同期の留学生で誰一人知るものはないのであるから、これを架空のものとして取扱つて貰つてもかまはない。」という思わせぶりな文章がある。「紙幣鶴」は、暴落するクローネ紙幣で鶴を折って飛ばしてみせるカフェの娘の話だが、その娘とは「僕の友と一しよに夕餐をしたこともあつた。世の人々は、この娘の素姓などをいろいろ穿鑿《せんさく》せぬ方が賢いとおもふ。」とひとこと加えてある。「探卵患《たんらんのうれひ》」の末尾には、「かくの如き写生文は秘録であれ。街頭の清きを保つためには、défense d'affiche だからである。」という一文がある（正確には défense d'afficher で、貼り紙禁止の意）。すべて秘めごとを匂わせる思わせぶりな書き方である。

「探卵患」は、「ゲゾイゼ谿谷」「鹿の床」「帰路」とともに、十二月二十七日から三十日までミチイと出かけたゲゾイゼ谿谷の旅を語ったもので、ウィーン時代の話のなかで最も読みごたえのあるものになった。

ウィーンから鉄道幹線をドナウ河沿いに西へ行き、リンツの手前アムシュテッテンから支線を南下、山へ入り、エヌス川沿いに行くと、ヒーフラウからアドモントに至るあたりが峡谷に

グシュタッターボーデン駅（左）とガストハウス（右）

なっている。そこをゲゾイゼ渓谷といい、山がみごとな景勝地ではあるが、現在もそのへんへ入りこむ人は多いとはいえない。グシュタッターボーデン駅のそばに、茂吉らが三泊したガストハウスがいまも残っている。

「探卵患」は、前日午後遅く着いて一泊した翌朝、ミチイが盥《たらい》一杯の冷たい水で体を洗うところを見る場面がよく知られている。やましいことをして人に見られるのを怖れるという意味の「探卵の患《うれ》い」が題になっている。茂吉はウィーン育ちの貧しい娘の朝の習慣を目にして感動し、「僕は如是の健気《けなげ》な行為を計らずもこの山中旅舎《ホテル》の暁にまのあたり目撃したのであつた。」と書く。「僕は今暁、無理に娘の行動を見てからひどく上機嫌である。二人でしぼり立ての牛の乳を飲みながらだんだん仲好くなつて行くやうに思はれたのはこれがためであつた。」

その日、二つの高山ホッホトーアとライヘンシュタインの山峡の奥のヨーンスバッハ村まで、二人は木材を運ぶ橇の道を歩き、「維也納あたりの爛熟花車の生活とは非常な違ひがあ」る山の民の世界に触れる経験をする。そのことを語ったのが「ゲゾイゼ谿谷」である。

まる一日かけてヨーンスバッハを往復した晩、遅い夕食のあと、二人ははじめて同じ部屋で眠る。そこのところは「古事記」のなかの歌が万葉仮名のまま引用されている。「道の後《みちのしり》　古《こ》波陀《はだ》嬢子《をとめ》は　争はず　寝《ね》しくをしぞも　愛《うるは》しみ思ふ」（はるばる遠い日向《ひむか》の国の、古波陀《こはだ》の乙女。その人が私を拒みもせずに、こうして一緒に寝たというのは、なんとかわいい人なのだろう、つくづくとかわいいと思う。）（福永武彦訳）という歌である。末尾はこうなっている。「暖炉の中には火炎が収まつて、紅い煨《おき》はだんだん灰となるらしい。僕は神の如くに寝た。」「古事記」の歌をそっくり万葉仮名のまま引用するだけですますという書き方はいかにも思わせぶりだが、じつは雑誌初出時には歌の手前に「その夜は上《かみ》さんに頼んで部屋を一つにしてもらつた。」という一文があった。茂吉は戦後最初の全集編纂時にそこを削った。そのとき大事なところを削った例がほかにもかなりあったようである。

次の「鹿の床」は、翌朝茂吉がミチイに教わったとおりに体を洗ってみることがまず書かれる。彼はどうしても水をこぼしてしまうが、「娘は体を旨い具合にして水は殆どこぼさなかつた。」そのあと、二人は「健康な胃に存分麺麭《パン》を入れて」出発、エンス川の北のグロス・ブッフシュ

グシュタッターボーデン駅と二つの高山

タイン山麓の道を登って、森の中の「鹿の臥処」を見たりした。そして「その夜は薪《まき》を沢山くべて心しづかに寝たのである。」青山星三氏の調査によると、この日は往復十七キロ、前日のヨーンスバッハ往復は二十五キロで、どちらも深い雪道の難路であった。

「帰路」は、ウィーンへ帰るのに雪山の世界からアムシュテッテン駅まで下ると、その土地の新聞がユダヤ人排斥の記事を書きたてているのを知るという話。ミチイと過ごしたゲゾイゼの山村ははっきり別世界だったのである。以上、ゲゾイゼ紀行の四篇は、その帰り路までがのびのびとくわしく描かれ、「帰路」の末尾に女連れの旅の満足がこんなふうに語られ、しめくくってある。「維也納に著いて、その夜しづかに僕は眠つた。一夜明けて、留学生仲間の誰彼と会つたけれども、娘と大雪の積つてゐる谿《たに》へ行つて旅寝をしたことなどは一言も云はなかつた。僕はこの経験を十金の如くに愛惜し、知らん振をして、仲間の留学生等と共に大晦日の燈火の燦爛たるカフエへ入つて行つたのである。」

ミチイ・ルチエンヌとの旅を語ったものに、もうひとつ「蟆子《ぶと》」がある。神経学研究所での仕事がようやく終わるころ、ドナウ左岸のワッハウ地方を見るため、二人はクレムスに泊まりに行っている。日帰りで行ける近いところだがわざわざ泊まり、水辺の草地に坐って目の高さのドナウの流れを眺め、デュルンシュタインへ行って城と寺を見、小舟で対岸へ渡って歩いたりした。クレムスもデュルンシュタインも「ドナウ河畔の古駅」である。この小旅行は、ミチイとのつきあいを終わらせる別れの旅だったのかもしれない。

ウィーン時代の話では、ほかによく知られた「接吻」がある。大正十一（一九二二）年の夏、クローネの相場がさがりつづける窮迫したウィーンの街の暮れ方、茂吉は暮れ残る光のなかを歩いている。「欧羅巴《ヨーロッパ》の夏の夕の余光はいつまでも残つてゐ」る。彼はその光をあらわす日本語をいろいろと考えながら歩くのだが、それはヨーロッパにおける日本人旅行者の姿として独特なものに見える。夕あかり、うすあかり、なごりのひかり、消えのこるひかりなどのやまとことばが、固い石の街の薄明のなかに次々に浮かびあがるのである。

その道は、フランツ・ヨーゼフ駅付近から西駅に至る繁華な大通りギュルテル街なのだが、当時、道は広くなったり狭くなったり、人が群がっていたり閑散としていたりしたらしく、茂吉は人通りが少なくなったところでふと、貧しい男女が接吻をしているのに出くわす。男は「実にひどい服」を着て、女は「古びた帽」をかぶっている。茂吉は通り過ぎてから何度もふり返って見るが、二人はそのまま動かない。茂吉は「香柏の木かげに身をよせて」「一時間あまりも」二人の接吻を見つづけるのである。

そのあげく、彼はとある居酒屋で「麦酒《ビール》の大杯を三《み》息《いき》ぐらゐで飲みほし」、「どうも長かつたなあ。実にながいなあ」と独語して「なほ一杯の麦酒を傾けた」という。西洋人のその種の風俗を「一種異様なもの」と見る茂吉の好奇心と驚きが、やや誇張され、ユーモラスに語られているが、同時にミチイとつきあうようになった彼が、見知らぬ西洋人の情事に近々と接する思いでたたずんでいるのがわかる。おそらくこのころから、はっきりとそんな近さが生まれているのである。

「接吻」では、第二話としてもうひとつの目撃談が語られる。年が明けた元日、茂吉は朝起きると「ウィーンの森」の山へ登りにいく。そして山の上で「太陽に向つて開運をいの」る。元日はただひとり日本の風習どおりにやらずにいられない。

そのあと、もっと上まで登ったところで、彼は下から登ってくる男女がひょいと抱きあって接吻するのを目にする。「山水中に点出せられた豆人形ほどの人間の接吻はほとんど小一時間もかかつた。それから二人はほぐれて、だんだん僕のゐるところに近づいて来た。」ここでもまた「小一時間」ということになっている。そして第一話の末尾は「今日はいいものを見た。

あれはどうもいいと思つたのである。」であったが、第二話のほうも同じ結び方になっている。「けふは元旦であつて、どうも僕はいいものを見た。そして、開運と何か関係があるやうな気がして、ねむりに落ちた。」

異文化の「一種異様な」風習に好奇心をそそられ、対象に接近したあと、それを日本の風習のなかに取りこむようにして結局喜んでいる。そういう締めくくり方である。人間の性を「豊年万作」とか「開運」とかに結びつける思いとともに安心を得て、茂吉の正月の心が明るんでくる。『遠遊』にはその日のことをよんだこんな歌がある。「一月の一日《いちにち》をひとり寂《しづ》かなる山に来《きた》りて昼の食をす」「けふ一日《ひとひ》日本語を話すこともなく新しき年のはじめをぞ祝《ほ》ぐ」

茂吉は大正十二（一九二三）年五月いっぱいでウィーンでの研究を終え、二週間あまりイタリアを旅し、七月十九日ウィーンを去ってミュンヘンへ移る。前年の夏ミュンヘン大学を訪ねて精神病学教室の教授シュピールマイヤーに会い、翌年移籍の約束を得ていたのであった。当時ミュンヘン大学は、戦時に敵国だった日本の留学生に対して冷たく、随筆「エミール・クレペリン」によると、戦後の留学生は茂吉がはじめてだった。彼がミュンヘン大学へ転じたのは、「一面はシユピールマイエル教授との約を履《ふ》んだのであるが、一面には一代の偉人クレペリンが顔容に接して、東海の国から遥々来《はるばるきた》つた遊子の空虚な心を充《み》たさうとする熱心さもあつたのである。」

「エミール・クレペリン」は、そんな茂吉が「近世実験精神病学建立者《こんりふしや》の一人」クレペリンにたまたま出会うチャンスがあったのに、すげなくあしらわれた経験を語っている。「稍《やや》誇張していへば、渇仰仏のまへに額づかんとする衆生の心に相通ふやうな」心でクレペリンの前へ出た日本人茂吉に対して、クレペリンは一語も発することなく、握手をも拒んで背を向けたのである。

茂吉が「憤怒」に駆られたのはもちろんだが、その経験から半年以上たってミュンヘンを去るとき、彼はわざわざクレペリンの家を訪ねて暇乞《いとまご》いの名刺を置いてきている。彼の粘着質のなせるわざであろうが、随筆「エミール・クレペリン」も後半は、クレペリンの禁酒主義者の一面についてくわしく調べたものになっている。「一代の碩学《せきがく》」がビールの本場ミュンヘンで禁酒運動をするとどういうことになるか、どんな揶揄と嘲笑を浴びるかを、茂吉は気持ちよさそうに詳述しているのである。

当時、医学の世界ではほぼ全面的にドイツに学んでいた日本が、軍事力をつけてドイツを負かすところまで来たことを、日本人留学生を大ぜい世話してきた教授らが面白くなく思うというのもわかる話で、とりわけミュンヘンでその傾向が強かったようだ。杉浦翠子宛て手紙に、ミュンヘンは「田舎町にて伯林《ベルリン》や維也納《ウイーン》とは比較にならざれどもバイエルンの首都にて、よき点なかなか有之候。こゝにまゐりて、Japs! のこゑをしばしば耳にいたし候。何でもないやうなれども変な気いたし候」とある（九月二十四日付）。ドイツの他の都市では聞かなかった蔑称をよく耳にしたらしいが、親しくなった市立図書館員の「レックス君」も、酔うとこんなふうに言う。「なあに、大戦中には、みんな Jap!《ヤップ》 Jap!《ヤップ》 でした。Japaner!《ヤパーナア》 なんか云ふ者は、人の子一ぴきゐませんでしたよ」「戦争中の習慣で、陰では誰でも云ふのであらうし、教授でも役人でも今も陰ではさう云つてゐることとおもふ」(「レックス君」)

ミュンヘン大学に転学した茂吉にとって、指導教授シュピールマイヤーとの関係は必ずしも満足なものではなかったようだ。「元々ドイツの学者連は日本人の戦争の仕打に反感をもつてゐるのだから、内心からの親切な事などは出来ない。そこでアルバイト(引用者注・研究の仕事)も中々骨が折れるのだ。」(中村憲吉宛て、十一月二十日付)そのうえ、夏以後実父守谷伝右衛門の死と関東大震災の知らせに衝撃を受け、養父斎藤紀一からは留学を切りあげて帰国するよう求めてきていた。しかもミュンヘンの古い街は南京虫が多くて下宿を転々としなければならず、茂吉は「神経衰弱」気味になりながら教室へ通っていた。

一九二三年のドイツは、前年からのマルクの暴落が極端に進み、十一月二十日には一ドルが四兆二千億マルクに達した。同時にインフレも進んで、留学生の暮らしも楽ではなくなっていた。しかもミュンヘンは、首都ベルリンなどとははっきり事情が違っていた。当時バイエルン州がベルリンの共和国政府と対立し、バイエルン独立を目ざす団体などが活動して、ミュンヘンはほぼ内乱状態に陥っていた。そのなかでヒトラーのナチスの「ミュンヘン一揆」が起きる(十一月八日)。この時期、茂吉は知友に向けて毎日のように長文の手紙を書いている。戒厳令下のミュンヘンについても、「非常に緊張した状態」「騒擾」「内乱」といったことばで説明している。

その年の暮れ、茂吉はシュピールマイヤーから、八月以来彼が取り組んできた「小脳の発育制止」のテーマを放棄するように言われる。随筆「馬」によると、「も少し新発見が欲しい」ので、今まとめずに帰国後もっと症例を増やして仕上げては、と言われたのである。

茂吉は「半年のうちに一気にこの研究を纏めようと」ずいぶん頑張って仕事を急いだのだが、教授はあらためてもっと時間をかけるよう求めたわけで、テーマのむつかしさのほかに、ドイツの学者と日本の留学生の立場の違い、時間感覚の違いがあらわれた場面だったのかもしれない。

茂吉はその翌々日、カフェの隅でひとり涙を流す。彼は翌年になってからの前田茂三郎宛て手紙で「ドイツの教授等も愛想などばかりよくて、なるべくなるべく延ばさう延ばさうとしてゐるのが目に見えます。（略）時々かんしやくおこります。」（一九二四年二月二十四日付）と相変わらず不満を述べている。

ただ、限られた留学期間でテーマがむつかしければ、早めに見切ったほうがいいともいえるので、その点シュピールマイヤーの判断は正しかったように見える。やがて年が明けると、茂吉はさっそく新しいテーマの実験にとりかかる。そして、何とか五月いっぱいで論文を仕上げるところまで漕ぎつける。不満はあっても、「いそぎいそぎて」の一種猛烈な仕事ぶりだったのではないかと想像される。シュピールマイヤーは最後の最後に、決して拙速とはいえない茂吉の仕事を認めたのであろう。

その研究のさなか、復活祭の休みに茂吉はドナウ河の源流をたずねる旅に出かけ、その経験が「ドナウ源流行」という力作になる。その春、指導教授は一カ月の休暇をとっていた。「僕のアルバイトはいつ片付くか分からぬのに、教授は春休で一ヶ月ばかり旅行に出かけました。兎に角さういふことをします。毎日癪《しやく》にさはつてゐます。」(前田茂三郎宛て書簡、四月二日付)茂吉は研究上の焦りからいら立ったあげく、ひとりドナウエッシンゲンへの小旅行に出かけるのである。

途中、彼はウルムで下車し、街を流れるドナウ河を眺め、大聖堂ミュンスターの塔に登る。そして、南ドイツを東西に横切って流れるドナウの遠い行く末を確かめる。そのあとローカル列車に乗り、やがて日が暮れ、ドナウ河沿いに山地へ入ると満月が昇る。ドナウは月光を浴びて銀色に輝きはじめる。青年が一人乗ってきてしばらく一緒になる。山の上の孤児院で保母をしている姉を訪ねるのだという。毎日「業房《げふばう》に閉じ籠《こ》もつて根をつめて居た」茂吉は、「遥々《はるばる》と留学して来て以来、月光のこのやうに身に沁みたことは、今までになかつた」と思う。「今夜は不思議にも、生れ故郷の月を見るやうな気がしてならない。」

ドナウエッシンゲンに着き、月光を浴びながら下車するとすでに十時半である。茂吉は宿を決め、すぐに外へ出て歩いてみる。ブリガッハという川が流れている。川沿いに、フュルシュ

ドナウエッシンゲンの宿

テンベルク侯の城と庭園と「ドナウの泉」がある。それらは現在もそのままで、茂吉が泊まったシュッツェンというホテルも残っている。

茂吉は月夜の庭園の林のなかを歩きながら、月にまつわる古い日本語の断片をいろいろと口にのせ、浪花節のように歌ってみる。心がいよいよ落ち着いてくる。川に沿って行手がひらけたところまで行く。草地に腰を据え、煙ったような「月光の涯《はて》」を眺めてから引返す。

翌朝も同じ道を歩いて、二つの川ブリガッハとブレークが合するところから先がドナウ河になることを確かめてひとまず満足する。そのあと、ブリガッハ川の上流へもさかのぼってみる。「二時間半はたつぷり歩いた」と思えるところまで行くが、それでも川は細く

プリガッハとブレークの合流点

ならず、茂吉は丘へ登ってあたりの森を見渡し、「その奥の奥に川の源がある」ことを思って引返してくる。

青山星三『ドーナウの源泉——茂吉短歌考(二)』によると、ドナウの本流はブリガッハではなくブレークのほうで、そちらをフルトヴァンゲンの先までさかのぼった谷間に源泉(ドナウ・クエレ)がある。長男の斎藤茂太氏は三度そこを探す旅をし、「正真正銘のドナウ源泉」にたどり着く。そのいきさつを語った文章を、弟の北杜夫氏は『壮年茂吉——「つゆじも」〜「ともしび」時代』のなかで引用している。兄とは別に北氏のほうも探しに行き、茂吉同様ブリガッハをさかのぼったが行き着けなかったということだ。

ミュンヘン時代の話で有名なものに、もうひとつ「蕨」がある。中心になっているのはミュンヘンから出かけたガルミッシュでの経験である。ミュンヘン大学の研究がようやく終わった大正十三年六月のことで、茂吉はひとりで山へ蕨をとりに出かけた。日ごろ滞欧日本人のあいだで山野に蕨が見つかることが話題になっていて、彼は日本人仲間とベルヒテスガーデンへ行ったとき、登山電車の窓から蕨が簇生しているのを見た。そのとき彼は、すぐさまガルミッシュへ蕨を探しに行こうと思い立ったのである。

ガルミッシュはバイエルン・アルプスの主峰ツークシュピッツェのふもとの町。その町はずれに登山電車の Riessersee の駅があるが、そこから山へ入ったところに同名の湖水があり（茂吉の表記は一字違いの Rissersee）、茂吉はガルミッシュに着くとすぐそこへ登って蕨を見つけた。「蕨は或る一ところに簇生してゐた。大部分は最早時節を過ぎてゐたけれども、それでも尖の柔かいところは残つてゐたのでそれを集めた。なかにはやうやく萌えたばかりのもある。採つた蕨を新聞紙に包んだ。」そして「ひとり心に満足をおぼえて湖畔に沿うて林中を歩いて行つた。」

その晩、宿の部屋で「新聞包から蕨を取出して並べて見たりし」てから早目に寝に就く。そしてひと寝入りしたあと、隣室の男女の声で目をさます。飛び起きると、わざわざ「眼鏡をかけて」鍵穴から覗いてみる。二人は若い。「女は体貌佳麗で、男もまた吉士《きつし》と謂つていい。ふたりともゲルマン族らしく、猶太族の相貌はない。」

この場面は、小さな鍵穴からそんなに見えたとも思えないほどはっきりしていて、ユダヤ系か否かまで明言している。おそらく茂吉は、この長めの作品の読みどころとして十分意識して「覗き」の話を書いているのである。もちろん彼の経験はあったのにちがいないが、それを実際以上にはっきりさせて、ユーモアをにじませているように見える。茂吉の散文には、歌のほうにはないものがおのずからにじみ出るというところがある。散文らしさが十分に生きてくるのである。

その晩、小さな鍵穴からにせよ西洋人の情事に接して、茂吉は眠れぬままに「相狎無所不至」「親愛不尽」といったことばを思い浮かべる。だが、彼が鍵穴をとおして隣室の空気に直接触れる思いで見たものは、それらのことばにそっくり回収できるようなものではなかった。どこにでもある不自然な「ポルノグラフィー」とも違う。それは「無間断の生動」を伝えるなまの「現実」で、彼は Liebkosung（愛撫）などというドイツ語も適切に表わせないような何かに触れたのだというふうに思う。そして、翌朝目覚めて、その現実を夢のように思うのである。

ガルミッシュでたくさん採った蕨は、ミュンヘンへ帰ってから重曹を入れて茹で、清水で洗って卵とじの汁をつくった。「それを僕の部屋に持つて来、留学生の誰にも知らせず、独りでむさぼり食つた。」のであった。

斎藤茂吉の西洋体験の独特さは、のちの時代の読者にとっても身につまされるようなところがある。その長所も短所もいまなお親身に感じられてくる。

『滞欧随筆』が語るヨーロッパは、大正時代の感性豊かな一日本人のとらえた、いわば等身大のヨーロッパである。それ以上でもそれ以下でもない。茂吉は対象に接近して、ひとつひとつ手でさわるようにしてとらえ、自らの身の丈にあわせて理解したものに密度の濃い表現を与えている。描写の力にものをいわせる文章である。

滞欧時、茂吉はきわめて勤勉で、常に自分の足で歩き、感情豊かで好奇心が強く、好色でもあった。会話力は十分でなくても人からいろいろ聞き出そうとし、珍しいことばはいちいち手帳に書きとめ、専門領域の本を大量に買い集め、きわめて我慢づよく質素に暮らした。教室では地味で寡黙ないわゆる鈍根の人で、教授は茂吉が日本では知られた詩人だということがどうしても信じられなかったらしい。

そんな一人の中年日本人が、「探卵患」以下の連作や「接吻」や「蕨」に描かれるように、西洋人世界のなまの「現実」に触れる経験を求めるとともに、ひとり夕べの余光を表わすやまとことばを探しながら街を歩いたり、元日に山へ登って太陽を拝んだり、西洋人が食べない蕨を大事に新聞紙に包んで持ち帰ったりする姿が、喚起力の強い文章によってまるごと浮かびあがってくる。

ただ茂吉は、政治や経済や社会問題などの大きな現実には目が届きにくいところがあったようだ。彼は旅先のヨーロッパの事物に執して直接肌身に触れるように受け止め、きわめてリアルな「遠遊」日本人の像を浮かびあがらせながら、彼自身の身の丈を超える現実を扱うすべを知らなかったように見える。そのことについては多くのことが言われている。茂吉の西洋体験は文明批評を欠いているということも言われる。

「ヒットレル事件」は、一九二三年十一月八日の「ミュンヘン一揆」についての現地報告で、昭和初年に書かれたものに「後記」をつけて昭和十年に発表された。茂吉は事件の翌日、「日本参謀本部附のK少佐」から「大体の話」を聞かされたという。「医学の方の私等が教室に立籠つて脳の切片などを染めてゐるひまに、K少佐等はかういふ活きた世界のことを観るのが留学の目的なのであつた。」

その後新聞をくわしく読んで理解したことを書きとめたものが「ヒットレル事件」である。はじめのころは、「要するにバイエルン人の我儘、自惚よりまゐりしことにて候。」（前田茂三郎宛て書簡、十一月九日付）「(ドイツは）やはり苦しくなると内よりやぶるゝのに御座候。」（杉浦翠子宛て書簡、十一月十一日付）といった理解だったものが、新聞記事を要約することによって、一揆の意味と、ナチス党主ヒトラー、執政官カール、将軍ルーデンドルフなどの関係を大よそつかんだものになっている。バイエルンの「革命」が、ベルリンの共和国政府とマルクス主義に対するものだったことから、彼はさっそくマルクス主義の入門書をとり寄せ、勉強してそのことを書き加えてもいる。

事件の一応の報告としては、これはこれでいいのかもしれない。が、じつは十年近くあとに書かれた「後記」が、今から見てやや妙な文章になっている。茂吉は首相になったヒトラーの演説をラジオで聞き、「親しくその声に接することの出来たのを幸福におもつた。」と書く。「彼は民族の純粋を強調すると共に、言語の純粋をも強調してゐる。彼は、独逸語を使う猶太人の猶太訛《ユダヤなまり》のことを云つて、さういふ猶太訛の独逸語が米国に渡つて独逸語に損害を与へると云つてゐるやうに、彼の独逸語演説は優秀である。」彼はそう述べ、かつてミュンヘンでヒトラーの演説を聞いたことを回想し、子供の楽書程度のものだとみずから言う文章を結んでいるのである。

「種族の純粋」をとなえる反ユダヤ主義に理解を示す書き方である。茂吉滞欧時のウィーンとミュンヘンは、反ユダヤ主義が最も盛んな土地柄だった。茂吉は当時、興味をもってユダヤ人とつきあうところもあったのだが、素直に現地の偏見に染められていたのも事実であろう。

ともあれ、みずから「子供の楽書程度」と言わずにいられないほど、彼はこの種の社会問題に対して無力だったということになる。茂吉の随筆は、ドイツ、オーストリア社会の一九二〇年代の証言としては弱いが、第二次大戦に至る時期の国際関係の理解もあやふやだったように見える。だがその弱点は、多くの大正作家たちに共通するものだったともいえるのである。

関東大震災は、茂吉がウィーンからミュンヘンへ移って間もないころのことだったが、幸いに震災を免れた青山脳病院もやがて財政が苦しくなり、茂吉は帰国するよう迫られることになる。ウィーンでの研究により博士号は得られるはずで、その意味では帰国できたかもしれないが、茂吉はミュンヘンでの研究続行を望み、独自に資金の調達を考えはじめる。「ミュンヘン一揆」のころ、彼はそのことでしきりに心をくだいていた。

妻輝子には、茂吉を出迎えにヨーロッパへ行くという計画が前からあった。すでに船も決めたところで震災があり、両親から渡航を止められていた。それが翌大正十三年になって許され、六月五日横浜から乗船、七月二十三日に夫婦はパリで落合うことになる。茂吉の金策も何とかなり、友人の日本画家平福百穂が二月に千円送ってくれていた。

その後夫婦は、一カ月近くパリに滞在したあと、英国、ベルギー、ドイツ、スイス、イタリアとまわってパリへ帰るという旅をし、十一月三十日マルセイユ発の榛名丸で帰国の途についた。

その四カ月余りの旅から生まれた作品は多くない。それまでのひとり旅とは違って、夫婦の旅は忙しく、心労も多く、パリやロンドンの大都会は賑やかすぎ、落ち着けなかったようだ。茂吉はフランス語の勉強を始めたりしているが、パリやロンドンについて書き残したものはほとんどない。ウィーンやミュンヘンからあれほどたくさん書いた手紙も、この旅のあいだはごく少なくなってしまう。

夫婦のスイスの旅を語った随筆に「リギ山上の一夜」「翌日」「ユンクフラウ行」がある。「リギ山上の一夜」は、登山電車でリギ山に登り、山頂のホテルで一泊する話である。茂吉は部屋の窓からアルプスの連山を眺めて飽きないが、「妻は妻で、山嶽などは見なかつた。」そんな二人だが、「山上のこの部屋の小一時間は、二人に調和があるやうでもあり、無いやうでもあつた。」食堂で夕食をすませたあと、「さて部屋に帰つて見れば、『籠る感じ』である。邪魔するものの無い気安さと落付があるに相違ないから、ふたりは突慳《つつけん》に相争ふやうなことはなかつた。けれども今此処を領してゐる静寂はつひに二人に情感の渦を起させることがない。」

二人は湯たんぽが入っている二つのベッドにもぐりこむ。妻の寝息が聞こえてくる。「湯婆《ゆたんぽ》に触つて見ると未だ冷めずにゐる。観念のつながりは、所詮僕の妻は、天竺のむかし難陀《なんだ》の妻孫陀利《すんだり》のやうには行かぬといふことに落ちて行つた。」孫陀利は釈迦の異母弟難陀の美貌の妻。出家後の難陀をなお悩ましつづけた官能的な女性だったとされる。

翌朝早く、角笛《つのぶえ》の音に目を覚ました夫婦は、毛布にくるまってアルプスの日の出を迎える。「山上の美しい日の出は、謂はば劫初《ごふしよ》の気持であり、開運の徴でもある。それに較べると、現に連れ添うてゐる、我執をもつ僕の妻なんかは、実に奇妙な者のやうな気がしたのであつた。」

「妻」という短い作品は、夫婦のイタリアの旅を語っている。茂吉はイタリアは二度目で、前回はレオナルド・ダ・ヴィンチなどの絵を熱心に見てまわり、ヴァチカンではミケランジェロの天井画をくわしく見るため、床に仰向けに寝てみたりした。二度目のミラノでも、前に見た絵をもう一度見ようとして「旅疲のしてゐる妻を引張りまはし」た。「妻は美術館などに入つても、絵画などはどうでもいいといふやうな顔付をして茫然としてゐることが多かつた。」

そのあとヴェネチアへ向かうが、その汽車のなかで妻はふと「日本の梅干ねえ」と言いだす。

「おいしいわねえ」。「会話はそのまま途切れてしまつたけれども、僕はその時、今までに経験しなかつた一つの感情を経験したのであつた。夫婦なんぞといふものは一生のうちに一度ぐらゐは誰でもかういふ感情を経験するものかも知れぬ。或は運のいい夫婦はしじゆう経験してゐるのかも知れぬ。」

じつはそのとき、妻はすでに妊娠中で、酸っぱいものを求めていたようだ。茂吉はそれを知らなかったかもしれないが、のちに知ってから、性格の合わない夫婦の心が通いあった一瞬の場面として描いているのである。妻のおなかの子がもしかして自分の子ではないかもしれないと気づくのは、もっとずっとあとのことである。

北杜夫『壮年茂吉――「つゆじも」〜「ともしび」時代』によると、妻輝子は夫の留守中「浮気をして妊娠し、それを糊塗するため強引に渡航し、夫と寝た」のだという。翌年一月に生まれた女児は「茂吉の子でない可能性のほうが高」く、「兄弟中とびぬけて美貌であった。」茂吉は「妻」を書くまでまだそんなことを疑ってはいない。日記その他を調べても、彼女が「自分の子ではないという認識は不思議なほどない。」が、その後猜疑がはじまり、茂吉け妻はもとよりその女の子に対してもきびしく接するようになっていったらしい。

大正十三年の暮れ、マルセイユから夫婦が乗った船が香港に着くころ、東京の青山脳病院は炊事場の残り火から出火し、斎藤紀一が独力で建てた壮大な洋風建築が全焼する。船に電報が来て、夫婦はその衝撃的な事実を知らされる。茂吉が買い集めて送った大量の書物もほとんど灰になったという。

帰国後の茂吉は、やがて紀一からまかされた病院再建の大仕事に苦しむことになる。『滞欧随筆』の諸篇はその苦労のなかから生まれている。次のような帰国直後の歌が、『遍歴』のあとの歌集『ともしび』の冒頭に収められている。

かへり来てせんすべもなし東京のあらき空気にわれは親しむ
とどろきてすさまじき火をものがたる穉兒《をさなご》のかうべわれは撫でたり
かへりこし家にあかつきのちやぶ台に火焔《ほのほ》の香《か》する沢庵を食《は》む

正宗白鳥の「漫遊」

正宗白鳥は、昭和になってから二度欧米へ出かけている。一度目が昭和三年十一月から昭和四年十月まで、二度目が昭和十一年七月から昭和十二年二月までで、当時としてはまず珍しい細君同伴の旅であった。

白鳥はもともと「西洋崇拝」「西洋心酔」の気味があったとみずから語りながら、「洋行の価値」については懐疑的で、生涯にわたって「洋行」のテーマを皮肉に語りつづけた人である。

そんな白鳥だが、昭和三年秋、日光へ旅してその錦秋の美に酔い、たまたま床屋へ行って鏡に映る頭に白髪が増えたのに気づいたとき、ふと「西洋見物に出掛けるなら、今のうちだ」と思う。それからわずか一カ月足らずで「何かに追立てられるやうな風で」夫妻は船に乗ってしまうのである。(「海外にてのある日ある夜」)

東まわりの「世界一周」の旅である。夫妻はまずハワイに上陸し、それからアメリカ西海岸へ渡る。サンフランシスコ、ロスアンジェルス、サン・ディエゴに一カ月半ほど滞在、どこも日本人が多い土地で「洋行気分」は薄かったが、ようやくシカゴへの鉄道の旅で「完全に異郷孤独の客」となることができた。彼はすでに四十九歳なのだが、アメリカでは青年のようで、しばしば新妻を連れた新婚旅行と人に見られる旅を始めることになったのである。

冬も暖かいカリフォルニアから中西部のシカゴへ入ると、「町全体が氷と化してゐるやう」で、「気候の激変に打挫《うちくじ》かれさう」になる。白鳥はシカゴについて「ホールドアップの本場」ということばを何度も使っている。当時、人口三百万の大都会シカゴで遊覧客の見る名所といえば、「屠殺場、百貨店、オペラ劇場」、それに博物館くらいだったが、新開地たる西海岸の都市とは違って、建物が「どれも〳〵巨大で、小人島から大人島へ渡つたガリヴァーの物語が思出される」ようであった。(「ある日本宿」)

彼はその凍えるようなシカゴではじめてオペラを見ている。ワーグナーの「ワルキューレ」だったが、「あまりに荒唐無稽で、熱情や神秘が甘過ぎるやうに」感じる。かつて永井荷風がニューヨークでワーグナーに熱中してからすでに二十年以上たっている。

ニューヨークでは、白鳥はメトロポリタン美術館へかよい、大小の劇場の芝居を見、初期のベルリッツ・スクールでフランス語の勉強をはじめている。かなり熱心に「三十回ばかり」も教室へかよったようだ。彼はすべてが金づくの「ドルの国」の「圧迫」をひしひしと感じながら、きわめてまじめにヨーロッパ行きにそなえていたことがわかる。

一年近い夫妻の「漫遊」の主たる目的地はパリであった。大西洋航路はル・アーブル行きのフランス船を選んでいる。アメリカで次第に旅馴れてきた白鳥夫妻にとって、雰囲気のよいフランス船は船酔いもなく快適と感じられるようになっていた。

だが、パリでは、三月半ばでまだ寒いのに、暖房が切れている暗いホテルに泊まって、「フランスは貧乏な国だ」と、夫妻はともども感じさせられることになる。どこでも室内が暑いほど暖められていたアメリカの「富有」を思い返さざるを得ない。しかも、アメリカにはないチップの煩雑さ、執拗さ、タクシー料金のごまかし等々「ケチ臭いいやなこと」に毎日わずらわされなければならなかった。パリに着いて三週間ほどしたころ、白鳥はこんな感想を綴っている。

この末亡人や番頭の如く、仏人は米人を卑みながら、米人のポケツトから豊かな貨幣を奪はうとしてゐるのである。至る所の商店にでも食堂にでも「英語が話せます」と記されてある。ところが、私は、滞在中しばしば圧迫を感じさされたかのドルの国に対して、日に日に好感を抱くやうになつた。ヤンキーの語気と卒直とを思出して、仏人のいとはしさを厭ふやうになつた。パリジアンとは、「ずるさ」「こすさ」の異名のやうに思ふやうになつた。それは実に意外であつた。無論私は上流の仏人をも、知識階級の誰れをも知らない。しかし、米国に於ても、下級の人に接しただけであつた。そして、米人の気象のむしろ男性的なのを喜ぶのである。（「巴里へ」）

そのパリでも白鳥は、フランス語の個人教授にかようのだが、「六十の手習ひ」にはその経験が面白く語られている。「六十の手習ひ」のほか「ある日本宿」「コロン寺縁起」「世界人」「髑髏と酒場」など、帰国後に書かれた長めの西洋体験記はすべて雑誌の創作欄に発表されているが、どの作品も特にフィクショナルなところはないようだ。「六十の手習ひ」が、実際は四十九歳から五十歳にかけての外国語学習の話なのに、題がなぜか「六十」にしてあるのがフィクションになっているだけのようである。

白鳥はパリで、未亡人のフランス女性の薄汚いアパルトマンへ個人教授にかよううちに、「あなたは、日本の grand écrivain（大作家）だそうですね」と相手にいわれてしまう。日本人のだれかが彼女にそう教えていたのである。彼女はそれを聞いて喜び、『大作家』にうるさく拘泥して、私にいろ〳〵な問ひを発して、その問答を仏蘭西語に翻訳して、私に覚えさせようとするのだからたまらな」い。フランス語の「子供臭いお稽古」と「日本の大作家」をつなげて面白がられてはかなわない。彼は間もなく「お稽古通ひ」をやめてしまうが、その経験から残ったものといえばひとつのせりふ、彼がひとつ覚えのようにくり返したフランス語“Je suis un peu fatigué”（私は少し疲れてゐる）であった。それは稽古のたびに“Comment allez-vous?”（御機嫌いかが）と問われていつもそう答えることにしていた決まり文句なのだった。

ヨーロッパで白鳥夫妻はパリに腰を据え、そこからスイス、イタリア、英国、ベルギー、ドイツを旅してまわる。その各地から白鳥は新聞や総合雑誌に旅の感想を書き送っているが、彼の感想の多くは、自然主義作家らしくあけすけな調子で洋行ないし漫遊の「真実」を語ろうとするものになっている。

「洋行といふものは日本で想像してゐるやうな華やかなものではないのです。他の洋行者がどんな口を利かうとも、私は我々の洋行のみじめさを痛感しつゝあるのです。」こんな調子の短い文章に「伊太利旅情」という題がつけてあったりする。

フランスについても、パリで暮らしながら永井荷風の『ふらんす物語』を思い返してみると、「荷風氏の物語は、フランスの夢物語であつた。あまりに青年らしい夢物語であつた。」(「英吉利にて」)というほかない。白鳥と荷風は同年の明治十二年生まれだが、荷風のフランス体験は二十八歳、白鳥のほうは五十歳の体験である。

「芸術の国フランスからイタリーへ来るとイタリーの方が一層本場だといつた感じが最先に浮ぶ。フランスはつまりイタリーを真似たのだ。」と感じながらも、白鳥はアメリカへ移民する人が多い現代の貧乏国イタリアではなくフランスに長逗留する。そして、「演劇を見る人」のようにパリの都市風景を眺める日を送る。荷風のようにパリを「夢の楽土」とみなせればいいが、五十歳の自分の「夢見る力」はすでに浅いといわざるを得ない。

金を払つて食事をするか、金を払つてタキシーや地下電車に乗るか、金を払つて買物をし興行物を見るか、一週毎に宿料を支払ふかする外に、言葉の分らない旅人たる私は、この大都会の誰れとも、何の交渉もなく、所謂《いはゆる》日常瑣末《さまつ》なごみごみしたことから離れてゐられるのだから、超然として、生きた市民の動揺してゐる日常生活をも、永遠に静止してゐる古今の美術品をも、たゞ夢の楽土を見てゐるやうに眺めて陶然としてゐればいゝのだが、私の夢見る力は浅かつた。日本人を一人見ても夢は醒めた。「祖国」や「大和魂」や「武士道」が私の頭の中にも動いてゐて私の心を堅くるしくした。

この「髑髏と酒場」は、帰国後創作として発表された西洋体験もののなかでも力作といえる。「生ける人間の五官を喜ばせるものが揃つてゐ」る「栄華の巴里」にも、地下へおりればフランス革命時の殉教者たちの髑髏《どくろ》があり、石の壁に残された獄死者たちのことばがある。モンマルトルの丘の上の「サクレヱクールのやうな、美しい教会堂が、どうして現代に出現したかと驚く」が、それは「人間固有の不安な妄念」や「恐怖心」は「文明の色彩によつても蔽ひきれない」ものだからだ。それでも目の前のパリの街上では「飲む、食ふ、笑ふ、話す。それ等の人々は型の如くに行動してゐるのであ」る。

やがて白鳥はそのパリから英国へ渡る。フランスの「芸術の国」らしさとは違う「ドッシリした老大国の趣」に触れて、彼は相性のよさといったものをまず感じたようだ。ロンドンからの報告の冒頭に、「ロンドンはいゝ。少くもこのごろのロンドンはいゝ。」と、彼としては例外的にはずんだ調子で「いゝ」をくり返している。「このごろ」とは、公園の緑が美しく「すがくしい風が通つてゐる」六月のころのことである。

ロンドンは金銭的なせちがらさがなく、「我々異国人には住みいゝ感じ」である。人につきまとわれたりだまされたりせず自由に歩くことができ、毎日地下鉄で「あちらへ出たり、こちらへ出たり」するのが面白い。しかもニューヨークやパリに比べて、「ロンドンの地下鉄道が最も綺麗でゆつたりしてゐる。」とも感じている。(「ロンドンにて」)

白鳥夫妻はロンドンからスコットランドへ旅をする。そして、湖水の多いトロサックス地方の「平坦なうちに妙味を含んでゐる」なごやかな自然を「聖境」のように感じる。(「英吉利にて」)

ただ、田舎を歩いてみると、英国という国が一面でいかに保守的かよくわかったようだ。地方はあきらかに近代化が遅れている。「どの町のホテルも、すべて旧式で、気が利かなくつて、アメリカとは大違ひである。部屋の中に水道が引いてあるところは一軒もなかつた。」

食べもののまずさも「深刻」で、ほとんど味がなく、「只口の中に何かの品ものを入れてゐるに過ぎないことが多い。このホテルなどでも、タキシードやイブニングドレッスを着て、威儀を正して、食卓の行儀作法を守りながら、まづい物を食べてゐる食堂の有様が、私の目には滑稽に見える。」(「英国の田舎」)

とはいえ、フランスやイタリアとは違って、英国はまだ観光に頼る国ではなく、立派な工業立国である。グラスゴー、リヴァプール、バーミンガムなど英国西部の都会は「悉く工業地で油煙で町中が汚れてゐる」が、白鳥は観光立国などよりそのほうがむしろ心強いというふうに感じている。

しかし、外国の漫遊客の落す金で国家経済を立てることは、悲しむべきことだと、私は感じてゐる。イタリーやパリーのやうに、アメリカ人のチップで生きようとするのはみじめである。さらぬだに、アメリカの感化の盛んな日本がこの上、アメリカ人のチップに平身低頭するやうになるのは、悲しむべきことである。英国の地方の都会が工業地として黒煙に汚されて英国特有の、あの美しい風致が害せられてゐるのを見て、私はむしろ心強く感じた。日本も、工業その他の事業によつて国富を増すことが出来るなら、三景も八景も没却してもいゝと私は思つた。若し日本を世界の公園なんかにして、欧米人の投げて呉れるチップに心を捧げるやうになつて、国家として、何が幸福なことがあるものか。（「ある感想」）

パリ到着のころ苦労させられたチップにまつわる嫌悪の思いが、ここへ来てこんな強いことばになっているようだ。白鳥の面目がよくあらわれた文章だといえる。

白鳥夫妻は英国からベルギー、ドイツをまわってパリへ戻るが、「軍国主義」ということについては、日本は「西洋各国に及びもつかない」という印象をいだいたらしい。白鳥がいうには、ヨーロッパの博物館や城に満ちているのは戦争画であり、街には武将の彫像が林立し、武器陳列館も多く、「戦争の記念品その他によつて、自国を誇り、また戦争欲を刺戟してゐる」国ばかりだ。大国と小国が押しあいへしあいしているヨーロッパは「今なほ戦闘的意気に富んでゐる」ように見える。（「ベルリンより」）

英国にしても、じつは次第に日本を「仮想敵」にしつつあるのかもしれず、「英米の力の前に軍備を縮小させられる日本の現状、やすくとロシアの思想に迎合する日本の現状」を彼は憂慮せざるを得ない。国際的に日本の「軍国主義」が問題にされるのはおかしいとすら思える。

……少くも今の日本は、欧米人の疑つてゐるやうな軍国主義でないのである。「気息えんくたる消極的自衛に何の軍国主義ぞ。軍国主義とは積極侵略主義を意味する外はない」といふと、悲歎かう慨の昔の壮士の言葉らしく聞えるが、世界を一べつしただけでも、日本を他に比して軍国主義の国であるらしくいはれるのが私には滑けいに思はれるのだ。（「最近の感想」）

この文章の新聞発表は、帰国後半年ほどした昭和五年五月である。翌年九月には白鳥の見方を裏切るように「満州事変」が勃発、日本の「軍国主義」は欧米に拮抗するべく本格化することになるのである。

正宗白鳥夫妻の二度目の欧米漫遊の旅は、七年後の昭和十一年七月からなので、ベルリン・オリンピックのため新聞社から派遣された横光利一の旅とちょうど同じ時期にあたる。横光は船で渡欧するが、白鳥夫妻はシベリア経由の鉄道の旅である。横光は帰りをシベリア経由にして、当時のソ連の見聞を記録している。白鳥もまずソ連の旅を報告する文章を書く。

その二人の文章を比べてみると、横光が総じて観念的抽象的で、奥歯にものがはさまったような調子であるのに対し、白鳥は何でも具体的にとらえてほとんどあけすけに語る。白鳥は「この正体の分らぬ国家の煩瑣な旅客取締法に不安を感じ、むしろ恐露病と云つてもいゝやうなものに憑かれてゐた」（「魯領通過」）と正直に語っている。一方横光は、白鳥以上にソ連という専制国家を恐れていたらしいのに、結局それをはっきり語ることはなかった。

白鳥夫妻は長いシベリアの旅からようやく解放され、「何の奇もなく、平明であり、たゞの新開地らし」いモスクワの深夜の町を通って新築のホテルへ運びこまれる。が、その年のモスクワは異常な猛暑で、ホテルの部屋は深夜でも暑く、しかも蠅がたくさんいる。「ロシア人が蠅にも南京虫にも無感覚であるには驚く。」（「レニングラードにて」）白鳥夫妻は朝三時から朝日が奥まで入りこむ部屋で蠅の大群にたかられて眠れず、「ダンテの地獄の一景」さながらであった。当時の日本で一部の人が喧伝する革命後のソ連の「天国」はどこにあるのかわからないという思いだったようだ。

そのホテルの部屋は広大なスイートだったが、「急速に膨脹してゐる」モスクワでは一般市民の住宅は極度に不足し、アパートの一戸に何家族もが住むという有様である。家にいられない市民が夜も街の通りにあふれている。しかもその姿は皆シャツだけの「粗服」で、ホテルの食堂でも同じ。それはたしかに「労働者の町らしい光景」にはちがいない。そこが当時の西欧の都市の眺めとははっきり違っていた。

スターリン崇拝、レーニン崇拝についても、反宗教の国で「こんな風に崇拝を強制して平然としてゐる光景も、歴史上の一奇観であらう。」と白鳥は書く。街で見る巨大なレーニン像が、ヨーロッパの過去の英雄像が多く乗馬姿であるのに対し、「たゞ背広姿であるため、手持ち無沙汰で形が悪い。足をふん張つたりしてゐるのも、力があるよりも間の抜けた感じがする。民衆を威圧し、或は民衆に敬意を起させるためには、矢張り馬にでも乗つた方がよさゝうである。」レーニン博物館を見ても、「これでもかこれでもかと、レニンを生神様にするに努めてゐる有様であるが、ここでも何かゞ物足りなくて間が抜けてゐる。」それは、民衆の崇拝心理というものは奇蹟を求めているのに、レーニンは奇蹟を行っていないからだ。（以上「魯領通過」）

革命後二十年のソ連についてのこんな見方は、いまになってみればわかりやすく、白鳥らしい皮肉がよくきいているのがわかる。白鳥の私的な「漫遊」は、一個の自由人としての孤独を否応なく意識させたが、特にソ連のような国では、その孤独な立場の強みが十分出ているというふうに見える。それに比べると、当時最大の売れっ子作家横光利一の場合は、その『欧州紀行』を読んで同じ自由人の姿を思い浮かべるのはおそらくむつかしいのである。

白鳥は、モスクワのあとのレニングラードで、当時のソ連ではじめて旅らしい喜びを感じている。そこでは「前代の栄華が偲ばれ」て、「前代帝王の貴族的壮図が追想され、それを嘲笑し得るほどのプロレタリア文化が、さんぜんたる光を放つのは、遠い将来のやうに思はれる。」（「隣邦ロシア」）と、彼はここでも十分皮肉をきかせた書き方をしている。


白鳥夫妻はレニングラードからフィンランドへ入り、北欧諸国を見るためスウェーデンのストックホルムへ移る。だが、そこの日本大使にベルリンをすすめられ、ベルリンはオリンピックが終わってから行くつもりだったが、結局大使館の手配によって、オリンピックさなかのベルリンへ直行することになる。白鳥が未練を残した北欧だが、ソ連を出てフィンランドへ入ると風景が一変し、「はじめて純粋の欧州の地に踏入つた気がし」、「ロシア通過中の心の煩はしさ、重苦しさから解放されたやうであつた。」（「魯領通過」）

ベルリンの宿は素人下宿で、「二人の老婆と老嬢との家庭」だったが、白鳥夫妻はその家にひと月半ほど滞在する。そして夫人のほうはピアノ教師の出教授によりピアノを習ったりする。夫妻は次第にドイツ人の暮らしに馴染むことになるが、その暮らしというのはこんな具合であつた。

生活の豊かな亜米利加に比べると、欧州はどの国でも物惜しみをするのが旅人の日につくのだが、独逸人はことに倹約で浪費を慎んでゐる。商店や飲食店を除いたら、日が暮れてもなか〳〵灯火《あかり》をつけない。私達もこの素人下宿にゐると、灯火の使用に注意しなければならなかつた。入浴料は取られてゐても、無遠慮に湯を使ふのが気の毒になつた。洗濯なんかすると宿の者の御機嫌が悪さうだつた。さういふ場合には、老主婦は、小型の古びた独英辞典を持参して、我々に警告を発するのだ。……（「郷愁――伯林の宿」）

そして街へ出ると、「ナチスの旗が各戸に翻」り、「軍隊の示威行列、少年団の調練、それ等に対する市民の敬意の表はれ」が見てとれる。軍事色が強まっていて、「表面の活気だけは感得され」るのである。

白鳥はオリンピックは「水泳だけ数度続けて見」て、会場で「群衆に歓呼され」るヒトラーをも見ることになった。彼はヒトラーについて「英傑」ということばも使うのだが、「七八年前より余程豊かになつた」らしい人たちが「団結して独逸国の強大さを志してゐる」のを見て、「専制王に対する服従心の現はれには、一抹の憂鬱感が伴ふ」といい、また「強権者に対する真面目くさつた讃美には、晴やかならぬ気持が附纏ふ」ものだともいっている。（「郷愁――伯林の宿」）

ベルリンのあと、白鳥夫妻は、ドレスデン、プラハ、ブダペスト、ウィーン、ミュンヘン、ハイデルベルクをへて、七年前と同じパリの宿に落ち着く。

その二度目のヨーロッパの旅は、白鳥もさすがに馴れて、演劇やオペラや美術館を見ることが増え、街歩きの自由を楽しみ、「やはり巴里はいゝ町だなあ」と思えるようになる。再発見の喜びといったものがある。が、相変わらず現地の人に親しむ機会はなく、異国で「四海同胞」の感は湧きがたく、「異人種といふ宿命的相違は如何ともし難い。」そこから、旅の孤独についてしばしば考え、また異国暮らしの永い日本人に出会うと、その孤独のやや奇妙な姿に興味を惹かれて考えている。

白鳥はすでに六十に近いので、異郷で死ぬ万一のことを考え、日本へ「遺言状」を送ったりする。ヨーロッパを離れる前、一週間ほどモナコやニースへ行ったとき、長旅に疲れた夫人が激しい目まいで寝つき、「こんな日本人離れした土地では、病気したり死んだりするには甚だ不便」だと感じざるを得なかった。(「思出すまゝに」)

白鳥はみずからの孤独を思うとき、島崎藤村のフランス紀行『エトランゼエ』に出てくる影法師のことを思い浮かべる。藤村の淋しいパリ暮らしから浮かび出るもう一人の異人《エトランゼエ》の幻影、つまり藤村自身の影法師である。藤村の孤独のきわみに影法師と対話する日々があり、白鳥はひとごとならずそのことを思うのである。

同様に、パリで死んだツルゲーネフ晩年の散文詩について、白鳥は「彼の巴里に於ける晩年の生活の、いかに淋しく、いかに痛ましかつたかを想像し」、それらの散文詩を「作者の死を前にした暗澹たる心境」のあらわれとしての「人生絶望の賦」と見ている。それが「異郷孤独の生活から産み出された」ことに彼は深く感じ入るのである。ツルゲーネフ晩年の作品は「峻厳」であり「冷徹」であって、古来の日本の文人の孤独に伴う「風流」の気味などまるでないことに気づかされる。その違いを痛切に受けとめるというところがあったようである。（「独り合点」）

彼自身の「異郷孤独の生活」について、白鳥はパリに次いで長く暮らしたベルリンでの経験を次のように語っている。彼は近郊ポツダムのサンスーシー宮殿を何度か訪れたというが、その庭園を歩く場面である。

……人面獣身のスフインクスを置物にするのは、西洋では常套事になつてゐると云つてもいゝのだが、此処のスフインクスの美しい女面は、氷の如き冷々然たる眼差しを、遊覧者に向けてゐるのである。この冷然たる目で迎へられて、私は、話相手もなく黙々として、宏大な庭園を当てもなく歩いて、穿き馴れぬ靴に指先を痛めて、我ながら感ぜられる無様な恰好で足を引摺るのである。我が無様な恰好は、スフインクスならぬ異国人にも冷然たる目で見送られることが屢々有るらしい。

（略）

「孤独はいゝものぢやない」と、私の妻も深い感慨に沈んで云つたことがあつた。でも、自国にゐても身辺に信頼すべきものゝないのを、年とゝもに知つて来た彼女は、心持だけは、私よりも却つて外国生活に堪へるやうになつてゐた。

私は、スフインクスに挨拶して、並木路を通り、サンサシーのあたりを散歩しながら、或は、ボツチエリの「サンセバスチアン」の前に立ちながら、屢々「郷愁」に襲はれるのであつた。私は誰れに会ひたいとも思はない。何をしたいとも思はない。無論気力も衰へてゐるが、しかし、まだ永遠の故郷をたづねる気持は微かに残つてゐるのである。スフインクスよ晒ふ勿れ。（「郷愁——伯林の宿」）

現地で永く暮らす日本人も望郷の念をいだかぬ者はいない。人によっては故郷を「西方浄土」のように思うことさえある。白鳥は単なる望郷というより、「永遠の故郷」というべきものを求める心について考え始めるのである。

白鳥夫妻は二カ月のパリ滞在を終え、ル・アーブルの港から巨船ノルマンディーでアメリカへ渡る。新聞に寄せたニューヨークからの通信はこんな書き方になっている。

巴里から大西洋を越してニユーヨークに来ると、一概に西洋と云つても、かうも異つてゐるかと感ぜられる。こちらは、思ひ切つて無風流である。バサ〳〵してゐる。私のやうに旅行中各都市に於ける街上の散歩を楽しみとしてゐる者も、ニユーヨークでは、巴里や伯林のやうに悠然として、空想に耽りながら足を動かしてはゐられない。散歩の足を休める所もない。飲食店へ入つても、食べる物を食べ飲む物を飲むと、直ぐに出て行かなければならない。愚図々々してゐると追ひ立てられさうである。しかし、住馴れて見ると、欧州よりも住心地が悪くはない。何にしても現実一点張りで生活は豊かである。伯林や巴里は電灯節約で町が暗いが、こちらは明る過ぎる位明るい。欧州では一流のホテルでも、浴室にシヤボンがない。灰皿はあつてもマツチがない。レターペーパーも乏しい。何かにつけて物惜みしてゐるのが不快だが、こちらは、物が有り余つて濫費してゐるやうに見える。（「アメリカの芝居」）

二度目のニューヨークで、白鳥夫妻は超高層アパートメント二十階の部屋を借りて住んだ。ニューヨークにひと月半いて、シカゴ、ロスアンジェルス、サンフランシスコと七年前同様の道をたどり、帰国の船に乗ることになる。

ニューヨークはヨーロッパの都市に比べて品位や芸術味に欠ける忙しい街ではあるが、「映画館は無数といふべく、劇場も数の多いこと、欧州の比ではない。」白鳥はいわば風流味のないアメリカ的現代生活をむしろ快適に思うところもあり、小まめに劇場を覗き、美術館を見た。美術館は七年前より名画が増えているように感じられた。「グレコやゴヤなどのスペインの名画は、数はまだ少くつても、どれも傑れたもので、私は飽かず眺めることが出来た。」「金の力は馬鹿にならない。ナポレオンは、武力で伊太利の名画を奪つて来て、ルーブル美術館を豊富にしたが、亜米利加は次第に金力で、世界の名作を掻集めるやうになりさうだ。」(「亜米利加素描」)

ニューヨークのあと、西海岸へ行くと日本人社会が待ち構えていて、一挙に日本が近くなる。日本人たちからいろんな情報が入ってくる。最後のサンフランシスコでは、彼は「重荷をおろしたやうな気軽さを覚え」る。「あとは日本の船に乗りさへすればいゝのだ。宿も日本人経営のホテルに泊つた。」(「独り合点」)

七年前と同じコースを逆にたどったアメリカの旅は、二度目はあまり書くこともなかったのか、旅の記録が少ない。帰国後四年ほどしてからの文章に「アメリカに関して」があるが、それは四年前の旅ではなく、十年以上前の最初の旅の記憶を語り直したものである。

ヨーロッパに関しては、昭和十四年九月ドイツ軍がポーランドに侵攻、第二次世界大戦となるが、その直後、昭和十四年十月発表の「ヨーロッパを想ふ」という文章がある。ワルシャワ陥落の報に接して、三年前の旅でワルシャワへ行けず「一瞥」できなかったことを語り、「二度目の欧州戦争は総破滅」という危惧が現実になることを思って、破壊と建設の文明史を眺める自らの「傍観的境地」について考えている。白鳥はこの時点でまだ「傍観的」立場というものを疑っていない。つまり、あくまでもヨーロッパの戦争という見方である。

ポーランドの隣国の曾遊の地プラーハはまだ無事だったが、彼は旅で出会った「一二三のチエツコ人」の記憶を甦らせ、独立後二十年でまたドイツの支配下におかれることになったチェコスロバキアという国の命運に思いを馳せている。

ただ白鳥は、明治大正の文人の多くと同じく、政治経済や国際関係については関心が薄く、当時緊迫しつつあった日米関係についても言及が少ない。だから、それをどう受けとめていたのかはわからない。昭和十六年三月の「アメリカに関して」は、十年以上前の旅についてただ語り直しているだけで、日米開戦の年の新しい認識が加わっているわけではない。昭和十一年のパリ滞在のころ、隣国スペインでは内戦が勃発し、パリでも人民戦線のデモが目立っていたはずだが、彼の滞在記はそのことにほとんど触れていない。

白鳥はいわゆる「時局」に関心をもつことがなく、彼の文章には時局解説的なものがまったくといっていいほど含まれていない。そのなかで、ソ連の十日間の記録が、当時のソ連社会の現実を「一瞥」によってうまく浮かびあがらせた最良の例だと思える。きわめて実感的にとらえて省察をふくらませ、大きな問題を呈示する。彼のしたたかな人間知がそう導くのである。その際、よくも悪くも時局解説的なものが入りこむことがない。おそらくそれが終生変わらぬ白鳥流というものだったのではなかろうか。

林芙美子と横光利一の「巴里日記」

林芙美子と横光利一の西洋体験を比較検討するにあたって、まず昭和二十年代のある記憶を語ることから始めたい。角川書店が『昭和文学全集』という大きな仕事をはじめ、成功をおさめる昭和二十七（一九五二）年のことである。その第一回配本は横光利一篇で、「旅愁」一篇で横光の仕事を代表させようという思いきった企画だった。新聞広告の横光利一「旅愁」という文字の大きさを私はいまでも憶えている。

敗戦後七年、新制中学三年時の記憶で忘れられないのは、大学を出たての社会科の先生が、授業の一時間をまるまるつぶして小説『旅愁』の話をしたことである。もともと地質学が専門で、細密な山の絵を黒板いっぱいに描いて日本のアルプスの氷河地形を説明し、圏谷《カール》ということばを教えるという理系の先生だった。

そんな人が語る横光の小説には、オーストリア・チロルの山の氷河を矢代と千鶴子というカップルが手をつないで渡る場面があった。日本の山にその痕跡こそあっても実際に目にすることはできない氷河がヨーロッパに存在し、かつてそのほんものの氷河の上を日本の恋人たちが歩いたかもしれないということが、地質学の若い学徒にほとんど夢のように思われた時代の授業の記憶なのである。

『旅愁』は実際には、西洋文明と日本文明を対立、対決させるような考えをしつこく語っていて、米国占領下の民主主義と反戦思想の時代の反ナショナリズムの考えに沿うものではない。にもかかわらず、角川書店が命運を賭した企画の第一回配本に『旅愁』を選び、読者もまた横光の無理な文明論より、異国の旅の歓びが抒情的に描かれた部分に夢中になるということがあったのである。敗戦によって日本人が国内に閉じこめられたからこその『旅愁』人気だったといえる。

『旅愁』はいま読むと、日本の過去の一時期を突きつけられて、たいへんつらい思いをさせられる小説である。横光のたった半年の西洋体験の、十年にわたる執拗な吟味検討の結果が、むしろ痛ましいようなかたちで残ってしまっている。それが昭和戦前の人気作家の全力の仕事であり、私もまたその時代に生まれ育っているので、それを見るたびにひとごとならずつらいと思わずにいられない。

『旅愁』の主人公矢代は、船がヨーロッパに近づくにつれ、興奮し、緊張し、肩肘張ったようになる。「背水の思ひ」で「敵陣へ乗り込む」つもりになっている。それは「戦場に出て行く兵士の気持ち」と同じように、「日本の国土といつてはこの船だけ」で後へはひけないと思うのである。

この矢代はほとんど作者横光と重なってくるが、『欧州紀行』によると、パリへ乗りこんだ横光は「文化の相違のために眼をまわし」てしまう。「少し神経衰弱の気味がある。」と書くまでになる。

横光がヨーロッパに対して身構えた固い気持ちは、結局最後までほぐれることがなかったようだ。帰国後『旅愁』を書く際にそれはあらたにされ、書きながらいっそう固くなっていったようにも見える。太平洋戦争へ向かう時代に、彼は国の動きと軌を一にして、西洋への対決姿勢をつくり直していくことになるのである。

さて、そんな横光利一に対して、彼の五年前にパリへ行った林芙美子のほうはいまどう見えるであろうか。

芙美子は『放浪記』の成功で思いがけない印税が入り、中国旅行につづいて「洋行」の夢を独力でかなえることができた。彼女の出発は、作品でいうと「放浪記」「風琴と魚の町」のあと「清貧の書」を書いてすぐの昭和六（一九三一）年十一月である。はじめ夫手塚緑敏《りょくびん》と二人で行く考えもあり、また緑敏の絵の仲間の外山五郎がパリにいて、彼が好きだったので、ひとりで外山に会いたいという考えもあったようだ。結局、緑敏を日本に残し、シベリア鉄道経由の女のひとり旅という冒険をあえてすることになる。

それは、金子光晴森三千代夫妻の無銭旅行同然の洋行に刺激されたものだといわれるように、多分に出たとこ勝負の、心細くも自由な旅であった。帰りの船の予定もその費用もない、片道切符の旅でもあった。文壇の代表選手が新聞社の援助で肩肘張って西洋へ乗りこむのとはまるで違っていた。

そもそも最初から、はっきりした当ては何もなかった。好きな男に会いたいが、連絡もついていなかった。原稿を日本へ送って暮らすにしても、いくらあれば暮らせるかもわからず、夫と二人の旅の費用を稼ぐ自信はとてもなくて、ひとり旅になったということであろう。

芙美子はパリとロンドンで暮らしながら紀行文をたくさん書いて日本へ送り、それが帰国後昭和八年に『三等旅行記』という本になる。のちに滞欧日記を何種類もおおやけにするが、『三等旅行記』は日記を除いた随筆集で、四年後の昭和十二年、改造社版林芙美子選集に収めるとき文章に手を入れている。

表現がていねいになっている選集版から引用するが、それによると、芙美子のシベリアの旅は、満洲里からモスクワまでまる六日間、三等車に乗りづめの「貧しい人たちと一緒」の旅であった。彼女はそんな難行によく耐え、ロシアの庶民の様子に驚きながらも生き生きと楽しんでいる。

それでも、芙美子は三等ながら寝台車のベッドに寝ているが、「寝床の買へない露西亜人たち」は通路に立ったまま「棒のやうにつつぱつて眠つてゐる」。モスクワで降り、大使館の人に案内されて見たのは、「日本で知つてゐた露西亜とは大違ひ」の不思議な印象の街であった。見たところ「プロレタリヤは相変らずプロレタリヤ」で「特権者はやはり特権者」という国なのに、「日本の農民労働者は露西亜の行つた何にあこがれてゐたのでせう？」という感想を芙美子はいだく。「露西亜は、どうして機械工業にばかり手をかけてゐて、内輪《うちわ》の物資を豊かにしないのでせうか。悪く云へば、三等列車のプロレタリヤは皆、ガツガツ飢ゑてゐるやうに私にはみえました。」とも書く。

のちの『巴里日記』では、「労働者の国」ソ連について、モスクワについて、もっとあからさまな書き方がしてある。

……モスコーは貧弱きはまる街で、革命後の国民はみんな乞食みたいになつてゐて、レーニンを少しばかり軽蔑しましたよ。（略）ソウェートは全くひどい国だとおもひました。物資が何もなくて、鶏も玉子も大変高く、爪に火をとぼすやうな気持ちでした。当分ソウェートはどうにもならないでせう。ひよつとすると、もう一度革命がありはしないかとさへおもはれる位でした。

この林芙美子の社会主義体制批判は比較的よく知られているはずだが、五年後の横光利一のほうはどうだったか。横光は芙美子とは逆にヨーロッパからの帰途シベリアを横断している。

彼はベルリン・オリンピックを見、オリンピックがすべて終わらないうちに、孫基禎が優勝したマラソンの記録映画を新聞社に持たされて帰国の途についた。『欧洲紀行』によると、広大無辺なシベリアは「虚無」そのものであり、ロシアの荒涼たる平原は奇怪な「草」の世界である。「どのやうな高度の文化も草に敵ふものではない。」「人種の伝統が限りもない巨大な草の中から這ひ上つて来た」のがソ連という国である。

モスクワの印象は次のようなものである。

白濁した河の向うの塵埃の多い淡褐色の丘の上に、金色に塗られた丸いクレムリンのドウムが見える。ここの市民は樹木の愛がないのであらうか。ひよろひよろした痩せた街路樹も名ばかりだ。平原に森林を多く持つ住民にとつては、街に樹木を繁茂させる工夫など愚かなことなのであらう。たしかにモスコウといふ街は、森林の真ん中にある街である以上、ここだけはせめて樹を植えたくないにちがいない。つまり、ロシアの美しい自然の中で、最も汚いところがモスコウといふわけだ。これは日本の東京も同様である。

街に土木工事の多いのも東京と匹敵してゐる。この二つの国は新築の最中である。工事の進行上邪魔するものを片つ端から截《き》り倒す。

林芙美子の印象と似たものがあったのかもしれないが、はじめて社会主義革命の現実に触れているという感じがなぜかはっきりしない。芙美子の率直な思い、「日本の無産者のあこがれてゐる露西亜はこんなものだつたのでせうか！」は、もしかすると横光の思いでもあったかもしれない。だが、彼はそんな思いはどうでもいいというかのように、目前のことを離れて、やや突拍子もない観念に飛びついていく。

おそらく横光は外の世界に対して臆病な人で、はじめパリに対して臆病だったように、モスクワやソ連に対しても一種の怖れをいだいていたのかもしれない。それに、彼の心はしきりに帰国を急いでいて、いまや祖国日本だけが大事なので、「共産主義、それは現在の私にとつては何事でもない」ということでもある。「私には日本を愛する以外に今は何もないと見える。」

芙美子はソ連が「機械工業」に力を入れながら物資不足と飢えの問題をかかえているのを見てとっている。横光も同様にソ連の軍事力の強さに触れ、モスクワの街には「商店もカフエーもないのと同様だ」と書く。が、芙美子がこれではもう一度革命があっても不思議でないと考えたのに対し、横光は社会主義の問題を考えるのではなく、こんなふうに書くだけである。

私は商店のない街をここで初めて見ることが出来たのだ。商店が市街の最大の装飾となつてゐるヨーロツパの街々に比べて、今さらモスコウの単純素朴なことに驚いても始まらぬ。ここでは人々が楽しもうと思へば郊外の森林へ行くのである。

横光の文章には、独特の飛躍や短絡とともに、開き直った言い方で問題をすり抜けていくようなところがある。ソ連の強権的な体制を怖れるだけでなく、日本の知識人世界における言い抜け方を考えて文章をひねっているようなところがある。ただ、ここで韜晦せずにまっすぐに語っていることがひとつあるとすれば、それは「日本を愛する以外に今は何もない」ということであろう。

林芙美子は昭和六年十一月九日に下関から関釜連絡船で朝鮮に渡り、旧満州、ソ連、ポーランドをへて十一月二十三日朝パリに着いている。九月に勃発した満州事変の直後である。彼女はその旅をつうじて、「無産者の姿といふものは、どんなに人種が変つてゐても、着たきり雀で、朝鮮から巴里《パリー》まで、皆同じ風体だなと思ひました。」という感想をいだく。それは単なる感想というより、芙美子の文学を貫く強い認識になっていったように思われる。

芙美子のフランス行きについては、近年今川英子氏により諸資料が精査され、「巴里の小遣ひ帳」「一九三二年の日記」『夫への手紙」を注釈つきで活字化し、くわしい解説を加えた『林芙美子　巴里の恋』が刊行され、それを補訂した中公文庫版も出て、不明だった細部がいちいちわかるようになった。芙美子はのちにパリ・ロンドン滞在の記録を語り直した本を何冊も出しているが、その原資料にあたるのが「小遣ひ帳」と「原日記」と「手紙」である。（今川氏

に従い以下そのように表記）

「小遣ひ帳」（一九三一年十一月二十三日から一九三二年一月六日まで）は、パリ到着のその日から出費などを記録したメモだが、到着の日時もそれで確かめられる。一般に知られている全集収録の『巴里日記』には十二月二十三日到着となっていて、ちょうど一カ月、日がずらしてあるのがわかる。

芙美子が「原日記」をもとに語り直した滞在記は、少しずつ内容を異にして三種類ある。昭和九年の『旅だより』（改造社）、昭和十二年の改造社版林芙美子選集第六巻『滞欧記』、昭和十四年の中央公論社版林芙美子長篇小説集第八巻所収「憂愁日記」である。その「憂愁日記」が昭和十六年の東峰書房版『日記』第一巻に収められ、それが戦後昭和二十二年の『巴里の日記』（東峰書房）になる。昭和二十七年の新潮社版林芙美子全集と昭和五十二年の文泉堂版林芙美子全集は、その『巴里の日記』を題名だけ「巴里日記」と改めて収録している。

『旅だより』は昭和九年までの旅の随筆を集めた本で、二篇の滞欧日記が含まれ、それぞれ「羅典区の散歩」と「ようろっぱでの覚書」と題されている。三年後の林芙美子選集第六巻は一冊分の総題が「滞欧記」となっているが、滞欧日記の部分は少なく、『旅だより』中の二篇に「春の日記」が加えられている。その三篇で昭和七（一九三二）年一月一日から帰国途中の五月二十日までをほぼカバーする内容になっている。

この三篇は基本的に「原日記」の内容を踏まえた日録であり、事実を変えたところも比較的少なく、ひとまず文字どおりの「日記」として読むことができる。ところが、その二年後の林芙美子長篇小説集第八巻の「憂愁日記」になると、「原日記」を大幅に書き変えた別の作品に変わってしまう。それがそのまま芙美子死後の全集の『巴里日記』となり、広く読まれることになるのである。

「憂愁日記」には「創作ノート（憂愁日記について）」という序文のような文章がついている。こんな一節がある。「私の古い日記帳から、四百枚ばかり、一気に書いてみたのがこの『憂愁日記』です。一種の創作の形式にして書いてみました。」

「原日記」を書き変えて「一種の創作」にしたということをことわっている。『長篇小説集』の一冊に収めるために小説のようにしたということかもしれない。「原日記」に出てくるたくさんの人物を整理し、孤立無援のひとりの女の多情多感な旅の物語にしてあり、「憂愁日記」という題もおそらく小説の題らしくつけたものだったにちがいない。

ちょうど娘時代の「歌日記」を材料にして虚構まじりの『放浪記』が生まれたように、「原日記」を組み立て直して『放浪記』国際版といってもいいような『巴里日記』が生まれたということになろう。『放浪記』はじつに戦後に至るまで書き加えられており、何度も手を加えて現在のかたちになっているという事情も両書は同じなのである。

そんなわけで、「憂愁日記」以前と以後とでは同じ日のことでも事実が違い、人物の出し入れも違うのだが、今川氏の仕事は、それらに「小遣ひ帳」と「原日記」と「手紙」を重ねて事実を突きとめ、「創作」の機微を探ろうとするものである。

たくさんの新事実が洗い出されている。特にパリやロンドンにおける芙美子の異性関係はほぼ明らかになったといいえそうだ。「小遣ひ帳」「原日記」「手紙」だけでなく、考古学者森本六爾のパリ時代の日記を手に入れて、芙美子の「原日記」に書かれていない多くのことを森本日記で補い、二人の関係を浮かびあがらせている。(中公文庫版)

とはいえ、芙美子の文章に含まれた虚構は随筆類も含めて際限もなく、とてもすべてを明らかにすることはできそうにない。『巴里日記』の虚構のうち最も大きなものは、パリ到着の日を一カ月遅らせ、帰国の日を十一日遅らせていることで、その理由を考えてみなければならない。

パリ到着日を十一月二十三日ではなく、一カ月あとの十二月二十三日にした理由はわからないでもない。片想いの相手外山五郎が郊外のアルジャントゥイユに住んでいて、外山は芙美子に住所を知られたくなかったらしいが、芙美子は画家別府貫一郎に無理に頼んで外山の住まいへ案内させ、「不快此上なかつた」という経験をしている(「小遣ひ帳」)。そのうえ、世話になった別府とはその後喧嘩別れのようになったらしい。「小遣ひ帳」に「とても此人の訪問は不快だ。」とあり、また「手紙」二二に「別府氏とは不快な事があつてケンカしち(や)つた。(略)一寸世話をやきすぎる。」とある。

到着後の日記をひと月端折ればそれらのことを書かずにすむ。特に、別府貫一郎にはパリ到着時に駅へ出迎えてもらい（『巴里日記』には「誰も迎えてくれる人もなく、また誰に逢ふと云ふ人もない、そんな旅人の哀しさが」とある）、宿の手配もしてもらい、その後も手とり足とり世話になったようだが、そのことを書かずに女のひとり旅の孤独を強調してもうひとつの『放浪記』にしたかったということかもしれない。

それでは、帰国の日を十日以上遅らせたのはなぜだろうか。芙美子の帰国は多くの人が知っていて、嘘を書くのはまずいはずなのに、マルセイユ発神戸着の榛名丸の航海を十一日あとにずらしている。しかも帰国後七年たってから、『旅だより』と『滞欧記』に書いた日付けを変えてしまうのである。なぜそんな必要があったのかはわかりにくい。ただ、それをいうなら、林芙美子は随筆でも真赤な嘘を書いた人で、たとえば「外国の想ひ出」には、パリへ着いてすぐ郊外のアルジャントゥイユへ引越して一カ月住んだと書いているのである。

「憂愁日記」以後に見られる虚構のうち、何ともわかりにくいというものがもうひとつある。パリ到着後の最初の宿のことで、「小遣ひ帳」には北駅からブーラール街までの車代が記録され、「手紙」六（未投函）に「二十三日朝つきました」「私のアドレス表記のところ」とあってHOTEL LION DE BELFOLT《ママ》 10 Rue Boulard, 10 PARIS（14^{e}）と住所がしるしてある。ところがのちの『巴里日記』では、「エガール・キネエ街のシャロットといふ安宿」に落着いたことになっている。『巴里日記』にブーラール街のオテル・リオンが出てくるのは十二月二十六

林芙美子最初の下宿　ブーラール街10番地

日で、「エガール・キネエ街」に三日いて引越したことになっているのである。

エドガール・キネ街はブーラール街から遠くないが、モンパルナスの墓地をはさんで北側にあたる。そこの「シャロット」なる安宿をなぜつくったのかがわからない。それからもうひとつ、学研版『現代日本文学アルバム林芙美子』にのっている昭和六年十二月とされる写真（のちに『新潮日本文学アルバム林芙美子』にも収録）にわからないところがある。芙美子が下宿の向かって左横の石段に立っているもので、写真に矢印が書きこまれ、「フランス時代　下宿屋の裏　矢の上が私の部屋」と自筆の裏書きがあるという説明がついている。

だが、いまも残っているオテル・リオンの建物は平地にあって横に石段などなく、写真では背後の高みに建物が見えているがそんなものもない。「下宿屋の裏」という説明も正確ではないようだ。到着四日後に書かれたらしい「手紙」九に添えられた下宿の建物の絵（三階の芙美子の部屋と思われる窓から棒線を引いて「巴里の屋根の下」と書きこんである）は、現在の建物によく似ているが（ただ屋根の形が変わったのか、いま屋根裏部屋はないように見える）、芙美子の部屋は右端で、『現代日本文学アルバム』の写真の矢印が左端なのとは違っている。『巴里日記』によると、「エガール・キネエ街のシャロット」の部屋は「庭口からすぐはいれて便利だけれど、昔は物置にでも使つてゐた部屋かもしれない」ということである。そんな部屋をたぶんつくってしまったのと同じように、自分が住みもしなかった建物に矢印を書きこんで「私の部屋」と書いたりするのが林芙美子という人なのかもしれないのである。

林芙美子のパリの住まいについてなお詮索すると、『一人の生涯』（昭和十五年）にはまた別のホテルが出てくる。「十四区のシャトウ街の小さいホテルに落ちつきましたが」とある。シャトー街は前出のブーラール街にもダゲール街にも近い。そこも佐伯祐三など日本人画家が住んだ町で、佐伯の「シャトー街」の絵で知られているはずである。

ホテルの場所をなぜ次々に変えなければならなかったのかがわかりにくい。架空の場所を増やしていく必要が特にあったとも思われないのである。

『一人の生涯』には、パリに落ち着いたあと、一時郊外のアルジャントゥイユへ引越したとも書かれている。パリに着くまでにも、ベルリンでは何泊かしたように書いてある。それは『巴里日記』に「幾日かをベルリンでおくり」とあるのと同じだが、以上の宿泊地はおそらくすべて架空のものである。一見自伝のような『一人の生涯』は、じつはきわめてフィクショナルなもので、そこに事実を求めても無駄というものかもしれない。

帰国後間もなく発表された小説「屋根裏の椅子」には、「私」が住んだという「七階上」の屋根裏部屋が出てくる。芙美子は昭和七年一月、はや日本へ帰るつもりでパリを離れてロンドンへ渡り、ロンドン滞在ひと月のあとまたパリへ戻ることになるが、その二度目のパリでは、ブーラール街に近いダンフェール・ロシュロー広場に面した「オテル・フロリドール」に住んだ。そのホテルに落着いたばかりのころの夫あて手紙に「私の部屋は七階」と書いている。すぐに五階に移ったらしいが、いずれも屋根裏部屋ではない。芙美子はロンドンはもちろんパリでも屋根裏に住んだことはないはずだが、「パリの屋根裏部屋」というものにこだわって小説を書こうとしたようである。

「原日記」の二月二十九日のページに、オウミという画家の屋根裏部屋の形がスケッチしてある。「こんな風な屋根の下の部屋、暗い電気の下で、二尾の金魚がピチピチ云つてゐた。」とあり、「たんぽゝたんぽゝ」に始まる童謡が壁に書いてある旨の説明があるが、それらはそのまま「屋根裏の椅子」に使われている。「私」の隣室のモデル女ジュリーの部屋の細部としてである。「私」の部屋のほうは、壁に「古風なフランス兵の写真」が架かっているのだが、それは「オテル・フロリドール」のあとに住んだダゲール街二十二番地の部屋に「仏蘭西の兵隊の写真があつて気持ちが悪かつた。」（『巴里日記』）というのと照応している。

オウミという画家のことは「原日記」の二月二十六日にはじめて出てくる。「夜、松尾の妻君とオウミと云ふ田舎絵師の屋根裏で、日本飯をよばれる。辻潤と一緒に来たと云つてゐた。」今川英子氏の注は「大海忠助か」となっている。三日後の二十九日、芙美子は同じ「オテル・フロリドール」の住人、読売新聞の松尾邦之助夫妻と再びオウミの屋根裏へ「天プラをよばれに行」くが、ほぼひと月後の三月二十五日にはひとりで訪ねたらしく、「大海君のうちへ朝行く風邪でねてゐた。大海のアミのフランス婆さんの部屋で美味い魚料理をたべる。」とある。

オテル・フロリドール

大海が寝ているので、芙

美子は彼が関係をもっている年上のフランス女性の部屋へ行き、そこで魚料理をふるまわれたということらしい。「フランス婆さん」は大海に食べさせるために魚料理をつくっていたのかもしれない。

「屋根裏の椅子」の「私」の隣室の女ジュリーは、この「フランス婆さん」をつくり直した人物かとも思われる。年増のフランス女を「婆さん」と書く例はほかにも見られる。ジュリーはもはや若くないモデル女で、仕事がないので街で男を拾っている。「私」はジュリーの部屋へ遊びにいったり、ジュリーが「私」の部屋に泊まっていったりする。

「私」の孤独な屋根裏暮らしはこんなふうに語られる。

雲が夏らしく大きく低く流れてゐる毎日だ。

空は、日本よりも不透明で悲劇的である。石造りの建物が多いせゐであらう。

その石造りの建物の街の片隅に、私は二尺四方の傾斜した窓のある部屋を所有してゐた。

その部屋は、如何にも孤独な侘しい、姿をしてゐる。三坪にも足らぬ四角な部屋で、天井は切りさげたやうな三角型の斜面をなして、真つすぐに歩かうものなら、私は自分の首を、此の傾斜した窓から空に突き出さなければならない。

そんな固い部屋の中で、生きてゐるかのやうに柔かく生彩を放つてゐるものに、私の青いベッドがあつた。昇降機《アッサンスウル》を二ケ月近くも放擲《ほうてき》しておくホテルの女主人も、宿泊人のベッドのシイツだけは、何時も尖るやうな白いものをあてがひ、ベッドの覆ひの青い布も非常に澄んだ色をしてゐるので、夜なぞは清潔に心に写つて来た。その他に家具と云へば、物置台のやうな腰の低い箪笥《たんす》と机と、凸風な房のついた青布張りの椅子が一脚あつた。

その椅子は、青い寝台よりも無口であるばかりでなく、私と一緒に、ひどく孤独患者であるらしく、妙に所在なく苦しさうに見えた。少し四ツ足が長すぎるのかも知れない。幾度となく短く切つてしまひたいと思ひながら、小さい私は、やつぱり足を浮かせてはその椅子に凭れる。

寝台に寝転んでは宮殿のやうに夢中のなかの怠惰を貪り、椅子に凭れてはしりきれとんぼな生活に唾する私であつた。

私、私、私、私、私、いつたいどれが本当の私であらうか、私は私と云ふ字をこゝに千万も書いたところで、自分自身の心底深くひそんでゐる本当の私をヒレキする事は出来ない。

故国のしがらみを逃れてパリでひとりの暮らしを得た満二十八歳の「私」は、「青い寝台の上に、心の遊歩を続け」ている。「身も魂も空虚になり果ててしまつた」ようで、「無性に忘れつぽく、考へる事と云へば、何時もしりきれとんぼで辻褄があはない。」「肉体と魂の、離散するのを恐れ、裸になつて体操を始める」こともある。そして「今はもう自分の生まれた国がお伽噺《とぎばなし》のやうにさへ思へる。」

生まれ育った環境から切り離された「孤独患者」の日常はひどくとりとめがない。自分自身がうまくつかめなくなっている。そんな状態を語ることばをところどころ拾ってみると、それなりにリアルなものが感じられるが、作品全体を見ると、芙美子は自身の空虚感を小説にどう生かすべきか迷いつづけているように見える。これだという語り方が最後までつかめていないようである。

「私」は空虚なとりとめのなさに悩みながら、ある男への思いにとらわれているのだが、男を思えばいよいよ呆然として、一日何も手につかなくなってしまう。そんな日々の「私」がこう語られる。

そのこびりついてゐるものを、痛い程よく知つてゐるので、素直に本を腹の上に置いて、私は、そのこびりついてゐるものを、静かに醗酵させようとして溺れて行くのであつた。何時までも、堂々めぐりのやうな考へに到着して来ると、仕方なく私は起き上つて、穴のあいた靴下をはきにかゝる。

爪先を一寸ばかし鼻にかいでみて眉を顰めるのが、私の日課で、靴下をはくと、コルセットをつけ、肌着をつける。

そんな姿で、此の慢性孤独患者は、伊太利米のコロコロした奴を鍋にあけ、米を炊くのだ。簞笥の上には福神漬と、酸漬《コルニッ》の胡瓜《ション》がある。剝《は》げちよろの赤い塗箸《ぬりばし》が一膳、まるで、役のピッタリした役者のやうな顔で、屋根裏部屋の孤独者につきそつてゐる。妙にピッタリ、それらのものは、私の皮膚のやうに板についてゐた。板についてゐるだけに益々味けない。

飯が出来上ると、私は鏡に向いて、私自身の年齢をたしかめる。正面を切ることの出来ない、弱々しい甘い顔だ、眼が近いので、下瞼に薄い二、三糸の皺が浮いて見えるが、別に不《ふ》憫《びん》な奴だとも思つてゐない。

歯を磨いて、着物を着ると、陽差の中にもやもやと舞ひ上るキャフエ沸かしの湯気の中へ腰を降して、私は呆やり部屋を見まはす。孤独者の部屋と云ふものは、丁度蟬の抜け殻《がら》みたいに風通しがよくて、その癖その風は心に痛すぎるのであるが、毎朝の事ながら、よくも落ちついて、屋根裏部屋に住めるものではあると、一人であきれかへつて自分に感心して見るのだ。

『放浪記』を支えていた日本の現実を取り払って、語り手をパリの七階上へ解き放つとこんな文章になる。「私」の孤独を裸にして、空中にさらすようにしてある。このへんの書き方は悪くないかもしれないが、他の多くの部分は西洋を舞台にしたがための落ち着きの悪さが目立つ。「私」には「頭の中にこびりついているもの」がある。それは知りあったばかりの「恋人」のことである。哲学の留学生白井晟一がその「恋人」にあたるが、白井の名は「原日記」の四月

ダゲール街22番地

一日にはじめて出てくる。大屋久寿雄や今泉篤男と一緒に知りあい、芙美子は帰国までの四十日ほどのあいだ、ほとんど毎日のように白井と会っている。白井はのちに建築家として名をなし、大屋は時事通信社記者（今川英子氏の調査による）、今泉は美術評論家として知られるようになるが、白井は当時ベルリンに留学していて、休みになるとパリへ来ていたという。

白井晟一のことは帰国後の「原日記」にもたびたび出てくる。「晟一のたより来らず。秋の破扇か！」（七月一日）とか「晟一に手紙かく。楽し。」（七月三日）とか「晟一の事今日も思へり」（七月九日）とかである。

「屋根裏の椅子」は、後半白井、大屋、今泉にあたると思われる人物を登場させ、日本に夫のいる「私」のつかの間の「恋愛」に話が絞られていく。芙美子と晟一の関係は、「オテル・フロリドール」からダゲール街一十二番地の二階へ引越す五日前からパリを去る日までのあいだのことだが、その四十日ほどを、「オテル・フロリドール」のエレベーターが故障で止まったままだった四十日間と重ねて話をつくっている。

パリ在留の若い二人の関係はこんなふうに描かれている。

「貴女は、何時頃《いつごろ》御帰国になりますか」

「別にきめてもゐません」

街灯の下に来ると、彼は立ちどまつて私の顔を見た。——こんな場合、黙つてゐるより仕方がない。ダリアの花が垣根に溢れてゐる、白い家の横から蹊路《こみち》へ曲つて行くと、何の花の匂ひか、二人は立ち止つて肩を寄せた。

星が無数に流れてゐる。

その蹊路《こみち》の中には、山道の小屋のやうな家が点々として、壁近く寄ると、唄をうたつてゐる家なぞもあつた。家と家との間は花畑になつてゐるのであらう、白い花色なぞが浮いて見える。

彼は私を子供のやうに空高く抱きあげると、「帰つても元気でいらつしやい！」と叫ぶ、私は周章《あわ》てて笑顔をつくりながら黙つてゐた。酔つぱらつた男が、何か小声で唄ひながら、蹊路《こみち》に這入つて来た。

「彼」は「此の人はまるで少女のやうだ」といい、「私」を子どもあつかいにして世話を焼きたがる。『滞欧記』には、「何もかも考へることなし、今日この頃だけは別な少女のやうなわたしでありたい。どんな鞭でも受けませう。」（四月十三日）とある。白井と知りあって二週間というころである。

「彼」は日本から金が来たら一緒にベルリンへ行こうという。「私」は「此のまゝ貴方のお金でベルリンなぞへ行つても、皆がほろびてしまふのではありませんか」と応える。そのうち「私」のほうに帰国のための金が届く。その喜びと別れの涙で話は結ばれるが、それがパリへの別れにもなることが、ほとんど少女趣味といってもいい文章で語られている。

芙美子はこの小説をパリで書き始めたものの手応えがつかめずにいた。帰国後ようやく七月十一日に書きあげるが、「不備な点がありて恥かしい」（「原日記」）と出来映えに自信がなかった。七月二十日、「改造」にのったものを読み直して、「少しの進歩はあれどザツゼンたるもの冷汗一斗なり。」（「原日記」）と落胆している。のちの「憂愁日記」と『日記』第一巻ではこうなっている。「『屋根裏の椅子』がKに発表になつてゐる。モノローグ的な作品にて、自分ながら困つたものと思ふけれども、こゝから再出発しなければどうにもならない、宿命的なものをしみじみ感じ、道の険しさ苦しさをおもふ。」

なお、ロンドンからパリへ戻ってすぐの夫緑敏あての「手紙二九」に、「いま、長篇にかゝつてゐる。『屋根裏三昧』と云ふ題。」とあり、またその五十日後くらいにあたる四月十五日の「原日記」に、「屋根裏三味〔昧〕と云ふ小説にかゝる。思はしくなし。」とある。『滞欧記』の同じ四月十五日は、「屋根裏三昧」ではなく「『屋根裏の椅子』にかゝる。」である。「屋根裏の椅子」は五十枚足らずで長篇ではないが、はじめは長篇のつもりで「屋根裏三昧」という題を考えていたのかもしれない。

ただ、同じころ発表された随筆に「屋根裏三昧」(「モダン日本」昭和七年九月号)があり、いったん捨てた題を随筆のほうに使ったとも考えられる。三枚半ほどのごく短いもので、「六階上」の屋根裏に「約一ケ月住んでゐた事があつた。」と書かれている。随筆でもその架空の暮らしが小説同様に語られていく。

……多分、女中部屋ででもあつたのを、女部屋になおしたのであらうが、何としても味気ない部屋のつくりで、只《ただ》私を慰めてくれたものは、斜面の窓一ツであつた。

朝になると、寝たまま雲の流れを見た。夜になると月や星に甘くなつて涙を流す事もしばしばであつた。此部屋に佇んでゐる間、私の読書熱はひどくにぶつて、小説よりも詩に心惹かれるようになつて来た。

『滞欧記』には、「早く日本の机の前に坐つて、自分の仕事をしたい。」(四月十五日)「早く日本へ帰つて、わたしはわたしの本当の声で話をしたい。」(五月七日)などとあり、「旅空で変調子になつて」(「屋根裏の椅子」)とりとめなくうわついてしまうのではなく、日本の現実に腰を据えて「本当の声」で語りたいという思いが強かったのにちがいない。その状態が帰国後もしばらくつづき、筆が進まなかったようである。「屋根裏の椅子」の文章の出来映えは、渡仏前に書きあげた「清貧の書」の書き出しの一章がほぼ完璧といえるのに対して、全体に隙がありすぎるような腰の据わらぬ心もとなさを感じさせるのである。

もともと林芙美子のパリ行きには、好きな外山五郎にパリで会いたいという思いがからんでいたが、その外山との関係は十二月十八日にアルジャントゥイユで不快なことがあって冷めていったようだ(平林たい子『林芙美子』および「原日記」)。その後外山がパリの芙美子を訪ねたりして四回ほどつきあいがあったらしい。

「原日記」からは芙美子の気持ちの変化がたどれるので、昭和七年の四回分の記述を並べてみる。「外山氏と別かん定でたべて別れた。」(一月二日)「ひるから一人でアルジヤントユの外山氏の宅へ行く　雑談四時間、山や絵の話をしてかへる。春の頃の気持ちがカラリとして大変さわやかだ。」(一月十四日)「ダゲルの入口で外山君に会ふ。あをいかほ色で驚いた。此人とは三ケ月ぶりだらう。十時頃まで話してかへる。主観的なもの云ひをする人だ。何の気持ちもおこらず、たいくつな気持ちだけであつた。」（三月十七日）「朝かひものしてかへると、外山君が来てゐた。古いレコード三枚十五フラン、醬油の残り四法、白水社の和仏じてんを十五法で買つてあげる。かつての気持ちも、かうなると笑ひたくなる。」（三月十九日）

外山五郎は近くイタリアをまわって日本へ帰るつもりで、不用になったものを芙美子に買わせたようだ。『巴里日記』ではこうなっている。「T氏金をポケットに入れて帰る。一人になると、私は笑いがとまらないほどをかしくなつてきて、笑いころげるなり。四フランの醬油を巴里で買ふなぞとは思はなかつた。」

芙美子が帰国の船に乗るのは二カ月近くあとだが、その船がナポリに着くと、偶然にも外山五郎が乗ってきてデッキで出会ってしまう。が、その後は特に話をすることもなくなったらしい。「デッキでT氏に逢ふが黙つてゐた。」「このひとは、二年ばかりの欧州滞在のうちに、どんな風に心境がかはつてしまつたのか、バイブルばかり読んでゐるやうだつた。」（『巴里日記』）画学生だった外山は、やがて道を変えて牧師になっていくのである。

『一人の生涯』には、外山五郎との関係と白井晟一との関係を並べて説明したように見えるところがある。まず外山五郎とのことは、「早稲田大学の露西亜語の講習会」で知りあった絵描きの「小泉と云ふ青年が非常に好き」になり、ヨーロッパへ発つ小泉から犬をもらって育てることになった事情が語られる。「私は小泉氏に対する深い愛情が、案外根深く拡がつてゐることに悩み疲れ、果ては、どうかして巴里まで小泉氏を追つて行きたいと云ふ願望にかはつて来つゝある気持ちをどうすることも出来ませんでした。」

『一人の生涯』は、作者自身とは違う女ひとりの孤独な暮らしが設定され、夫という人は出てこないフィクショナルな回想記で、外山五郎にあたる小泉という美青年は、渡仏後ちょうど一年で急性肺炎のために死んだことにされている。その後「私」はひとりヨーロッパへ渡ることになるが、その動機はこう説明されている。

小泉氏が亡くなつたと云ふことをきいて、私は急に巴里と云ふところへ行きたい気持ちになり、もう小泉氏の遺骨は船に乗せられたと云ふ話でしたのに、私は急に欧洲へ行く支度を始め出したのです。帰れなければそれでもいゝのだし、私には巴里で死んでしまつた方が幸福なのだと云つた気持ちが多分にありました。これは理窟や説明のつけられない女の烈しい気持ちなのです。青春と云ふものは、何と云ふ突飛なことを安々とさせるものなのでせうか。あらゆる無理をして、私は欧洲行の片道の三等切符を求めることが出来ました。

さらに加えて、「小泉氏が生きてゐたならばおそらく、私は巴里なんかへは行かなかつただらうとも思つてゐます。」とあるが、半年ほどのパリ滞在ののち「私」は帰国の船に乗り、今度は嵯峨成一という青年と出会う。「約四十日近い日本船の船のなかで、私は独逸に留学してゐたと云ふ、若い建築家と知りあひ、どんな運命のひきあはせなのか、私はその青年を恋人と呼ぶやうになつてゐました。（略）私の貧しい生涯のうちに、このやうな甘く愉しいしあはせは再びめぐつてこないだらうとおもはれます。」

この「恋人」が、実際はパリで知りあって別れた白井晟一に当たるわけで、小泉への「恋」が失われたあとに生まれた新しい「恋」というつなげ方になっている。パリにおける白井晟一との関係は、この船の上の二人とちょうど同じ四十日ほどの関係にすぎなかった。

四月一日に知りあったばかりの林芙美子と白井晟一は、たちまち情熱的な関係になり、その月のうちにパリ近郊のモンモランシー、フォンテーヌブロー、バルビゾンをまわる旅を一緒にしたらしい。モンモランシーとフォンテーヌブローとバルビゾンで一泊ずつしている。「原日記」は四月二十五日から六月三十日までのページが破りとられていて、今川英子氏はそれを「芙美子自身の仕業」と見、そこには四月二十八日からのモンモランシーなどへの二人の旅の詳細とその後の思いが綴られていたにちがいないといっている。『滞欧記』や『巴里日記』では、芙美子がふと思い立って、ひとりで出かけたことになっている。『滞欧記』の記述はあっさりと簡単で、『巴里日記』は少しくわしくなるが、「旅の淋しさ」や「憂愁」や「沁みるばかりの旅情」が強調してある。

今川氏はなお推測を進め、「原日記」の四月十八日のページが例外的に空白なのは、その日二人のあいだに「のっぴきならぬ関係が生じた」からではないかと見ている。

「原日記」や『滞欧記』の四月十八日前後の記述から見て、今川氏の推測は当たっているのではないかと思える。特に「顔そむけたし」とか「心痛し」とか「胸ゐたむおもひ」とか「何としても何としても私が悪いのです。」とかのことばからは、芙美子の自責の思いが伝わってくる。それに、「原日記」では他人の名前は実名で書かれているが、四月十八日の前日の十七日から白井の名だけイニシャルのSに変わるのである。

その十七日の午前中、芙美子は「Sと二時間ばかり話を」し、夜再びSと会って「モンパルナスギヮのホテルのサロンでラジヲを聞きながら話す。」ラジオ番組の終わりのことばと国歌「ラ・マルセイエーズ」が流れると、「心静かにしてとてもいゝ。星うつくし。茶うまし。」と、Sとの深夜の時間を陶然たる思いで受けとめている。

翌十八日の「原日記」は空白、十九日も空白同然で、二十日になってふつうの記述に戻るが、「夜、Sと二人モンパルナスのホテルのサロンでコニヤックを呑む。」とあり、たぶん三日前と同じホテルがまた出てくる。そしてこんな一文がある。「『旅から帰へつたらこゝへでも泊りませう』さう云つて二人で部屋を見せて貰らつたりする。」泊まるのがすでに当たりまえのことのようであるが、ここでいう「旅」が、四月二十八日からのモンモランシーなどへの旅を指しているのはおそらく間違いない。(なお、『滞欧記』では、二十日の項にSの名前はなく、ひとりでコニャックを呑んだことになっている。)

『一人の生涯』には、帰国した恋人同士が日本で再会して千葉の稲毛へ泊まりにいく場面がある。パリ近郊の旅を房総半島の旅に置き換えているのではないかという気もする。モンモランシー、フォンテーヌブロー、バルビゾンと、贅沢なホテルと小さい宿を使いわけて、白井晟一が旅をうまく導いたらしいのと同様、稲毛でも白井にあたる嵯峨は、「むかし、御飯をたべにきた事があると云つて、海ぞひの丘の上にある大きな旅館に私を連れてゆ」くのである。

「憂愁日記」以後の小説化された日記では、白井との関係は、芙美子の青春の最後を飾る恋物語として多分に理想化されている。が、『一人の生涯』ではそれがかなり違っている。白井にあたる嵯峨と「私」は、どちらも少なからず卑小化されているように見える。「憂愁日記」は昭和十四年、『一人の生涯』は昭和十五年の刊で、ほとんど同じ時期にあえて二つの書き方をしていることになる。

『一人の生涯』のほうの書き方は、基本的に、「その出会ひは、精神的なおもひよりも、むしろ人間的な動物的な私の気持ちをかくす事は出来ません。」というもので、二人の関係を「肉体的な愛」に比重をかけて語ろうとしている。嵯峨は「日本人にはまれな美しい逞しい体」の持ち主なのである。それに対し、パリで客死した小泉への「私」の思いは純粋に精神的なものとされ、こんなふうに語られる。

……私はふつと、精神的な愛と、肉体的な愛とはどつちがまさつてゐるものだらうかと云つたをかしな事を考へてゐました。小泉氏へのプラトニックな気持ちの方が、私には何かしら桜の花の満開をおもはせるものがあり、ほんの数秒の間でしたけれども、私は鼻の奥にしびれるやうな悲しみの涙を感じました。

これは先に述べたように、芙美子の自責の思いのあらわれかもしれないが、さらにもうひとつの事実があるらしい。小泉にあたる外山五郎が、帰国後自殺したという噂が流れ、芙美子はそれを信じていたらしいということである。『一人の生涯』の「私」は、部屋に小泉の仏壇をつくって写真を飾り、花をたやさないようにしている。学習院の制服を着た写真の貴公子のような小泉が、「私の汚れたひみつなんか少しも知らないで、明るい表情でゐ」るというふうだ。清純な青年の目に見守られている「私の汚れたひみつ」という書き方なのである。フランスまで行って冷たくあしらわれた外山五郎を、いったん葬り去ったあと、ここではまた一面的に美化して、その後の芙美子と晟一の幸福を幾分おとしめるように語っていることになる。

なお「憂愁日記」によると、帰国後も芙美子は晟一のことを思い、苦しむのだが、そのもどかしさのなかには、「私は私に優しかつたS氏の人間性について心からの信頼を持つことが出来ないでゐる。」（十一月五日）という思いがあったようなのである。

林芙美子は五月十三日にマルセーユから榛名丸に乗り帰国の途につく。「マルセーユの波止場は、いろさまざま。全くレビューのような港だ。騒然としてゐる。」「海の見える魚料理を商う家で牡蠣《かき》を食べる。牡蠣にレモンをしたゝらせてたべる。実にうまい。バンルージュをそえて七法《フラン》。」（『滞欧記』）

それが「憂愁日記」以後は日にちが十一日遅らされて出航は二十四日とされ、内容も大幅に変わる。たとえばマルセーユで食べたものは牡蠣ではなく「魚のスープに、魚のバタいため、海老ごはん」であり、飲んだものはバンルージュ（赤ワイン）ではなく「コアントロウ」である。同様に、神戸着の日も実際の六月十五日が十日遅らせてある。

パリ発を十一日遅らせることによって「憂愁日記」以後、パリ生活を語る内容が十一日分増えている。主に白井晟一との関係と、外国人向けフランス語学校アリアンス・フランセーズでの勉強や教室の友人関係の記述が豊富になっている。

アリアンス・フランセーズの夜のコースの勉強は、「原日記」によると三月三日に始まっている。「夜アリアンセの夜学に行く。マセドニヤの女二人と友達になる。／とても進み方が早くて、面白くない。」とある。三日後の三月六日は「昼から、エストニヤの女二人遊びに来る。茶を御ちそうしてやる。若いヒルダの家へ行く。大きなパンシヨンにゐた。ボビーと云ふ犬がゐて可愛い。」三月十日「夜、エストニヤの女、アリアンセの夜学にさそいに来るが、風邪で行けず、下でカフヱーをおごり道をおしえてやる。」三月十一日「アリアンセを休む。高い月謝になるが仕方もない。」である。

それに対し『巴里日記』では、三月十日「夜、蜜柑を買つてアリアンセに行く。黒板に出て、書取をさせられ、二十幾つも間違う。」三月十一日「夜、アリアンセへ行く。／熱ありて、視力なし。」と、両日とも学校へ行ったことになっている。

エストニアあるいはマケドニアのヒルダは、『巴里日記』では登場場面が多く、芙美子がパリを去る日まで親しくつきあったことになっているが、「原日記」では名前が三月十日限りで消えてしまう。アリアンス・フランセーズへ行ったという記録も、三月十一日以後はまったくないのである。

芙美子と晟一の関係が深まったはずと今川氏が推測している日のあたりを見ると、「原日記」では四月十八日が空白、四月十九日は「顔そむけたし。／昔々の話はお互ひにおそろしい。」四月二十日は「夜、Sと二人モンパルナスのホテルのサロンでコニヤックを呑む。胸ゐたむおもひなり。」である。ところが『巴里日記』では、その三日ともアリアンス・フランセーズの夜学へ行ったことになっている。

そんなふうに、『巴里日記』では毎晩のように夜学へかよい、級友たちとのつきあいも少なくなかったように語られ、教室内の様子もかなりくわしく書きこんである。だが、「原日記」から判断すると、「とても進み方が早くて、面白くない」うえに、三月の前半はずっと風邪がなおらず、「高い月謝になるが」教室へかようのはあきらめて、フランス語学習は終わってしまったということではなかろうか。

実際、芙美子のところへは来客が多く、彼女はパリ在留日本人とのつきあいをわずらわしがっていた。原稿書きに追われながら仕事がはかどらないのを嘆くことばが「原日記」にくり返されている。特に夜は、人と食事をしたり酒を飲んだりして、教室へきちんとかようのは無理だったとも思える。そのうえ、白井晟一への恋に気もそぞろになり、ぼんやりしてしまうことが多かった。『巴里日記』ではそれを教室でのこととしてこんなふうに書いている。「アリアンセに行くけれど、文字が少しも眼にはいらない。／ヒルダは、どうしたのかと訊いてくれる。何でもないのだと云つた。明日は月謝を払はなければならない。」（四月十三日）

「原日記」によれば、その晩も芙美子は教室へ行かず、白井晟一と会っている。「会へば胸あふれる思ひ。只呆んやりだまつてゐた。」ということだったらしい。

その二人の関係を、短いがお互いに激しく燃えた恋として物語ろうとしたのが、『林芙美子長篇小説全集』に入れるため小説ふうにした「憂愁日記」（帰国後の十二月二十四日まで）であり、それと同じ内容だが少し短い西洋体験記（帰国途中の五月三十一日まで）がのちの『巴里日記』なのである。『巴里日記』では、西洋体験の物語が白井晟一との恋物語へ向けて盛りあげられ、その頂点がモンモランシーやフォンテーヌブローへの旅の部分になるはずのところ、さすがにそこは具体的に書くわけにはいかなかったということではないだろうか。

パリを去る日を十一日遅らせたのも、その西洋体験の最も芙美子らしい高揚部分を十分に書くためだったのではないかと思われてくる。事実、恋愛感情の高揚と日本への望郷の思いがからみあったパリ最後の二週間ほどは、最も読ませる部分になっている。

ただ、たとえば次のような一節を読むと、日録の時点ではなく帰国後何年かして書いた、出来すぎのような文章という印象を禁じ得ないのである。パリの十一日分の暮らしの事実は特にないまま虚構をふくらませているのだとしたら、それも当然ということになるであろうが。

私はいま、Sを神様のやうに愛してゐる。

親愛な巴里よ。だんだん言葉や、土地がわかりかけてくると、私は巴里の美しさにいまさら深く溺れてゐるのに驚いてゐる。巴里の街の美しさは非常なものだ。並木の、マロニエの葉の、うつさうとした叢《むらが》り、何層と積みかさねられた古い灰色の建物、グリンや、ピンクや、黒い広告塔、セエヌの河の水は、濁つた藍緑色で、速い水脚で流れて行く。フローベルの、幸福な美しい恋と規則だつた生活もある巴里、ボードレールや、モジリアニの貧しさに徹することも出来る巴里、私にとつては、こゝは親愛な都「巴里」である。（五月十三日）

昼過ぎに、シャトウ通りまで散歩。ごみごみした街や、人通りのない高架線や、労働者ばかりはいつてゐる居酒屋だの。私はとある野菜屋でくさつたやうなバナナを買つて、淋しい高架線の橋の上で食べた。

（略）私は人通りのない陸橋の上で、空をゆく初夏の雲を見て、運命を雲にたづねるやうな気持ちだつた。易《うつ》りやすい雲の流れは、見てゐてはかないものを誘つてくる。この貧困《ミゼール》と愛とを私はいつたいどうしたらよいのか！　無鉄砲な生活をおくることも出来ない。

モンパルナス駅の汽車の汽笛が遠く響いてくる。

この陸橋の上は自動車も通らない。富有なＳ氏はこんな街裏の景色には眉をおひそめになるだらう。

Plongé dans la débine extrême.

あゝひどくおちぶれてしまつてゐる。

バナナの皮を思ひきり遠くに投げてみた。線路より近い日蔭にバナナの皮は落ちて行つた。

（五月十五日）

帰り十二時。日記の余白に、Ｓ氏の筆蹟を見る。「明日は、あなたが、あんなに帰りたがつてゐた日本へたてるのだ。おめでたう、元気でいらつしやい」暫くその文字をみつめてゐる。私はこんな愛情には臆病になつてゐるのだらう。私は日本の可哀想な私の家族を忘れることがどうしても出来ません。Ｓ氏よ、あなたはあなたの幸福輝くばかりの道があるでせうし、私には私の道があるのだらうと思ひます。貧しい私は、貧しい人達とともに歩む道しかありません。あなたとの、こゝの恋の日の想ひ出こそ、私は永く心に銘じて、私は私の道に孜々として励みたいのです。

あなたは肉体も精神も、すべてに亙り富有な人です。あなたを囲む沢山の御家族をこめて輝かしきあなたの人生に、私はほんたうはすくんでしまつてゐるのかもしれません。私を一人にしておいて下さい。

茨より葡萄を、薊より無花果をとる者あらんや……。（五月二十一日）

ともあれ、パリを去る日を十一日遅らせて書きこんだ部分は、虚構であるにせよ充実感がある。『巴里日記』のなかでも最もよく知られた部分であろう。高揚した恋愛関係を語るだけでなく、日本で読めなかった本をたくさん読んだというその書名を点綴し、絵画や音楽への言及も多く、作家として大きくなろうとする芙美子の野心を秘めた勉強日記といった一面もある。しかもアリアンス・フランセーズへ毎日のようにかよったことにして、級友たちとのつきあいを語り、パリを去る日、ヒルダの下宿で「市場《バザー》を開」いて持ちものを売り、「数かぎりもない沢山の友情にむせさうになつてしまふ。」と書く。

それはおそらく、芙美子が手に入れようとした「第二の青春」ともいうべきものだったにちがいない。彼女はそれを帰国後あらためてつくり直しているのだといえるであろう。それはまた、高等教育に恵まれなかった当時の女性が独力で手に入れた「私の大学」というべきものでもあつたことがうかがわれるのである。

横光利一は昭和十一年二月二十日、神戸から日本郵船の「箱根丸」に乗りヨーロッパへ向かう。その旅日記『欧洲紀行』は、二月二十二日に門司港を出るところから始まっている。船は上海、香港、シンガポール、ペナンを経ていくが、彼にとって二度目の上海は「ロンドンと匹敵する大都会」で「忘れ難」く(「静安寺の碑文」)、香港では「港の景観」から素直に「旅の幸福」を感じとっている。シンガポールでは「花の襲撃、香の交響。文化の錯雑。植物の豊饒」に驚く。なかでもマレーのペナンは最も気に入り、「まことに雅致掬すべき街」だと思う。(以上『欧洲紀行』)

それらの港はすべて英国の植民地だったが、二十年前に島崎藤村が寒心に堪えないと見たのとは違い、横光は植民地アジアの町々に素朴な親しみをもち、「植民地の勃興」を感じて旅の見聞を楽しんでいる。おそらく、藤村の時代のあと、南洋進出が一挙に進んだ昭和期の日本人に共通する思いがあったのにちがいない。だが、コロンボから先のアラビアやアフリカの岩と砂の世界はとりつくシマもない。茫漠たる「不毛の地」を行くうち体が変調をきたしてくる。

エジプトへ上陸し、ピラミッドやスフィンクスや博物館の発掘物を前にすると、「われわれの知覚は通じなく」なり、「却つて興ざめてしまふ」。いよいよ虚無的になってくる。が、エジプトの古代文明が「われわれの近代文化を支配してゐる根幹の知識とは全く別種の豊かな知識」をもつものだということも感得されるようになる。

そのあと待望の地中海へ入ると、心に「エジプトの疲れ」があってすぐにはうまく反応できない。が、「旅客の心理はいかに隠しても複雑になつて来る。」それは心の底に「ふん、何が地中海だ。」という思いが「どこからか隙間風のやうに」やってくるからである。「こんな心理がもぞもぞし始めたら、もう旅行記といふものは安全に書けるもんじやない。恐らく、私は幾多の無益な闘争をこれからもしつづけなければならぬことだらう。困つたものだ。」（以上『欧洲紀行』）

『欧洲紀行』は結局、その「幾多の無益な闘争」の記録になっていくのだが、それは横光個人の心の混乱を正直に語ったものであると同時に、当時の洋行日本人が仲間うちで勝手に口にしていた西洋についての雑多な考えをいちいち反映したもののようにも見えてくる。ひとりで現地へ飛びこむ前に日本人仲間のあいだでいわれていたことを、彼はごく素直に受けとめるところがあったようなのである。

というのは、横光はひと月余りの日本船の生活をたいへん居心地よく思っていて、船客船員すべてと友達になり、船のなかで何か足りないものはといえば「孤独」だと書いているほどなのだが、「孤独」を失った作家のこんな感想が書きとめられている。

……船客たちはそれぞれますます親しくなつてしまつた。科学者あり、軍人あり、領事あり、社長あり、重役あり、官吏あり、経済学者あり、裁判官あり、これら異つた職業の人物ばかりが、一家団欒して、階級を去り、年齢を忘れ、互に心事を語つて生活する。このやうな美しく、利益ある生活をすることは陸上では恐らく不可能なことだらう。なるほど人生の楽園は欧洲航路の船上にあると云はれるのはこの事だと初めて気がついた。

この種の「一家団欒」のなかで、日本と西洋との関係について、昭和も十年代に入った当時の日本人が往々にして大言壮語しがちだったことばが、横光自身の文章からも見えてくるようだ。たとえば、ヨーロッパ人は「頭が悪い」とか、「小さい小さい。あれじや東洋が問題になるのは当然」とか、ヨーロッパ人は「頭が悪い」とか、「役人たちは外国へやられる事は受難だと思つてあきらめてゐる」とか、「日本の旅客飛行機に使用してゐるモーターほど優秀なものは、世界にはない」（以上『欧洲紀行』）とか、自然科学でも日本は「早やヨーロッパの行き得られる限界まで行ききつてゐる」（「厨房日記」）とかである。

『欧洲紀行』によると、彼はマルセイユへ上陸して街を見てまわり、人々が「疲れて、青ざめて、沈み込んで」「誰一人笑つてゐるものがない」ことに気がつく。彼は「一家団欒」の仲間たちに「笑つてゐるものを見つけたら教えてくれ」と頼み、だれも見つけられなかったので、「これがヨーロッパか。――これは想像したより、はるかに地獄だ。」と思う。そしてこうつけ加える。「本国を捻じ倒してゐる植民地の勃興は現代の一大事実になつてゐるのだ。」

彼は汽車に乗ってパリへ向かうが、おそらく仲間たちとの談笑のうちにありながら、窓外の自然の美しさにとらえられ、恍惚たる思いを味わう。「桃杏一時に開く」ローヌ河畔の眺めを前に、「私は冷やかに眺めることばかりに努力した。けれども、どうにも美しい。」といわざるを得ない。しかもそう書いたすぐあとに、「ふと気がつくと、なお植民地の勃興を考えてゐるのである。」と、またも書き加えずにいられないのだ。

この「植民地」を新興国とか新興地域ということばに置き換えれば、おのずから横光の祖国日本が含まれることになる。小説『旅愁』（初出）のなかのことばを借りるなら、ヨーロッパによって「絶えず屈辱を忍ばせられた」側の「勃興」ということになるであろう。

ところが、横光はパリに着いてから「文化の相違のために眼をまはし」てしまう。そのため、一週間ものあいだ日記が書けない。その空白のあと、彼はこんな文章で再び書きはじめる。「私はここの事は書く気が起らぬ。早く帰らうと思ふ。こんな所は人間の住む所じやない。」「私の頭の中では、渦が幾つも巻きつづけ、衝突し、崩れ、巻き込み合い、不断に変化をつづけていく。私がひとり部屋に帰り、夜更けて思ひ浮ぶ風景は、通つて来たアラビアの砂漠である。」「実はパリーから受ける私の印象は、廻るカツトグラスの面を見てゐるやうに日日変化してやまぬ。その日の結論は、前日の結論とは反対になり、次の日はまた前日とは趣きを異にしてしまふ。ぐるぐる廻る結論に絞め上げられると、思ひ悩んで黙る以外に能はなくなる。」

ほとんど悲鳴をあげているのがわかる正直な文章だと思うが、彼はまたこんなふうにもいっている。「街はどの一部分をとつてみても絵になつてゐる。画家は虱みたいになる筈だと思ふ。しかし僕などすぐこんなものにも飽きて了ふ。」画家にとってはよくても自分にはもうひとつ関わりようがないという思いは、林芙美子がパリを見たときの最初の印象に通じるものがあるのが興味深いところである。

「早く帰らうと思ふ」と書いても帰るわけにはいかない横光は、自分がいまパリにいるということをどう考えたらいいのか、そのパリとどう関わればいいのか、まるでつかみどころがないといった状態で鬱々とすごす。「殊に雨にでも降り籠められれば、建物の黒さが身の除けやうもなく心に滲み渡つて来」て、「何ともかとも身の持ち扱ひに困る」というふうに、異郷の孤独に耐えかねている。あげくに「たしかに少し神経衰弱の気味がある。」と書くに至る。パリ到着後ひと月余りという五月はじめのことである。

その後彼は五月四日にロンドンへ渡り、九日まで滞在、ペンクラブの会合に招かれ出席する。一日ロンドンの街を歩き（「どこを歩いてどこへ出たのか分らない。」）、あとは花盛りのホテルの庭が気に入って外へ出る気にもならない。仕事をするわけでもなく、林芙美子がパリを逃れてロンドンでたくさん原稿を書いたのとは違っている。（林芙美子『旅だより』によると、ロンドン時代の二月五日原稿三十枚、八日三十枚、十一日十八枚といった具合。）

往復とも飛行機の旅である。あっという間にパリへ帰ると、「私のロンドン行は、パリーを見直すために行つたやうなものだ。」という思いをいだく。彼は「家へ帰つたやうな気持ち」でパリの街を歩き、「飽かず街々を眺め廻」すのである。

パリで横光が考えたことのなかでいま読んで興味深いのは、人間の経済社会の行き着いた姿をパリに見ているようなところである。それは同時に、国際化ということをも含む「近代性」

の究極の姿をそこに見る思いだったのかもしれない。彼は早くもパリ到着後十日ほどの時点でこう書いている。

人間の資本は金だといふこと——この簡単なことが、この巴里へ来て初めて分る。われわれは、資本を金だと容易に思へるものじやない。文化の頂上といふものは至極透明なものだ。洞察などといふ厄介なものは、不用で経済の割に合はぬ。ここでは何もかも向うが透いて見える。こんなガラス製の家の中では、人間の心はどこへ置いて良いものか誰だつて迷ふのだ。恐らく道徳もわれわれの想像したものとはよほど縁遠いものにちがひあるまい。

「近代」の行き着く先は、経済のシステムとその意味が隅々まで素透しになっている世界にちがいないが、その「ガラス製の家の中」では人間の心を休める場所がない。あるいは、金と心が同じものになってしまわなければ安心できないはずだ、というのが、彼がパリで暮らし始めてすぐに直感したことだったのである。彼はほかの場所で、パリには「リリシズム」がないとか「感情」がないとかいっている。

ヨーロッパへ向かう船の上で、彼は「文化の頂上」を行先に見る思いでこんなふうに書いていた。「印度洋を廻れば未開の地から漸次にヨーロッパの文化の頂上へ行くのである。つまり彼らの長い歴史を通つて現代へ現れるやうなものだ。これに増した豊富な実験は先づこの世ではあるまい。」そして半年後、その「文化の頂上」を見て帰ってくるとき、彼はシベリアの原野を見ながら、「ヨーロッパの智的文化が、ロマンチックな儚い城に見えてならな」い、といった思いをいだくのである。

横光は六月十七日から大陸諸国へ旅をし、ドイツ、オーストリア、ハンガリー、イタリア、スイスをまわって七月三日にパリへ帰る。「万事万端、自分で」して「種々の実益」を得たひとり旅であった。彼はその旅でようやく自信を得たのか、「大きな旅行は一人に限る」と思い、また「旅から帰る毎に深みのさらに増して来るのは、いつもながらパリーの不思議さだ。」というふうに、前より落ち着いた見方ができるようになる。

同時に、自身の渡欧直後をふり返り、「ひどく興奮して、あへいでゐる様が、いろいろに思ひ出され、自分も高い峠を越したものだと、振り返る気持ちが強い。」と書く。「文藝春秋」に二回目の渡欧通信「失望の巴里」が出ているのを読んだときの正直な感想である。

有名作家として人に助けられるのではなく、日本人同士の居心地のよさに甘んじるのでもなく、そこから出て「万事万端、自分ですると云ふ事が、何物にも換え難く良い」とようやく思い知った旅だったが、横光は自分の足で歩くというより車や飛行機の移動を好み、たとえばブダペスト・ヴェネツィア間のような短い距離でも「面倒なので」初期の旅客機を利用している。滞在した都市のうち、ミュンヘンやウィーンやミラノはほとんど歩かず、少しは歩いたのがインスブルックとヴェネツィアとフィレンツェで、彼が最も好んだのは、当時の日本人で好む人が多かったブダペストとスイスの諸都市だった。

帰り着いたパリは、社会党党首レオン＝ブルムの第一次人民戦線内閣のもと、罷業《ストライキ》が広まり、スペイン内戦のニュースがしきりに伝わるなかで、いわゆる「巴里祭」を迎えることになる。左翼と右翼がつばぜりあいをする革命記念日である。横光は赤旗と三色旗がまざるデモの群衆を見て歩く。世界が「類例のない暗転の舞台に入りつつある」（「厨房日記」）とき、「暗転」の光景のひとつをしっかり見ておこうとするのである。彼は正宗白鳥ら先輩作家たちとは違い、いわゆる時局的な事柄に対してきわめて敏感であった。その十日後、彼はパリを引きあげ、ヒトラーの晴れ舞台となったオリンピックを見るためベルリンへ飛ぶことになる。

その年のちょうど同じころ、島崎藤村はアルゼンチン・ブエノスアイレスへと向かい、国際ペンクラブ大会に出席したあと、アメリカ経由でパリを再訪している。第一次世界大戦時のパリの二十年後である。六十四歳の藤村は「以前とは違つて何となく荒んで来た町の空気」を感じとっている。「物情騒然」の感がある。「罷業は一種の流行物のやうになつて、そこの町こゝの町には毎日のやうに起つてゐる」「仏蘭西は病みつつあるのだ、さうわたしは考へるやうになつた。」

藤村はかつて三年もフランスで暮らしながら、「こゝにあるものは何か自分には物足りないやうな気がして仕方がなかつた」ということだが、二十年後のフランスは「賞多くして文学の衰へたためしをこの国に見つけることも、心苦し」く、全体に「頽勢」といったものを感じざるを得ない。かつて多かった北米や南米の客もいまや少なく、ホテルの食堂で見ていても、「毎日のやうに何かの出来事を待ち受けるかのやう」な人々の「落着きのない不安な表情」が気になる。おそらく藤村もまた、横光のいう時代の「暗転」をはっきり感じとっていたのである。(以上『巡礼』)

『欧洲紀行』という横光の旅日記は、作家の日記として決して読みやすいものではない。「文化の相違のために眼をまはし」た旅行者の心の混乱がありのままに見てとれるが、パリに落ち着いてからもその混乱した印象は変わらない。折々の「考え」が生硬なことばで投げ出すように記され、ただひたすら観念的で、具体性がほとんどない。ようやく「写生が出来るやうになつて来た。」と書きながら、描写というべきものがほとんどない。

旅をして、窮屈な意識から自由になっていくところがないのが不思議なほどだが、これが書くべきことのすべてだったとも思えない。むしろ、考えたことだけを報告するつもりで、「断想」の形式の日記を書こうとしたのかもしれない。だが、そのために、脈絡のない想念がとりとめもなくひろがる多分に神経症的な世界という印象のものになっている。同様に、「厨房日記」に記録されたダダイスト詩人トリスタン・ツアラとのやりとりも、巴里ポルザ万国知的協力委員会での講演の記録「我等と日本」も、冗舌なことばの混乱がむしろ貧寒たる印象を与えかねないのである。

『欧洲紀行』のなかで、横光自身はこんなふうに説明している。

……私の通信は、巴里そのものを書くのが目的ではなく、私といふ一個の自然人が、この高級な都会の中へ抛り出され、形成されてゆく心理の推移を、偽りなく眺めるのが目的である。

たしかに横光は、フランスのような先進文明の地で自分がどう反応するかに興味をもっている。偽りなく自分を語りたいとも思っている。だが、「人工的」な西洋文明という考えばかりが強くなると、自らをことさらに「自然人」として意識することにもなってしまう。過去十年以上のあいだ、彼は日本社会の都市化大衆化の現象に敏感に反応しつづけ、もともとの素朴な性質と先鋭な近代人意識がアマルガムのようになっていたのが、ヨーロッパに接するとともに近代人意識が混乱をきたし、それをいっそ投げ捨ててしまおうとするようになるのである。

彼は自らのうちの純粋な自然人性をほとんど誇張しはじめる。その無理から、やがて彼のいう「自然人」は「日本人であるということ」とイコールになり、頽廃した西洋文明に対して「稲穂の健康さ」の側につくことを意味する、というところまでいく。それは、すでに渡欧前『紋章』などの作品で考えられていた独自の「日本主義」の方向を、あらためて確認することにもなっていく。

小説『旅愁』は、帰国翌年の昭和十二年から二十一年にかけて十年近いあいだ書き継がれ、未完におわる。前半の舞台はヨーロッパだが、後半は主人公帰国後の日本で、「日本回帰」の思想が執拗に探られて、行き詰まる。

主にパリが舞台の前半は、久慈と矢代という二人の青年の議論が中心になっている。二人はあまり目的のはっきりしない滞在者で、フランス語を本気で学ぶ様子もなく、フランス人ともほとんどつきあうことなく日本人仲間のあいだに坐りこみ、フランス文明に対するお互いのポジションについて、際限もなく意見をたたかわせる。

久慈はいわゆる「ヨーロッパ主義者」で、「科学」を信じ「知識の普遍性」を疑わず、「世界のヒューマニズムに参加」し「世界共通の宝を探す」ために生きようとする。他方、矢代は西洋文明と東洋文明のあいだの溝を痛感し、「足場の一つもないこの大断層にどうして人々が橋をかけるか」ということについて絶望的で、いわゆる「東洋主義」に傾かざるを得ない。その二人の対立は、西洋イコール科学（合理主義ないし物質主義）という見方から、「科学主義」対「東洋主義」の対立として説明される。

だが、時にもうひとりの「東洋主義者」東野も加わるその議論は、どこか洋行の船の仲間たちに始まる滞欧日本人グループの勝手な放言の小世界を思わせる。仲間の「一家団欒」からやがて生じる小ぜりあいが語られるようでもある。あるいは、もっと一般的に、旅行者がいつの時代にも思いつきがちな短絡的な比較文明論の不毛なからみあいのようにも見える。

つまり、全体に旅先だからこその浮薄さがあって、たとえば矢代が千鶴子との恋愛を「旅愁にやられてしまつた」結果だと考え、偽りのもののように思うのと同様、男同士のまじめな議論も、十分地に足がついたものとは思いにくいのである。「パリに総がかりで攻めよられた」人たちのひとりよがりなことばの増殖を、読者はただただ見守るほかはない。

おそらく、昭和戦前期の日本人洋行者のひとつの姿がここにあるとして、それを戯画として描けばまた違う小説になったはずだが、作者自身「東洋主義者」の側につきすぎていて、戯画を描く眼はなかなか出てこない。戯画でないならば、議論そのものが深まっていかなければならないが、一向に嚙みあわない議論が深まる契機はどこにも見出すことができない。

『旅愁』には、そんな議論とは別に、矢代ひとりの思いが語られる部分も多く、そのなかには横光自身の経験がわかりやすく表現されているところもある。次のような一節は文章としても自然で、横光が固い身構えを崩してようやくパリを受け入れようとするさまが語られている。

冬はまだ全く去りかねたが、そのうち食事もやうやく進むやうになつたある日、矢代と久慈とアンリエットと三人で、オートイユの競馬場にいつたことがあつた。この日は空もよく晴れていて、栗の林に囲まれた広い馬場の芝生の中で走る馬の姿は、それまで麻痺してゐた矢代の感覚を擦り落してくれた最初の生き物の美しさだつた。日本でも見馴れた洋種の馬とここの馬の共通した栗毛の光つた美しさは、捩子《ねぢ》の利かない瓦斯にぼツと火の点くやうに、あたりの景色の美しさまで急に頭に手繰りよつて来るのだつた。競馬の終りの夕刻のころになつて、急に春寒の野に霙が降つて来たが、最後の障害物を飛び越した馬は騎手を振り落し、すんなりとした裸体で芽の噴きかかつた栗の林の中を疾走してゆくその優美さ——矢代は霙に降り込められつつも立ち去ることが出来なかつたその日の夕暮の感動を今も忘れない。

この日あたりから、矢代はパリの静かな動かぬ美しさが少しづつ頭に沁み入つて来たといつて良い。彼は一人セーヌ河の一銭蒸気に乗つて河を下つても見た。またバンセンヌの森へも行き、サンジエルマンの城にも出かけた。モンモランシイや、フオンテンブロウの森などとパリの郊外遠くまで出かけてもいつた。一度パリからこのやうに外へ出かけ、さうしてパリへ戻つて来る度びに、この古い仏閣のやうな街の隅隅から今までかすかに光りをあげてゐたものが次第に光度を増して来るのだつた。

かうして、矢代は今までぐらぐらと煮え返つてゐたやうな頭の中の動きが、街の形に応じて静まるのもまた感じた。さまざまな疑問は疑問として彼は解決を急がうとはしなくなつて来た。急いだところで分らぬものは分らぬのだつた。……

ここでは「オートイユの競馬場」とあるが、『欧洲紀行』を当たってみると、五月十日の項に「ロンシヤンの競馬を見に行く。」とある。オートイユという地名は七月十三日に出てくる。住宅地オートイユに住む日本人の招待でアパルトマンを訪ね、何人もが集まって翌未明まで談笑し車で送り帰されたということで、一緒にサン・クルーの森は歩いているが競馬場へは行った様子がない。

ロンシャンもオートイユも、ブーローニュの森のなかの競馬場である。オートイユの住宅地はブーローニュの森の東南端に接している。『旅愁』には「冬はまだ全く去りかねたが」とあるので、七月十三日のオートイユではなく、五月十日にロンシャンの競馬場へ行ったときのことと見て間違いないであろう。横光がロンドンからパリへ帰った日の翌日、渡欧後ひと月半という時期の経験ということになる。

『欧洲紀行』のロンシャン競馬場の記事は三行のみ。きわめて簡略で、経験といえるほどのことも書かれてはいない。横光は帰国後時をへて思い返し、『旅愁』というフィクションにつくり直すとき、競馬場でのことがはじめて経験らしく生きてきたということかもしれない。

はじめ横光は、パリに「近代」の極北としてのやや抽象化された姿を見ていた。経済的意味がいちいち素透しになっている「ガラス製の家」であるパリは、金だけがすべてで「人間など通用しない」ような街であり、それはまた「近代」が行き着いた「恐ろしい退屈と虚無」の世界で、「どこの国のものでもなく、パリーと名附けられた特別の国」なのだと彼は考えた。が、四カ月滞在してベルリンへ向かうとき、おそらくパリは彼の目に幾分かリアルなものに変わっていて、彼はひそかにパリを去りがたく思う。そして、「地球の上にこのやうな都会が一つあるのは人類の誇りであらう。」と書く。

ところで『旅愁』は、矢代と千鶴子の恋愛関係を追って後半は矢代の帰国後の話になる。矢代はパリで千鶴子とのことを、「日本を離れた遠いこのやうな所にゐるときの愛情は病人と何ら異るところはない」から、もうひとつ信じきれない偽りめいたもののように思うところがあった。彼は帰国後も、千鶴子との関係をそのまま進めるのを躊躇する。それは「こんなにまで向うところちらが違うものだ」ということを彼が身に沁みて感じ、何より「異国といふ幻影を払ひ清める」ことから始めなければならないと思うからである。それは一種の「みそぎ」のようなものだが、そのために時間をかけ、「夢」ではなく「現実」のなかであらためて愛を確認し直そうとするさまが語られる。が、それもほとんど千鶴子を置き去りにしたまま、矢代ひとりのこだわりばかりが説明されるのである。

それに加えて、かつて矢代の先祖がカソリック大名に滅されるということがあったにもかかわらず、その過去を乗り越えどのようにしてカソリック信者の千鶴子と結ばれるか、という問題が設定され、それが後半のプロットを導いていく。

その後半部をつうじて、日本と日本人のアイデンティティーを求める矢代の求道者のような姿勢はますます強まり、やがて「祭政一致」の「美」といった考えとともに、奇妙な場所へ入りこむことになる。純粋に日本的な「古神道」に世界に通じる論理や価値を見出そうとして、ほとんど妄想めいた言辞を連ねるようになっていく。

実際、読者があくまでそれを追うのは次第にむつかしくなっていくが、『旅愁』がそうなってしまったのは、パリの場面で主に矢代と久慈が「東洋主義者」と「ヨーロッパ主義者」を代表してくり返す論争が、一向に深まることなく空疎なままにとどまっていたことの当然の結果だといえるであろう。その思想的内容がお粗末なまま、議論が堂々めぐりするばかりだったために、作者は帰国後の矢代の考えを正しく深めていくことができなかったのだというほかあるまい。

横光自身の西洋近代批判は、ヨーロッパよりはるかに古い、近代以前の諸文明のほうから見た相対化というところが当然あったのにちがいない。広い文明史のなかで考えた「近代の超克」論といったものになるのが自然だったように思える。それがそうはならず、同じ近代社会において西洋と日本を対立させるという方向へ行ってしまう。シベリアの広漠たる自然の彼方に西洋近代は消えていったとしても、日本へ帰ればまた日本の近代のなかに西洋は甦り、目が離せない強大な文明としてあらためて立ちふさがってくるからである。

だから『旅愁』は、西洋近代と日本を狭苦しく対立させる書き方に終始している。それはやがて、太平洋戦争の「思想」とぴったり重なるようなことになってしまう。文壇出発時からきわめて時流に敏感だった横光である。そもそも彼の西洋体験自体、時流の最先端でヨーロッパと接した体験だったといえるであろう。『欧洲紀行』や『旅愁』を読むと、ひとりの作家の身の上に当時の切羽詰まった日本国がそっくり体現されているようで、何ともいえず不思議な気持ちにならざるを得ない。

作家というものは、時に国や社会の問題をみずから体現してしまうということがあるのかもしれない。西洋諸国と戦うファッシズムの日本がまともな現実感覚を失っていったのと軌を一にして、横光はいわば国の病状を一身に引き受け、『旅愁』執筆の十年間の苦労をつうじて、ますます病気をこじらせていったというふうに見えるのである。

「西遊」の時代おわる
――中村光夫・吉田健一・森有正

横光利一の「西遊」の三年後、ヒトラーのドイツがポーランドへ侵攻し第二次世界大戦の端緒となる。以後日本人の「西遊」の道は断たれることになるが、開戦の一年前、つまり横光の二年後の一九三八（昭和十三）年にパリへ渡った若い留学生がいた。日仏交換留学生中村光夫で、中村は一年ほど滞在、戦争の勃発によりやむなく帰国することになる。

最初の著作『フロオベルとモウパッサン』中の諸論文をすでに書き終えていた仏文学の学徒中村光夫にとって、フランスでの一年間は、研究対象の異文化に馴染むにつれ、彼の青春そのものとしてかけがえのないものになったようだ。その一年をくわしく記録した滞在記が『戦争まで』という大冊になっている。彼はまずパリで暮らし、イタリアへ旅したりしたあと、ロワールの谷の中心都市トゥールへ移り、三カ月ほどフランス語学校へかよったところで帰国させられる。それだけの経験だったが、中村は「この戦争前のフランスに一年でも暮せたのは非常に幸運だつた」とくり返している。

それから三十年以上たった昭和四十七年、中村光夫は戦前のフランス体験を材料にした長篇小説『平和の死』を書く。西洋史専攻の若い学徒を主人公にした開戦直前の日本人留学生たちの話である。パリの留学生が「男たちだけで一種の共同生活を送」ったその「一種ストイックな集団の雰囲気」を書こうとした、と中村は同書の「後記」にしるしているが、横光利一『旅愁』の舞台から日本人女性が消えたあとのパリが描かれているともいえる。なお、その「後記」には、「昭和の初期は知識階級がもつとも無気力になり、自信を失つた時代ですが、同時にその虚心が彼らをヨーロッパに前後に例がないほど近づけたやう」だという説明がある。

いわゆる軍国主義の時代の知識人の無力ということである。作者は戦後三十年近くたってからそうふり返り、作中の知識人青年たちの一様な親仏感情を理由づけている。横光の『旅愁』の人物たちが、ヨーロッパに対する各自のポジションの違いについて、ほとんど不毛な議論をつづけるのとは違っている。中村のほうには「ヨーロッパ主義者」と「東洋主義者」の対立などはない。彼らはすでに祖国を「野蛮国」と見ており、「文明国」の首都パリに一日も長くいたいと思うという点で共通している。ナチスのドイツを嫌って「自由の祖国」フランスを讃美する気持ちが強い。主人公はナイーヴな「パリへの憧れ」をもちつづけ、それが「彼の心のなかでもつとも純粋な部分」になっている。

『平和の死』は、戦後あらためてそんなふうに説明し直されている小説である。主人公の青年昌一は、「自分こそエリットといふ気持が、ごく自然に持てる」ように育ちながら、軍人支配が強まる祖国ではもはや生きる道を見出せなくなっている。彼はアメリカへ帰る日本人画家とその娘との関係で、アメリカへ逃げることができる立場にある。が、彼は本気で「亡命」を考えることもできず、パリにとどまりたいという漠然とした思いから一歩も先へ進むことができない。

自信をなくした日本の知識人を、「前後に例がないほど」ヨーロッパに近づけることになったという大戦直前の時代、中村光夫自身フランスに虚心に密着できたということだったのにちがいない。その経験を語った『戦争まで』は、故国の不愉快な現実のなかでフランスの日常をこまごまと再現し、愛惜の気持ちを十分にあらわしたものになっている。そこに浮かびあがる中村の青春は、きわめて知的でありながらナイーヴな感情をみずみずしくたたえたものである。西洋理解という点でも、横光の世代より一段とこまやかな、行き届いたものになっているのがわかる。

その点、若いだけにずっと素直なのだが、最初パリに圧倒されて目をまわしたのは横光と同じだったらしい。パリ到着後いかに振りまわされたかが正直に語られている。「見るもの聞くものがすべて珍しく新鮮」で、その印象は「実に目眩ひがするほど雑多で」「無我夢中」だったが、それは「云つてみれば初めて女を知つた時みたいなもので端からみればばうはずつて見えるかも知れ」ないという状態だった。

その後、留学生仲間と車でイタリアへ行き、ルネッサンス絵画を「無我夢中で見てまは」ったが、古い絵画の世界が「丁度お伽噺にでて来る魔法の杖で造られた花園」のようで、そこへ「夢中でまよひ込んで行くと、そのけんらんとした美しさは到底此の世のものでは」ないようだった。「あとから考へるとまるで夢のやう」とか「夢のやうな印象」とか、「夢」ということばがくり返されている。

横光利一がパリ到着当時を「ひどく興奮して、あへいでゐ」たとのちにふり返っているように、中村も「端からみればうはずつて見える」ほどだったという。ナイーヴすぎるようなところがあったのにちがいがない。だが、やがてその興奮がおさまると、今度はパリの毎日が妙に単調に感じられ、異邦人の孤独を強く意識しはじめる。自分が「なにかガラスの箱にでも入れられた動物みたい」だと感じ、「賑かな街のなかで、ひどく寂しい暮しをして」いると思うようになる。「一種の神経衰弱かも知れ」ないとも思う。二年前に横光も「たしかに少し神経衰弱の気味がある。」と書いていた。

中村光夫はその後パリを離れて田舎暮らしをし、「神経衰弱」を克服して、フランス語学校へかよう毎日を楽しむようになる。『戦争まで』はその毎日の記録がくわしい。これこそ自分の青春だという思いがあったようだ。すでに日本で「フローベール体験」というべきものを経ていた二十八歳の中村は、フランス文明にじかに触れた手応えがそれに加わり、のちの評論活動のための基盤と自信が養われることになったのであろう。在仏たった一年ながら、彼は「ほんものの西洋体験」を手に入れたという思いが強かったのである。

帰国後中村はまず二葉亭四迷伝を手がけ、戦後は『風俗小説論』を書いて反響をよんだ。『風俗小説論』は、日本の近代小説の歴史を通観し、自然主義から私小説の「理想」が生まれ、それが頽廃して戦後の風俗小説の流行に至るという道筋を示したうえで、その歴史がいかに偏頗な、奇形的なものであるかを強調している。

一読して気づかされるのは、明治末年以来の文壇小説史を、太平洋戦争の敗戦に至る日本の近代史と重ねた論になっていることである。「戦争が一面において明治以来の我国の『近代』の帰結であるとともに他面においてその否定と崩壊とであつたやうに、風俗小説といふ小説俗化の形式も、或る意味で我国の『近代文学』の欠陥の露呈であるとともに、その解体と否定でもあつた」と見、「文学の理想像として私小説以外のものを何も樹立し得なかつた」のは「西欧の文化を慌だしく歪んだ形で受取つて、それなりに畸形の発達をとげざるを得なかつた我国の近代と近代精神の不幸にもとづくとも云へ」るという論である。その意味で、日本の近代史を批判的に検証した敗戦直後の「戦後思想」のひとつと見ることができる。

中村はもっぱら西洋十九世紀小説との比較により、日本の自然主義リアリズムの歪みを浮かびあがらせる。島崎藤村の『破戒』の翌年に田山花袋の『蒲団』が出、以後『破戒』のあとを継ぐ仕事は出ず、『蒲団』の方向の仕事ばかりになることを、「我が近代文学史上宿命的な事件」だったという。その『破戒』から『蒲団』への道は「滅びにいたる大道」であり、「決定的な時期に犯された過誤が今日まで大きな病根を残してゐる」というのだが、そんなふうに文学史としては大仰すぎることばがつかわれているのは、「このことは明治文化のすべての領域における日露戦争後の変質について云へるかも知れ」ないという考えがあるからである。

この論の依って立つ基盤は、モーパッサンやフローベールに学んだ「小説の本道」の考えであり、また中村光夫の青春そのものだった一年間のフランス体験だといえる。中村はそれらをしっかり踏まえて、『蒲団』以下の小説の西洋十九世紀小説との違いを説明しながら、日本の作家の「誤解」あるいは「浅薄な知解」をあげつらっている。若き日の「フローベール体験」とフランス留学体験を、戦後の貧しい現実のなかでほとんど絶対視して語っているようにも見える。

日本の私小説の特殊な性質がどこから来たのかについては、もっといろいろに説明できるであろう。が、『風俗小説論』では日本の作家の「誤解」を問題にするばかりで、私小説固有の性質を掘りさげるほうへは向かわない。私小説が西洋十九世紀小説の「社会性」を欠き、いわゆる多元描写のリアリズムによって「作者をはなれた人間典型を創りだす」「小説の本道」「近代小説のイロハ」を無視していることをくり返し批判するかたちになっている。

二葉亭四迷以後の日本の作家たちは、熱心に西洋文学に学ぼうとしながら、同時に少なからぬ違和感をいだき、悩みつづけていた。キリスト教を拒んで容易に英文学に馴染めなかった夏目漱石の例をあげるまでもない。文壇内では、フローベールもドストエフスキーもトルストイも、結局偉大なる通俗小説に過ぎないと見るむきもあった。そんな違和感を「途方もない己惚《うぬぼれ》」だといい、日本の「未熟な近代」のせいにするばかりでは、一面的な論になりすぎるはずだ。西洋文明の受容にまつわる問題は、特に文学分野においては、当然もっとこまかい掘りさげの努力が必要になってくる。

じつは中村光夫は、西洋十九世紀小説に規範を求めながら、同時に日本の私小説的なものへの親近性を示すようなところをもっていたと思える。のちの『志賀直哉論』が、志賀の私小説について少なからず共感的に語って、彼の本領を発揮した仕事になっているのを見てもわかる。私小説批判と私小説好きが、彼のなかで表裏をなしているようなところを、中村自身虚心に受けとめて語る工夫があれば、やや生硬なこの論はもっとずっとふくらんだはずである。

中村光夫は『風俗小説論』のすぐあと、今度は『谷崎潤一郎論』を書く。私小説中心の文壇文学に対して批判的で、ほとんど私小説を書かなかった谷崎を論じている。だからこちらは私小説批判ではないが、にもかかわらずこれももうひとつの「日本文学奇形論」になっている。中村は谷崎については、近代人の「青春」といえるものがほんとうにあったのかを問題にしている。自らの青春体験に基く問題提起である。

フローベールは作品中に彼の素顔をあらわにすることがなかったが、彼の書簡や初期未発表作品を読むと、フローベールの青春というものが見えてくる。若いころ中村はそこに着目し、『フロオベルとモウパッサン』を書いたが、日本の作家の場合も青春あるいは青年期をくわしく見ていこうとしている。

彼の谷崎論も、谷崎文学の特質とその限界を知るために「この異常な個性の形成された過程に立会つて見」ようとする論になっている。そしてその結論として、谷崎には「少なくも智的な意味では青春がなかつた」と言い切っている。谷崎には「少年期から青年時代を経ずに、ぢかに大人になつてしまつたやうな畸形性が感じられ」るというのである。

それに加えて中村は、「社会意識のほとんど非人間的な欠如」「智性や批評精神の薄弱」「精神の未発育または小児性」といったことばを連ねた末、最後にこうまとめている。「子供の閉ぢた個性がそのまま大人になつたやうな、谷崎の精神の狭い頑固な粘り強さこそ彼の芸術の母胎であり、彼が現実に所有した『芸術の天分』であつたのです。」

その谷崎は、昭和期に至って、「春琴抄」に代表される「比類ない芸術を開花させ」る。それは「二度目の決定的な幼年期への復帰」により「彼に青春の虚妄を明かし、彼なりに『成熟と幼年期』を結びつけ」ることができたからだというのが中村の見方である。同時に「彼とその生きる時代との絶縁」が完成されることになったのだという。何とも不思議な、特殊な成熟のかたちだということかもしれない。

中村光夫によると、谷崎はそれまでの「西洋かぶれ」から脱して、「『生まれながら』の町人根性への逆もどり」をはたしたことになる。それは「いはば近代作家としての精神の喪失を意味するわけですが、彼の非凡さはこの喪失をさへ自己の芸術の完成に逆用した点にあ」るのだという。全体に、谷崎にとっての西洋がいかに他愛のないものでしかなかったかが強調されているが、谷崎の「青春の虚妄」は、主に彼の西洋体験の「幼稚さ」、浅はかさによって説明されるのである。

かつて私はその見方に反対して、谷崎の青年期をもっと本格的な「西洋体験」の時代と見て論じたことがある（『青年期　谷崎潤一郎論』）。谷崎は若いころから洋行を熱望し、家族連れでフランスへ行く計画をたてたりしながら何度も挫折し、結局生涯直接西洋を体験することがなかった。が、彼が「ほんものの西洋」を知らず理解が浅かったから彼の青春が「虚妄」だったなどということはない。私の考えでは、谷崎は明治の高等教育をつうじて西洋を受けとめ、英語力を養って西洋世紀末の「病的な近代思潮」に触れたことで彼の初期作品が生まれただけでなく、のちの伝統回帰時代に及んでも、スタンダールとの関係など、西洋文学との関係は見かけによらず本質的なものがある。少なくとも大正期までの彼の前半生は、ほとんど西洋との関係を生きたといってもいい。特に横浜在住時代は衣食住の西洋化を徹底させ、それをとことん楽しむということがあった。

それに対し中村光夫は、谷崎の西洋愛は「熱烈なわりに外面的であり、その知的な内容ははなはだ浅薄といふほかな」く、「彼にとつてのヨーロッパの文化とは、それを生んだ自然とも、またそこに培はれた思考とも切りはなされた外面的な形態のみ」のもので、「理解の程度が気の毒なほど幼稚」だと断じている。要するに「子供の心」がとらえた西洋だというのである。

谷崎が大正期に映画づくりに深入りしたこと、一時アメリカ風俗にかぶれたことも中村の嘲弄のタネになっている。中村は関西移住後の最初の長篇『痴人の愛』を、「彼の西洋との関係の総決算」と見、「ナオミの浅薄さと卑しさは、結局作者が憧憬し、生活した『西洋』の浅薄さと卑俗さに帰着する」とあっさり片づける。そして、作者が映画づくりの現場からとり入れたとおぼしい当時の若者の先端的風俗について、「少なくもその『ハイカラ』な世相を描いた部分は、今日では滑稽なほど古びて色あせた印象をあたへる」という。が、その論から半世紀以上たったいま見直してみると、逆に古びた印象は不思議になくなり、「時の腐蝕を露骨に示す、貧寒な感じ」もいつしか消えてしまっている。実際に、百年近く前の風俗画が、いまかえって色鮮やかに生きかえったように見えるのである。現代の読者で中村のように言う人はたぶんいないはずだ。

中村は戦前のフランス留学によって、これこそ「ほんもの」の西洋体験だと確信できるものがあったのであろう。そのリアルな感覚が戦後もなお残りつづけていたのにちがいない。そこから、リアリティのない浅薄な「にせもの」を撃つということになったのだろうが、谷崎の場合は憧憬、崇拝の対象である西洋と、衣食住をつうじて直接感得される西洋が別々になっていて、小説のなかでは主に前者が観念的に描かれている。一方、後者は洋行経験者に劣らぬリアルな経験になっていたと思われる。

谷崎の小説のなかの西洋は、日本とは対極的な世界として、観念的につくり出されている。

中村が留学先で「夢のやう」な経験をしているのに対し、谷崎は日本で観念的な夢をつくっているのである。それは大正期の谷崎の二元論的思想が生んだ一種の理想郷であり、またマゾヒストの心理が求める崇拝対象でもある。そんな独特な思想を、リアルな西洋理解という観点から批判しても、多分に筋違いということになってしまうにちがいない。

ただ中村光夫は、『痴人の愛』を論じて、谷崎が「西洋からうけた唯一の実質的な影響」は「恋愛または性欲の解放」だったといっている。それは、その後の彼の「伝統回帰」ものの小説の多くが、スタンダールの影響を受けて、結局谷崎流の「恋愛小説」になっているのを見れば正しいといえるのである。

「唯一」ではなくもうひとつ、谷崎が西洋から学びとったものに、のちに堂々たるものになる彼の個人主義がある。谷崎は若いころの過激なエゴイズムを乗り越えて、中年以後彼の個人主義を合理化し、ゆるぎのないものにしていった。ふつうの東京の一下町人にはとても考えられないようなものが出来ていった。西洋の影響の最も基本的なものとして、他の作家以上にはっきりとそれがあったと思われる。「『生まれながら』の町人根性への逆もどり」どころではない。そのことが大きいので、知的理解のいちいちについては、特にあげつらうまでもないことだともいえるのである。

中村光夫は『谷崎潤一郎論』の二年後、今度は『志賀直哉論』を書く。大正期の作家たちは「その異常な早熟と早老」によって昭和期には早くも「不毛と涸渇」に追い込まれ、そのなかで唯一人溌剌たる作家生命を保ったのが谷崎潤一郎だったが、大正期を代表する大きな存在でありながらその後ほとんど書けなくなるのが志賀直哉である。

志賀の重要な仕事は四十歳ごろまでにほぼなしとげられ、あとは隠居仕事のようなものになる。中村は谷崎潤一郎について、知的な意味で青春がなかったといったが、志賀直哉の文学は「本質的に青年の文学であり」「志賀直哉は彼の青春を表現し得たが、その成熟は表現し得なかつた」とし、その点谷崎とは逆になったと見ている。

中村の『志賀直哉論』は、志賀の青春を知るために、彼の人間形成に大きな役割を果たした祖父志賀直道と内村鑑三という二人の人格者との関係を語ることから始めている。志賀の反抗的青春を基本的に支えることになった関係である。

相性の問題か、谷崎論よりはるかにていねいに寄り添った論じ方になっている。論の出来もこちらのほうがずっといい。志賀直哉という特別な個性によって私小説がどこまで近代文学の成果になり得たかを、こまかく見ていこうとする論である。中村は、私小説に対する自身の親和性をおのずから語っているというふうにも見える。

それでも、代表作『暗夜行路』の作品論になると、「小説の本道」といった考えに立ち戻ってその「明白な欠陥」が指摘され、そこは結局『風俗小説論』などとまったく同じようになってしまう。「人間対人間の葛藤」と「それにもとづく主人公の内的な発展」を語るのが「小説の本来」であり、『暗夜行路』の主人公が、その「内面は感覚としては純粋な同一性につらぬかれてゐますが、性格としての統一、あるひは生きた矛盾を欠いてゐ」るために、「驚くほど狭隘で特異な世界」しか描かれていないという批判になっている。その意味で「ほとんど非文学的と形容したい長篇」だとさえ言っている。

つまり中村の考えでは、「人間を感覚の面からだけ捕へること」は、人間を人間として描こうとしないことである。「人間を感覚に還元して描くのは、彼を動物の世界にとぢこめることであり、動物を主人公にして小説を構成することは本来不可能な筈です。『暗夜行路』の独創がこの本来不可能なことを、同時代のどの小説より純粋に実現した点にあるのは、後に述べますが、さういふ奇妙なことが何故できたかといふと、それは当時の読者がこの抽象的な主人公の背後に作者の像を見たからです。作者の理想化された自我の私小説として無条件にそれをうけ入れたからです。」そんなふうに『風俗小説論』の論旨が語り直されている。

このような「小説の本道」論は、主に西洋小説に関する「滑稽な誤解」が問題にされるときに出てくるもので、それは『風俗小説論』以来の三著に共通している。中村光夫は『志賀直哉論』に至り、あらためて志賀の青春に寄り添いその「青年の文学」の独特な魅力を評価しながら、同時に西洋起源の「小説の本道」論を強い調子で貫こうとするのである。

日本人の「西遊」の道が戦争によって断たれる一年前、中村光夫は開国以来の洋行者の群れの最後に何とか滑り込むことができた。「この戦争前のフランスに一年でも暮せたのは非常な幸運だつた」と彼は『戦争まで』でくり返しているが、戦後その経験に基き、自身の青春を志賀直哉の、つまり父親の世代の青春と突き合わせて確かめながら、「日本文学奇形論」を執拗に語ることになったのである。

夏目漱石の時代から半世紀たち、漱石が痛感した西洋文学とのあいだの溝をもはや問題にしなくなった新世代の批評家の論である。彼は漱石作品についても、「小説として種々重大な欠陥を持」つものだと言っている。

横光利一のあとの世代の洋行者は、中村光夫のように戦後になって、その西洋体験に基き新しい批判的な仕事をして注目されたが、吉田健一がまた同世代のひとりとして『東西文学論』(昭和三十年)を書き、過去の作家たちの西洋体験を辛辣に批判することになる。

吉田は先輩作家たちが、結局西洋の現実に触れずにおわったということを問題にしている。その点、森鷗外だけは例外的に留学先の社会へ入りこむことができ、ドイツ人のように生活しながら、衛生学ばかりでなく、文学や哲学をも学んでいった。大した抵抗もなく自在にそんなことができたのは、日本が新国家の草創期で基本的に白紙状態だったのと、日本にとって国際間の問題がまだ少なかったこと、鷗外は軍人で医師だったから、当時のヨーロッパではどの社会へもたやすく出入りできたことなど、のちの洋行作家たちとは条件が違っていたためでもあった。

吉田は「一人の日本の文学者がドイツでドイツ人になつたことが、日本の現代文学の発端になつた。」と言い切る。「鷗外は我々が今日言ふ意味での文学がまだ日本になかつた時代に、ドイツに行つてドイツ人になることで、個々の文学作品の内容を知るのみならず、文学作品といふものが形をなす経路を、ヨオロッパの大地にあつてそこでの生活の面からも自分のものにした。」

吉田健一によると、鷗外のその体験から、日本の近代文学に「最初の黎明」が訪れたが、その後少なからぬ作家たちが洋行し、昭和十一年に至って横光利一の体験があり、それがもうひとつの「黎明を感じさせる」ものになったという。鷗外の半世紀後、ようやく横光利一によって、ヨーロッパの現実と日本の現実が真に触れあう体験が可能になった。日本にもすでに近代社会と近代文学が生まれていて、鷗外のときはまだ「日本人の立場」というものはなかったが、横光はいつしか現実になっていたその立場を踏まえて西洋と向きあっている。その意味で彼によって「第二の黎明」がもたらされたというのである。

だが、吉田のその横光評価は十分説得的なものとは言いにくい。吉田は横光の『欧州紀行』と小説『旅愁』をもとに考えているが、随想風の小説「厨房日記」がまたくわしい体験記になっているのに、なぜかそれにはまったく触れていない。「厨房日記」には詩人トリスタン・ツアラを訪ねて、若い岡本太郎の通訳で話しあう場面があるが、日本についての横光の観念的なくだくだしい説明が一向に通じない様子が正直に記録されている。横光（作中の名前は梶）の帰国後の思いもこんなふうに語られる。「それにしても、何と自分は大きな物を見て来たものだらう。あれが世界といふものかと、梶は自分の子供の顔を眺めて初めて世界の実物の大きさにつくづく驚きを感じるのであつた。」「夢うつつのごとくあれこれと思ひ描いてゐた今までの世の中が、一瞬にしてかき消えたやうに思はれた。」「いつたい、どこを自分はうろうろしてゐるのだらう。この自分の坐つてゐる所は、これや何といふ所だらう。」

これが「日本人の立場」を踏まえてしつかり西洋と向きあえた人の帰国談とはとても思えないので、横光の洋行を「一つの歴史的な事件」とするのは牽強付会といわざるを得ないのだが、吉田はあくまでも他の作家たちにない「新しさ」を見ようとしている。横光はフランス映画やフランスの小説から想像されるのとは違う「もつとなまな現実を摑んでこれを彼なりに表現しようとした」が、「それに日本語でかういふ風に直接に表現を与へたものは彼以前にはゐない」というのである。

横光は「彼が作家になつて以来の」文壇生活の疲労に加えて、パリへたどり着くまで「アラビアの沙漠」の衝撃と「エジプトの疲れ」が心に食いついて放れず、フランス語もできないまま、感傷の入りこむ余地のない心でパリの裸の現実に触れた。そして「意識の網を張り廻」して「自分の内部で起ることは何一つ見逃すまいとし」た。その自意識の劇が毎日正直に記録されているが、「現実を知る」というのは「自意識の問題」であり、その意味で「横光利一はヨオロツパに現れた日本の最初の近代人だつた。」

吉田健一はそんなふうに説明するのだが、横光自身は多分にひとり相撲の自意識の混乱について、「無益な闘争」と自嘲しながら、こうも語っている。「私の通信は、巴里そのものを書くのが目的ではなく、私といふ一個の自然人が、この高級な都会の中へ抛り出され、形成されてゆく心理の推移を、偽りなく眺めるのが目的である。」(『欧州紀行』)

ここではじめて「自然人」ということばが出てくる。横光は「人工的」なヨーロッパ文明の前で、「日本の最初の近代人」ではなく、むしろことさらに「一個の自然人」を意識させられるところがあったのである。それはやがて、「自然人」イコール「日本人であること」になっていく。そして、頽廃した西洋文明に対して、稲作文明の「稲穂の健康さ」の側につこうとする「日本回帰」の主張がうち出されるのだが、帰国後の横光がそんな方向へ突き進んだことについて、吉田はなぜか何も語っていない。

『東西文学論』は、横光のすぐあとの世代、吉田健一自身の世代の西洋体験に触れて終わる。吉田の僚友ともいえる中村光夫の例があげてある。吉田は中村の『戦争まで』を名著と呼び、同書からイタリア・ルネッサンスの美術についての一節と、パリのコレージュ・ド・フランスにおけるヴァレリーの講義についての一節と、ロワールの谷のシュノンソーの離宮についての一節を長めに引用しながら、このような文章こそ「彼と彼が眺めてゐる世界の交渉が成立してゐる」ことを示すものだといっている。ヨーロッパの現実と文学の「肉感」を知るということが、横光の洋行以後の「次の段階になる」というが、それは吉田や中村の世代の仕事だということなのであろう。

この論が書かれたころ、中村光夫は二度目のフランス行きをはたしている。吉田はその中村に期待してこう書く。「寧ろ文士の外遊が着実に成果を収めるのはこれからであると言へる。」「これから十年先に文士外遊史をかくものがあれば、その仕事は恐らく多彩を極めることになると思はれる。」

そんなふうに、『東西文学論』は森鷗外に始まり横光利一まででひとまず締めくくっているが、その両者のあいだの夏目漱石、永井荷風、有島武郎、島崎藤村らの西洋体験はすべて否定的に見るというかたちになっている。その点きわめて独特な論だといえるであろう。

吉田健一は外交官吉田茂の息子で、子どものころから外国で暮らし、主に英国で教育されてケンブリッジ大学まで進んで間もなく、昭和六年に帰国している。その経験から、夏目漱石の英国体験に対する見方が特に厳しくなっている。

漱石は英国到着後ケンブリッジを訪ねて、大学は英国紳士の養成所のようだと思い、そもそも金がかかりすぎるのでオックス・ブリッジはあきらめることになるのだが、吉田はまずその判断を疑問視する。文部省の留学費用でも何とかやれたはずだということのほか、漱石が紳士階級を嫌って自分の道を狭めてしまったことに対して批判的である。紳士階級といえば「英国で最も優秀な分子は凡てその中に含まれてゐて、紳士であるといふ理由から交際を断るならば、英国にゐてその文化の実状に対して眼をつぶることになる他ない」という批判である。

吉田はもう一点、「英国の文学に対する漱石の理解の程度」を問題にしている。「彼が一年を読書に費して得た結果は、まだ英国の文学に何も見出せずにゐるといふ焦燥でしかなかつた。」「一行の詩を発見した喜びといふ種類のものを、漱石は知らずにゐたやうである。」それは文章の意味を言葉から切り離して、意味本位で読んでいたからで、漱石は英国の現実と同様文学に対しても、その「肉感」に触れずにおわったのではないかという。

英語で育った吉田は、漢文育ちの旧世代の西洋文学に対する違和感をほとんど問題にしていない。それだけでなく、もっと基本的に、十九世紀世界の支配的強国の文学を学ぶ日本人の立場をどう考えるかについて、吉田は漱石の時代の悩みに共感を示すこともない。彼自身にその問題は生じなかったからということかもしれないが。

吉田によれば、「毎日を薄汚い下宿で大して得る所もない読書に過し、偶に会ふのは俗物ばかり」という生活をつづけた漱石は、精神に異常をきたすことになったが、それでは永井荷風のような恵まれた若者の遊学の場合はどうか。

吉田健一は荷風についても、『あめりか物語』に対して「田舎臭さと言つて悪ければ、思考力が恐しく欠乏してゐる」といった見方をする。森鷗外帰国の十五年後、放蕩息子の荷風は父親のはからいでアメリカへ向かうが、その十五年のあいだに日本の国力は大きくなり、「洋行帰りの箔を付け」るため渡米する若者が増えていて、吉田は荷風をその種の「新しい型の日本人」のひとりと見て、その多分に自己満足的な「田舎臭さ」を指摘するのである。

『ふらんす物語』が「フランスに対する一方的な心酔の告白」に終始していることも、吉田の嘲弄を招いている。彼は「俗物の本場であるフランスにゐて、フランス人の中には一人の俗物も認めず、更に主人公のブルジヨア趣味も少しも意識してはゐない」という点を問題にしている。ただ、吉田は荷風が「詩人」として「ヨオロツパ近代に発達した詩の観念」を日本へ持ち帰ったことは認めていて、彼の洋行の産物としては、散文の『あめりか物語』『ふらんす物語』より訳詩集『珊瑚集』が重要だと見ている。

ともあれこの永井荷風論は、多分に恣意的な、拾い読みの論という印象を与える。吉田健一は中村光夫の仕事については、ヨーロッパのルネッサンスの「若さ」を語る中村の若々しさ、その青春に共感しているが、永井荷風の青春に対しては何の興味も示してはいない。同様に否定的に扱われている有島武郎の場合も、その青春に共感するための用意が何もないように見える。

ひとつ言えるのは、吉田の近代人意識がすでにロマン主義を古くさいものと見ているのに対し、森鷗外以後本書で扱ってきた作家たちの文学は、正宗白鳥以外は横光利一の手前まで、すべてロマン主義文学だといってもいいことである。

日本文学の近代化の過程でまず生み出されたのは、ロマン主義的自我ともいうべきものであった。その文学的表現はなかなか多様で、興味が尽きないが、吉田はそれらをもはや真面目に読もうとはしていない。中村光夫も「文学そのものの進化の法則」を信じて、「ロマンチック」ということばを否定的な意味でつかうことが多い。彼の「日本文学奇形論」も、結局、後発国日本のロマン主義批判ということになるのかもしれないのである。

ただ、中村光夫は「明治のロマンチシズム」について、彼の作家論中もっともよいと思われる永井荷風論では、特に批判を加えずにこう説明している。「明治の文学者が、自然主義の作家をも含めて、みなその心底においてはロマンチストであつたことは、今日から彼等の作品を虚心に読みかへして見れば誰れにも明かなことと思はれますが、荷風はこの明治のロマンチシズムを直接に西洋の空気にふれ、開花させた唯一の人であり、特異な形成を辿つたわけですが、しかし同じ時代の空気を呼吸して育つた作家に共通の性格はやはり色濃く（略）感じられるので、荷風がその青春を賭して希つたところも、結局文明開化の精神の芸術の領域における徹底であつたことは（略）はつきり感ぜられます。」

性急な批判なしに、もしそういう見方ができるならば、二年前の『風俗小説論』へさかのぼって、私小説の問題をもっと違うかたちで展開させることができただろうと思われる。谷崎潤一郎論や志賀直哉論も、明治の「ロマン主義的自我」の文学を論じるということで、もっと違うものにもできたはずなのである。

反抗的反逆的な「ロマン主義的自我」は、いわゆる「近代的自我」の理想型を生み出すまでもなく、いたずらに過激に走って自滅したり、もっとあいまいなかたちに流れたり、そもそも不安定なものだったたから、当然いろいろなあり方が考えられる。特に非キリスト教世界の日本の作家の場合、「近代的自我」を問題にするまでもなく、もっと基本的な実存感覚に忠実な書き方になるのがふつうだったといえる。そんな文学を論じるのに、「小説の本道」論を表に立ててしまうと、おのずから筋違いの批判を用意することになりかねない。

ただし中村の荷風論の場合は、必ずしも「小説の本道」論にはなっていない。「滑稽な誤解」が問題にされることもなく、吉田健一のものよりはるかに共感的かつ本格的な論である。中村は荷風を「優れた観念的頭脳の持主であり、また一面において想像力がほとんど官能にかはる位置を占める人だ」ったという。「彼にとつて官能が想像力の助けをかりずには、血が通はぬやうに、観念の想像力は逆にいつも官能の色彩をおびてゐたのです。」

荷風同様フランスへの憧憬が強かったと思われる中村が、アメリカ時代の荷風の孤独と焦燥を語ることばが、親身な共感を示しているばかりでなく、多くの点で吉田とは認識を異にしているのがわかる。中村は荷風を「我国に稀れに見る思想的作家」だったとし、「コスモポリットまたは近代人になれた人」だったという。また、「精神においては彼は西洋人になりたいと思ひながら西洋に生活し、事実機会さへあればさうなり得た人」だったと見ている。（以上『作家の青春』）

戦後、占領下の日本人がしばらく海外へ出られなかった時期に読まれたのが、戦前の西洋体験に基くこれらの論であった。いわゆる「戦後思想」の一端としての、文学的総括の試みである。いまそれらを読むと、森鷗外以来の半世紀にわたる「西遊」の時代が、こんなかたちで終わったのだということがわかる。たった五十年にすぎないが、そのあいだに日本の近代化は急速に進み、軍事的には五大国のひとつとなって欧米諸国と対等たらんとし、あげくに米英の世界支配に抗い国家破滅に瀕するところまで行った。

たしかに激動の五十年であり、変化の速すぎる半世紀であった。作家たちはその変化をあと追いしながら、先進の西洋との関係を個人のことばで語りつづけた。その体験記は、キリスト教文明に触発され西洋ロマン主義に養われた新しい個人性の表現として、作家たちひとりひとりで異る独特の魅力をもっている。近代日本のロマン主義が終息するまで、作家たちの孤独な旅の体験記は、十分生彩に富んだものでありつづけた。

戦後、中村光夫や吉田健一が文壇で活躍するなか、四十歳近くになって単身フランスへ留学し、そのまま故国喪失者としてフランスで没した同世代の森有正がいる。主に米英と戦って敗け、その後は米国との関係で復興をはかろうとする国にあって、すでにフランス語・フランス哲学により自己形成をはたしていた森のいわば亡命的な生き方に、過去の永井荷風の例が重なって見えるようなところがある。

中村光夫はその永井荷風論で、荷風のフランス文学との関係は、歌舞伎の作者部屋で師匠の福地桜痴からゾラの名を聞かされたことに始まり、それははじめ父親に反抗するための「新しい道楽の形式」だったが、「これは、フランス文化そのものが英米文化の移入を主潮とした当時の我国の『文明』のなかで、多少日蔭者に似た地位にあつたことと無関係でないかも知れ」

ないと言っている。幕末から明治にかけて三度も渡欧した旧幕臣福地桜痴は、明治新政府との関係で、中江兆民らとともに「日蔭の教養人の代表者」ともいうべき人になっていた。

永井荷風は憧れたフランスに一年足らず滞在しただけで帰国し、フランスへ亡命する代わりに、帰国後花柳界に残る江戸文化のなかに身をくらますような、いわば国内亡命的な生き方をした。それに対し、森有正は牧師の父親のもと、クリスチャンとして育ち、母親からはオルガンの演奏を習い、小学校からフランス系ミッション・スクールでフランス語を学んで、荷風のような反抗的な生き方ではなかったにせよ、時代の潮流に対しては戦後のアメリカ化に背を向け、中村のいう「日蔭者」の道を邁進して、いわばフランスに殉じるかたちになった。

「西洋理解」という点で自負するところのあった中村、吉田らのずっと先まで突き進んだ生涯だったといえる。森有正は明治の森鷗外が「ドイツでドイツ人になった」（吉田健一）ように、昭和の時代にフランスでフランス人を生きるというところまで行こうとした。「それは一種の恋愛関係だ。文明を自分のものとし、同時に自分も文明のものになるということだ。」（『バビロンの流れのほとりにて』）

森は昭和二十五年に渡仏したとき、「パリへ行くのが恐くてたまらなかった」ということだが、すでに四十年近く自分をつくってきたものが崩されることへの恐れと身構えは、同じ中年の夏目漱石や横光利一の場合と同じだったであろう。やがて森有正はそれを乗り越え、渡仏以後、彼の前半生とははっきり違うあらたな後半生を生きることになる。

それは、戦後日本人が海外へ出るのがむつかしかった時期の、例外的な外国体験だった。が、すでにその前の植民地支配と戦争の時代に、多くの日本人が否応なく国の外の世界に身をさらすという経験をしていた。つまり、個々人の「外地」の経験のすぐ先に、戦争というかたちで米英豪露ら主要な西洋諸国と厳しく対面させられるという、深刻な国民的経験があったわけである。

そんな日本人全体の外国体験は、戦後主に米国との関係でいっそう深まったといえる。しかもそれは、戦前までの一部のエリート層あるいは富裕層の体験にとどまらず、次第に広く一般化していった。

日本は復興のためもっぱら米国に頼り、その後米ソの冷戦時代には、あらゆる分野で米国に新知識を求めながら現代化を進め、米国中心の西側国際社会へ深く組みこまれていく。それは明治以来の西洋化による日本の近代化の先に、あらたに生まれた新種の体験世界になっていったと見ることができる。

戦後の西洋体験の当事者たちは、若い留学生や企業人などごくふつうの人たちで、もはや中村・吉田・森といった旧来の人文系知識人たちが中心ではなくなっていた。いわゆる「洋行文士」の時代はすでに終わっていた。その後、工業技術も経済もグローバルに展開して、知識人とヨーロッパとの旧来の関係はおのずから乗り越えられていく。そして、そこに現れるのは、もはや「現代」というしかない広大無辺な新世界である。

いまや明治維新後百五十年、日本がみずから西洋化を進めた歴史は、ある意味で惨憺たるものであった。が、そのあげく、現在独特な混交文化が熟しつつある。日本の試行錯誤の歴史が生んだ新文化である。ほとんど他に例がないものとして、そのありようが注目されるという時が来ているのかもしれない。そんな現状を用意した特異な西洋化の歴史の一面を、過去の「西遊」の文学が、こまかく実感的に証言してくれている。歴史の「肉感」の記録ともいうべき文学がそこにあって、いまなお新鮮な読みものでありつづけている。それらの文章をつうじて、過去の日本人の経験の膨大な集積が浮かびあがるようである。

後記

日本の近代文学の歴史はすでに終わっているのかもしれない。日本の国の近代も、開国以後百五十年の末に、とっくにひと区切りがついて、その先へ行こうとしているかに見える。

いまその歴史をふり返ると、たとえば七十年前の「戦後思想」の総括が示したものとはまた違った眺めが見えてくるようである。作家たちの「西遊」の歴史も、事実上七十年前にほぼ終わっているが、いまふり返ってあらたに見えてくるものがある。おそらく新しい遠近法が可能になっているのである。

われわれの現在の場所から過去の「西遊」の時代を見るとき、西洋文明受容のための熱意と努力とそれに伴う葛藤の大きさに、あらためて胸をうたれる思いがある。非西洋の極東の国が、自らを半ば西洋化することによって生き延びようとした歴史が、独特の重みをもって立ち現れてくる。

本書は、作家たちの記録を中心にして、「西遊」の時代をなるべくリアルに描き出そうとしたものである。ただ、全体を描くというより、経験の生きた姿をひとつひとつ浮かびあがらせたいという気持ちが強かった。日本人のアイデンティティーもそこからはっきり見えてきて、現代世界を考えるためのよすがにもなるだろうと思った。そして何より、過去の多彩な個性に触れること自体が、いまを生きるわれわれの喜びになるということがあるはずである。

近代文学草創期の森鷗外や夏目漱石の体験はよく知られているので、そこは問題点を絞って語り、そのあとの作家たちの論をよりくわしくするという方針をたてた。有島武郎と水井荷風の西洋体験は、ロマン主義の特徴がまぎれもない青年の文学を生み、島崎藤村、斎藤茂吉、正宗白鳥の場合は、中年男性の個性的な体験からリアルな観察の文章が生まれている。特に後者、すなわち自然主義系の作家の西洋体験の記録は、おそらくあまり読まれてはいないがたいへん面白く、「西遊」の文学の歴史において重要な位置を占めており、本書もおのずからそのへんを中心に据えることになった。

洋行文学者たちについては、すでにくわしく研究され、特に近年興味深い発見があい次いでいる。本書はそれらの成果のお蔭を大いにこうむっている。十分に紹介することはできなかったが、多大な労力がつぎ込まれた研究が多く、私はそれらを読むのを楽しみながら、同時に書く喜びを存分に味わうことができた。そのことを深く感謝したい。

二〇一六年八月

尾高修也

初出一覧

「西遊」ことはじめ
——岩倉使節団と成島柳北
新稿

国費留学生森鷗外と夏目漱石
「江古田文学」第四十八号　二〇〇一年十月
（「漱石のディクソン邸、鷗外のビューロー邸」を改題改稿）

有島武郎と永井荷風の「放浪」
「江古田文学」第八十三号・八十四号　二〇一三年九月・十二月

島崎藤村の「洋行」
「江古田文学」第七十四号・七十五号・七十六号・七十七号
二〇一〇年八月〜二〇一一年八月

斎藤茂吉の「遠遊」
「江古田文学」第八十五号　二〇一四年三月

正宗白鳥の「漫遊」
「江古田文学」第七十八号　二〇一一年十二月

林芙美子と横光利一の「巴里日記」
「江古田文学」第六十九号・七十一号・七十二号
二〇〇八年十二月〜二〇〇九年十二月

「西遊」の時代おわる
——中村光夫・吉田健一・森有正
新稿

尾高　修也（おだか・しゅうや）
1937年東京生まれ。早稲田大学政経学部卒業。小説「危うい歳月」で文藝賞受賞。元日本大学芸術学部文芸学科教授。著書に『恋人の樹』『塔の子』（ともに河出書房新社）『青年期　谷崎潤一郎論』『壮年期　谷崎潤一郎論』『谷崎潤一郎　没後五十年』『近代文学以後　「内向の世代」から見た村上春樹』（ともに作品社）『新人を読む　10年の小説1990-2000』（国書刊行会）『小説　書くために読む』『現代・西遊日乗Ⅰ～Ⅳ』（ともに美巧社）『必携　小説の作法』『書くために読む短篇小説』『尾高修也初期作品Ⅰ～Ⅲ』（ともにファーストワン）などがある。

「西遊」の近代　作家たちの西洋

2016年10月20日　第１刷発行

著　者　尾　高　修　也
発行者　和　田　　肇
発行所　株式会社　作品社
〒102-0072 東京都千代田区飯田橋2-7-4
TEL 03-3262-9753　FAX 03-3292-9757
http://www.sakuhinsha.com
振替：00160-3-27183
印刷・製本　シナノ印刷株式会社
本文組版　（有）一企画
落丁・乱丁本はお取替え致します。
定価はカバーに表示してあります。

ISBN978-4-86182-600-9 C0095

◆作品社の本◆

近代文学以後

「内向の世代」から見た村上春樹

尾高修也

文章の緩み、文学精神の甘え、「心せよ、ハルキ！」「内向の世代」の七〇代が一〇年かけて読んでみた村上春樹。文学愛みなぎる、真摯な辛口村上論。川村湊氏推薦！